# 술퍼맨을 말한다

# 술퍼맨을 말한다

김철웅 지음

좋은땅

'알코올 (의존증) 중독자'는

"술퍼맨 (술을 퍼 마시는 남자[man/맨])",

'필자'는 스스로를 "정지된 알코올 중독자" 또는

"새로운 시작"이라 명명(命名) 함.


꿈이 있는 사람은

그 꿈을 향해 나아간다.

그렇다 하여

꿈을 가진 모든 사람이 꿈을 이루는 것은 아니다.


혼자서도 음주(飮酒)를 즐기는가?

그것이 바로 중독(中毒)의 정확한 증세(症勢)이다.


사람이 하는 일에는 있을 수 없는 일이 없다.

특히 '술퍼맨'의 행태가 그러하다.

# 들어가는 글

'필자(筆者[새로운 시작])'는 사생활(私生活)을 말하고자 함에 있어, 이 세상에 생겨나 지금 이 순간(瞬間)까지 살아오면서 겉으로는 선뜻 드러나지 아니한 채, 기나긴 세월(歲月)의 이면(裏面)에 깃들여진 원초(原初)적 두려움을 무시(無視)하고 살아왔다.

그야말로 '하룻강아지 범 무서운 줄 모르고 살아왔던 것'이다. 그러하기에 더할 나위 없이 비겁하게 허무맹랑(虛無孟浪)하고 민망(憫惘)했던 속사정(事情)에 대하여 이 기회(機會)를 차용(借用)하여 본(本) 지면(紙面)에 널리 퍼뜨려가며 세상의 모든 '술퍼맨'들에게 에누리 없이 보고(報告)하고자 한다.

쑥스럽고 어색하여 이루 다 말할 수 없이 어리석었던 그간의 삶과 이에 더불어 밤낮 할 것 없이 괴이(怪異)한 마법(魔法)의 세계에 빠져 제풀에 심신(心神)을 한정 없이 혹사(酷使)시켜가며 그것이 취미생활인 양, '하 세월(何 歲月)'을 어긋나는 행태(行態)로 일관했었던 것이다.

그 당시 형세(形勢)에 따른 상황(狀況) 등을 깊이 생각하여 헤아려볼때, 여하한 경우(境遇)에도 그 형편(形便)이나 까닭 혹은 조건(條件)따위

5

에는 아랑곳하지 않고 처지에 걸맞지 않게 마구 법석을 떨며 분별없이 지랄발광('개지랄'의 경상북도 방언)하듯 목운동(음주) 그것에만 몰두했다는 얘기다.

'그것(맑은 물) 없이는 견디지 못하는 병적 상태(病的 狀態)'를 이름 하여 '중독(中毒)'이라 말하지 않던가! 중독이란 바로 그런 것이다. 사정(事情)이 이러하다 보니 '알코올 중독자'가 달리 어찌할 도리(道理) 없이 귀중한 시간들을 '무대책(無對策)'으로 흘려보낸 한심(寒心)하기 짝이 없었던 초라한 '술퍼맨'이었다는 사실이다. "집은 좁아도 같이 살 수 있지만, 사람 속이 좁으면 같이 못 산다."는 백범(白凡) '김구' 선생(先生)의 말씀이 바로 이런 경우(境遇)이리라.

속이 좁아 '술' 하나 제대로 통제(統制)하지 못한 어쩔 수 없는 인생? 똥 밭에 쓰러졌는데 어찌 똥을 짚지 않고 일어날 수 있겠는가!

보통사람은 '술퍼맨'의 고통을 이해할 수 없기에 '술퍼맨'을 도울 만한 방법 또한 알지 못한다. 무색투명한 휘발성 액체인 '알코올(Alcohol)'에 중독된 자가 고독(孤獨)한 이유다.

우리네 '술퍼맨'이 스스로를 '알코올 중독자'라 인정(認定)할 수 없다고 우겨댄다면, 우리 모두는 '몸서리칠 정도로 슬프고 끔찍하다'는 뜻의 "처참(悽慘)"이라는 단어(單語)가 말해 주듯이 병풍(屛風) 뒤에서 향(香)내를 맡는 그 시간까지 살아간다 한들, 그 삶이란 진정(眞正)한 삶이 아닌 주검과 함께 뒤섞여 지내는 인생과 무엇이 다를 바 있겠는가!

그러하기에 지금(只今)에 와서는 그 그림자의 행적(行跡)에 대하여 신중(愼重)하지 못해 가볍고 어두웠으며 아주 희미하고 막연(漠然)했던 심정(心情)을 가슴 깊이 아로새겨 보고자 한다.

그간 잊어버린 채 수수방관(袖手傍觀)하여 쓸쓸하고 가련한 본래의 것들을 이 세상(世上) 모든 '술퍼맨'들과 함께 대략(大略)적으로 헤아려봄이 옳지 않은가! '새로운 시작'은 어림잡아 40여 년에 거쳐 '술(酒)'에 취해 제대로 정신(精神)을 가누지 못하고, 누가 뭐래도 절로 자신의 영혼(靈魂)을 혼돈(混沌)의 상태에서 멋대로 방치(放置)해가며 고주망태([Dead] drunkenness)가 되도록 지금껏 오크(Oak[떡갈나무 술통])통과 더불어 암흑(暗黑)의 세계(世界)를 살아왔던 것만은 누가 뭐라 해도 확실(確實)하다고 단언(斷言)할 수 있다.

물론 그동안 수개월(數個月) 내지 수년 간 여러 차례(次例) '금주(禁酒)'를 시도(試圖)했던 경험이 없었던 것은 아니다. 하지만 아직도 평생(平生)의 단주란 어쩐지 마음에 와닿질 않는다.

이런 '술퍼맨'에게 나름 그런 저런 다양(多樣)한 일들을 할 수 있게끔 기회(機會)를 제공(提供)한 이 사회(社會)의 관용(寬容)에 감사(感謝)드리며 이미 지나간 과거(過去)의 갖가지 추억(追憶)들이 어렴풋하게나마 흐릿한 기억 속에 맴돌고 있음을 느끼고 있다는 사실이 여전(如前)히 운(運) 좋은 과거사(過去事)라 하겠다.

이러한 것들이 마음속에 받아들여져 고집(固執)스럽고 끈질기게 간수

(看守)하고 있는 것만으로도 은혜로울 일인데 지금껏 무탈(無頃)하게 살아가고 있음을 재삼(再三) 고맙게 여긴다.

그래서인지 태어날 때부터 각자(各自)가 지니고 있는 자기 자신의 삶은 어쩌면 이미 정해놓은 시나리오(Scenario[각본])대로 앞을 향해 나아가는 것이 아닌가! 하는 생각이 들 때도 있다.

마치 태풍(颱風)이 몰고 온 거센 홍수(洪水)에 떠밀려 내 집 앞마당까지 거슬러 올라온 물고기를 손으로 주워 끓여 먹거나 구워 먹는다든가, 아니면 누군가가 까닭 없이 문 앞에 가져다 쌓아 놓은 볏짚을 거저 먹는 것 같다는 인식(認識)이 지배적이다. 돌이켜보면 이러한 판단의 작용이 한층 무거운 심정(心情)과 더불어 괴로움과 번민(煩悶)에 빠져들게 하는 이유일 것이다.

농부(農夫)는 보릿고개에도 배를 주려가며 씨앗을 헤아리고, 어부는 어마 무시한 폭우에도 그물을 손질한다고 했거늘 한심하기 그지없는 '새로운 시작'은 열심히 엉뚱한 짓만을 고집했던 게 아닌가!

그래서 혹자(或者)는 '술'에 대취(大醉)하여 마음의 자세나 태도(態度)를 가누지 못하는 자를 가리켜 '길거리 무법자(無法者)'라 손가락질하고, 끼리끼리 수군거릴 때에는 '무뢰한(無賴漢)'이라 부르면서도 혼잣말로는 '술퍼맨'이라 명명하기도 한다.

나무를 잘 타는 사람은 나무에서 떨어져 죽고, 헤엄 잘 치는 사람은

물에 빠져 죽는다 했으니 '술'을 자주 퍼 마시는 인간은 '술독'에 빠져 생
(生)을 마감하게 되는 것이다.

## 차례

# 제1장

# '음주(飲酒)'는 유희(遊戲)다,
# 그러나 주취(酒醉)는 범죄다

'술'에 취한 상태의 '주취자(酒醉者)'가 뜻하지 아니하게 교회(教會) 앞을 지나다 돌연(突然)히 떠오르며 나름 생각나는 무엇인가가 있었는지 약간(若干)은 엉터리인 듯한 영어실력(英語實力)을 발휘(發揮)하여 예배당(禮拜堂) 벽면(壁面)에 다음과 같은 낙서(落書)를 했다고 한다.

* God is now here. : "신(神)은 여기에 지금 * * ."

잠시 후 또 다른 '술퍼맨'이 같은 길을 지나다 "God is now here"라고 적힌 낙서를 보게 되었고 그는 이러하다는 둥 저러하다는 둥 남들이 알아듣지 못할 '홀로 아우성'으로 구시렁대더니 곧바로 소리 내어 '띄어쓰기가 잘못 됐군!'이라며 바로잡겠다고 이 낙서를 다음과 같이 수정(修整)했단다.

* God is no where. : "신(神)은 어디에도 없다."

우리네 '술퍼맨'이 '술'을 마신 후 이만한 정도의 수준(水準)으로 사물(事物)의 모양과 기준을 항시(恒時) 어긋나게 관찰(觀察)해가며 매번(每番)

민폐(民弊)를 끼치는 것은 아니다.

혹 그렇다 하더라도 정도가 매우 깊고 중대(重大)하여 대중에게 절박(切迫)한 피해(被害)를 가져다주는 것 또한 아닐 것이다. 물론 사람의 예술(藝術) 창작활동으로 얻어지는 작품(作品)이나 혹은 남의 건물(建物) 벽에 낙서를 하는 행위가 "과실재물손괴 죄(過失財物損壞 罪: 형법 제366조)"에 해당(該當)하며, 이 죄는 '3년 이하의 징역(懲役) 또는 7백만 원 이하의 벌금(罰金)에 처한다'고는 하지만, 그러한 경우(境遇)라 할지라도 재판정(裁判廷)에까지 가기 이 전에 합의(合意)라는 의견의 일치로 충분히 문제해결(問題解決)이 가능할 것이니, 이는 '불행 중 다행'이라 할 수 있을 것이다.

하던 일이 꼬여 고통스러울 때, 너무 괴로워 '몸뚱이' 어느 언저리에 쥐가 날 때, 만사가 꼬인다고 "술~ 술~ 술~" 하지 마라. 한 치의 귀띔도 없이 '훅' 가는 수가 있다.

하기야 '있음'이 존재(存在)하는 구실이나 변명(辨明)은 '없음'의 쓰임 때문이 아니겠는가!

평상시(平常時) 즉 '술'에 취하지 않은 보통 상태에서는 순간적(瞬間的)으로 어떤 행동을 하고 싶은 충동(衝動)이나, 부족(不足)함을 느껴 무엇을 간절히 바란다거나 하는 욕망(欲望) 등의 여러 감정들을 억누르는 '이성(理性)'이라는 게 실시간 머릿속에서 '억제기능(抑制機能)'으로 작용한다.

때문에 상대방이 나를 화나게 만든다 해도, 느닷없이 주먹을 휘둘러서 경찰서에 연행(連行)되어 조서(調書)를 꾸미게 된다거나 하는 경우는 물론, 아예 그 근처에 갈 일도 없거니와 수사기관 같은 곳과는 무관하도록 자기조절(自己調節)을 할 수 있는 '뇌 기능(腦 機能)'이 작동하는 것이다.

그러니 정상 상태일 때에는 역시(亦是) 황당무계(荒唐無稽)할 까닭이 없다. 그렇다면 일반적으로 말이나 행동 따위가 무모(無謀)하거나 터무니없을 리 또한 없지 않겠는가?

그러나 일상에서 친숙(親熟)하지 않을 수밖에 없는 '과실재물손괴 죄'라는 범죄행위(犯罪行爲) 등의 결과에 대한 법률적 처벌범위(處罰範圍)를 가리고자 한다면 이는 감각적 센스(Sense)만으로 판단하기에는 '맨 정신'이라 해도 그 이해력이 따르지 못하게 될 것이다.

하물며 술에 잔뜩 취해 정신을 잃은 상태라면 습관처럼 고수(固守)해 온 식자(識字)의 어리석은 아집(我執)이라 할지라도 잘못을 깨치고 뉘우치기엔 이미 때가 늦은 것이라 하겠다.

그쯤 되면 "덕(德)과 학식이 높은 사람은 정의(正義)에 밝고, 소인배(小人輩)는 이익에 밝다"는 말 자체(自體)가 무용지물(無用之物)이 되고 마는 것이다.

전자(前者)인 행실(行實)이 점잖고 어진 군자이거나, 후자(後者)인 속내가 좁고 간사한 사람이라 할지라도 그 어느 부류(部類)에서나 '술퍼맨'은 상존(常存)하기 마련이기에 그렇다.

그저 대책 없이 '술'을 마시기 위해 '속궁리'를 하는 자는 세상 어디에나 있다는 얘기다.

그러므로 만취한 상태에 있는 자들에게 덕(德)과 학식(學識)이 어떻다느니, 간사(奸詐)하다 못해 치사(恥事)하다느니 하는 헷갈리는 용어(用語)들은 마치 '최근(最近)에 새로 생산된 신제품인 주류(酒類[술])이거나 청량음료(淸涼)의 상표명(商標名)' 쯤으로 치부(置簿)하면 그만이다.

많은 경험으로 터득한 묘한 이치(理致)나 그 도리(道理)인 '묘리(妙理)'는 저절로 생겨난 것이 아니니 보살피고 지키는 것이 보다 중요한 이유 중 하나다.

'술(酒)'에 잔뜩 취한 '술퍼맨'들의 행태(行態)라는 것은 신분(身分)의 고하(高下)를 막론(莫論)하고 항시 제풀에 젖어 질퍽댄다는 사실일 뿐, 제 스스로는 별 위로(慰勞)의 수단(手段)이 될 수 없음을 어렵지 않게 이해할 수 있는 대목이라 하겠다.

아이러니(Irony[역설적])라 해석(解釋)할 수도 있겠으나 정신을 놓아버린 인사불성(人事不省)의 형상(形象)에서는 제 몸에서 벌어지는 적절(適切)치 못한 뜻밖의 일들을 알 리 '만무(萬無)'할 만큼 여러모로 엉망진창이 되어, 너 나 할 것 없이 모두 그 모양(模樣) 그 꼴이 돼버리니 말이다.

15

\* 많은 인간이 즐겨 찾는 '알코올'이란,

탄소(炭素)수가 두 개인 포화(飽和) 탄화수소 즉 에탄(Ethane)의 수소원자(水素原子) 하나를 '한 개의 수소원자와 한 개의 산소(酸素)원자로 이루어진 이들이 서로 결합(結合)하여 마치 한 개의 원자 구실을 하는 일가(一價)의 원자단(原子團)'인 "하이드록시 기(hydroxy基)"로 치환(置換)한 같은 무리의 유기화합물(有機化合物)이다. 이(Alcohol)는 무색투명(無色透明)한 휘발성(揮發性) 액체로, 일정(一定)한 사물(事物)만이 갖추고 있는 특유(特有)한 냄새와 맛을 지니며, 여러 개체(個體)나 요소(要素)를 모아서 체계적(體系的)인 집단(集團)으로 조직(組織)되어 그 각 부분(部分)과 전체가 필연적(必然的) 관계를 가지는 조직의 합인 유기체(有機體)를 말한다.

그러나 이 녀석('알코올'이란 유기체)의 특성은 인간 각자(各自)의 됨됨이를 고려(苦慮)치 않기에 우리 '술퍼맨' 모두는 이러한 사실에 주목(注目)해야 하는 것이다.

평소 도덕적(道德的)이고 정의로운 '술퍼맨'이 있었다고 치자. 그런데 허구한 날 정신을 놓아버린 상태로 아슬아슬한 삶을 이어가는 이 '술퍼맨'을 딱하게 생각하는 주변 사람들이 다소(多少)나마 있을 수 있을지는 몰라도 한 동안 그 '술퍼맨'의 정의감(正義感)과 도덕성(道德性)에 가일층(加一層) 감화(感化)되었던 사람들의 호감(好感)이 지속적(持續的)으로 유지(維持)될 일은 아마도 희박(稀薄)하다 할 것이다. 자연스럽게 어울리는 분수나 품위를 '격(格)'이라 말하는 이유이기도 하다.

다음의 경우는 Fact(지어낸 것이 아닌 사실)이며 '새로운 시작' VS '노숙인 술퍼맨'이 나누던 '대화 내용(對話 內容)'의 일부이다.


　앞으로 나아간다는 것은 스스로 길을 헤쳐 나가야 하니 외로울 것이다.


　'새로운 시작'의 물음: "선생님은 늘 이곳 '한길 가'에 나타나 때로는 대로변(大路邊)에서 시간에 구애 받지 않고 취침(就寢)을 하기도 하는데, 여행객(旅行客)으로 보자니 걸음걸이가 시원치 못하고, 상업 활동(商業活動)에 종사(從事)하는 상인(商人)으로 보자니 그럴듯하게 펼쳐 놓은 좌판(坐板)도 하나 없으며, 노숙인(露宿人)으로 보자니 심플(Simple[간소한])하고 깔끔한 행색(行色)에 가지고 계신 소지품(所持品) 하나 제대로 보이지 않으니 대체 무엇으로 생업(生業)을 꾸려가는 분이시오?"


　특히 "대로변에서 오침(午寢)을 취할 때, 혹여(或如) 차도(車道)를 주행(走行)하던 차량(車輛)의 운전자가 자칫 한눈팔다가 핸들(Handle)을 선생님 쪽으로 꺾게 된다면 죽음이라는 종말(終末)이 경각 간(頃刻 間)에 닥치게 될 수도 있고, 그렇게 되면 정신은 '생(生)'과 '절명(絕命)'의 직전(直前)에 놓이게 될 수도 있을 수 있잖아요? 그러면 북망산(北邙山[중국 '베이망 산'의 많은 무덤에서 유래])과 이승(This world)의 갈림길을 헤매실 터인데…, 이렇게까지 아슬아슬하고 위태로운 생활을 접고 그만 가정으로 돌아가심이 좋으실 터… 그리 하지 않으시니 대체 그 까닭이 무엇이오?"

'노숙인 술퍼맨'의 답변: "여보시오! 선생은 혹시 바보가 아니오? 사람의 마음이란 간사(奸邪)하기 짝이 없소. 평탄(平坦)한 길만 걷다 보면 '오만 방자(傲慢 放恣)'해지고, 불안(不安)한 위치(位置)에 있으면 공포심에 똥오줌조차 가리기 힘든 것 아니오. 그래서 어느 정도 긴장감을 느끼면 자기(自己) 스스로 경계(警戒)하는 마음이 생겨 본인의 생존(生存)을 위해 여타(餘他)의 방책(方策)을 강구(強求)하려고 하지만, 반대(反對)로 편안한 생활이 지속(持續)된다면 무례(無禮)하고 거만(倨慢)해져 남을 낮추어 보거나 하찮게 여기는 마음이 싹터 결국에는 방탕(放蕩)해져서 자신을 망치게 되는 것이 아니겠소."

그러므로 "나는 차라리 약간은 딱한 상황에 처해 있으면서 늘 경계하는 마음을 잠시 내려놓고, 더불어 안이(安易)한 생활에 빠져 스스로를 망가뜨리는 일도 없는 사람이오. 세상의 어느 '노숙인 주당들'이 어찌 그럴듯한 생활환경(生活環境)을 조성해가며 만족할만한 자신만의 조용하고 평안한 삶을 꾸리며 살아갈 수 있단 말이오!"

* 이 '노숙인 술퍼맨'의 그럴듯한 감언이설(甘言利說)이 잠시나마 '새로운 시작'을 깨우치게 했다. 그러나 그 시간 이후 지금까지 '노숙인 술퍼맨'은 만취 상태로 '서부 역' 부근을 서성이고 있다.

'술독'에 빠져 비명횡사(非命橫死)한 패륜아(悖倫兒)들은 태고(太古)적에도 있었다.

사고방식(思考方式)이나 마음가짐이 중요하다고 하는 이유는 어떤 현상이나 사건에 대한 해석과 이에 대처(對處)하는 자세가 우리의 인생에 심대(甚大)한 영향을 미치기 때문이다.

  "어떤 문제(問題)에 대하여 이를 생각하고 심사숙고(深思熟考)하는 방법(方法)이나 태도(態度)"를 '사고방식'이라고 우리의 국어사전에 정의되어 있다. 또한 '마음가짐'은 "마음의 자세"로 설명된다.

  이는 어떻게 생각하고 어떤 마음으로 받아들이냐에 따라 같은 문제에 봉착(逢着)해서도 서로 다른 인생을 살아가곤 한다는 얘기다. 말하자면 사람의 삶은 그가 어떤 경험(經驗)을 했느냐가 아니라 그 경험을 어떻게 생각하고 수용(受容)하느냐가 결정(決定)한다고 하겠다.

  같은 생활환경(生活環境)이나 여러 방면(方面)으로 보아 상당부분(相當部分) 매우 유사(類似)한 조건(條件)에서 이 세상에 나온다 해도 누구는 일평생(一平生) 거지꼴을 면치 못한 채 살아가고 어느 누구는 큰 부(富)를 일구며 살아가는 것이 그렇고, 또한 어떤 이는 장애(障礙)를 얻고 평생 원망(怨望) 속에서 세상을 살아가지만 또 다른 장애인은 분명한 목적(目的)이나 결정적(決定的)인 동기(動機)를 가지고 생각하며 움직여서 방송출연(放送出演) 등 활발(活潑)한 자신만의 세상을 만들어 가며 행복하게 살아가기도 한다. 사람들은 같은 현상(現象)을 보고도 다른 해석(解釋)을 내리고 각자의 색깔로 반응(反應)하여 스스로 선택(選擇)한 곳으로 방향(方向)을 잡아가는 것이다.

'술퍼맨'이라 하여 예외(例外)가 될 수는 없다. 만일 '술퍼맨'이 온전(穩全)한 판단능력(判斷能力)을 되찾으면 풍운(風雲)이나 초목(草木)같은 대자연도 광채(光彩)를 발한다는 말이 그래서 생겨났다.

펌프(Pump)도 아니면서 쉴 새 없이 퍼 대며 '맑은 물(술[쥐약])'에 갇혀 '어찌할 도리(道理) 없이 쓰러져 숨 쉬고 있는 산송장'으로 전락(轉落)한다는 것은 지극(至極)히 어리석으며 불안(不安)한 연출(演出)이기에 깊이 깨우치고자 하는 '도(道)'와도 상반(相反)되는 일인 것이다.

"똑같은 '맑은 물(淸水[청수])'을 마시고도 '소'는 우유(牛乳)를 낳고, '뱀'은 독(毒)을 낳는다"고 했다. 이는 할 수 없이 생겨난 생명체(生命體)의 '팔자소관(八字所關)'이라 말할 수도 있겠으나, '생각하는 갈대(인간)'는 이들 미물(微物)과 사뭇 다르기 때문에 이 글을 읽고 있다.

술은 많이 마시면서 취하는 것을 싫어한다는 뜻을 '강주 오취(強酒 惡醉)'라 한다. 생각하는 것과 행동하는 것이 사뭇 다름을 이르는 말인데, 만취 후 '술'에서 깨어난 '술퍼맨'의 심정이 그러하다.

**"감정은 내면세계에서 일어나는 느낌의 작용"이다.**

* 몽유병 환자(夢遊病 患者)는 자면서 말을 하고(유진 아제린스키[Eugene Azerinsky: 러시아 출신의 미국 이민자(1950년대 수면 과학의 창시자)]),

* 국군(國軍)은 죽어서 말하며(모윤숙[시인: 1910~1990, 호는 영운(嶺雲)]),

* 애연가(愛煙家)는 중환자실(重患者室)에서 말한다(이주일[개그맨: Gagman, 1940년 10월 24일~2002년 8월 27일])

* 그러나 '술퍼맨'은 이들과 근본적(根本的)으로 다르다. 척추동물(脊椎動物)의 한 강(綱)을 이루는 동물 군(動物 群)인 포유류(哺乳類)에 속하는 것은 맞지만, '맑은 물'만 봤다 하면 퍼붓듯이 들이마셔 자신이 망가지거나 말거나 아무 때나 '뽕' 간다.

* 그래서 천지의 조화(造化)를 주재(主宰)하시는 온갖 신령(神靈)인 천지신명(天地神明) 중에 '술퍼맨'을 조정·통제하시는 신(神)만은 부재중(不在中)이라는 사실을 이제야 알게 되었다.


"알코올 남용(Alcohol濫用[중독(中毒)])"은 알코올을 과다(過多)하게 또는 습관적(習慣的)으로 마시는 행위(行爲)이다. 알코올 남용자는 수시(隨時)로 크고 작으며 너저분한 사고(事故)로 때때로 고달프다. '잦은 사고'란 대형사고의 선행지표(先行指標)임을 암시(暗示)하는 것이리라!


때로는 공격적(攻擊的)이 되기도 하지만, 사회적(社會的) 관점(觀點)에서 볼 때 비생산적(非生産的)이며 파괴적(破壞的)이어서 기존(旣存)의 일들을 해보려고 아무리 매진(邁進)해도 향상(向上)시키지 못함은 물론(勿論)이거니와 건강상태(健康狀態)에 있어서도 신체적(身體的), 정신적(精神的)으로 알코올 남용자는 상당 부분(相當 部分) 취약(脆弱)하다.


평상시(平常時)의 상황(狀況)이 이렇다 보니 자기 자신(自己 自身) 스스로도 시나브로(잘 모르는 사이에 조금씩 조금씩) 병약(病弱)해져 서서(徐徐)히 망

21

가지게 되는 것이다.

알코올 남용(중독[中毒])은 전 세계 독특한 느낌에 악영향(惡影響)을 미치는 가장 큰 약물 문제(藥物 問題)이며 대단히 심각하여 인류에게 물의(物議)를 일으킬 잠정적(暫定的) 위험 요소이다.

따라서 우리네 '술퍼맨'들도 이러한 심각성을 모르는 바는 아니다. "알코올 중독은 '도(道)'로 치료해야 한다는 설(說)이 있다는 것도 알고 있다. 뭔가의 도움이 없기에 치유가 불가능한 고질병(痼疾病)이며 다양한 연구결과들이 수시로 보고되고 있긴 하지만 중론(衆論)으로는 '뇌 보상구조 자체'가 일반인 즉 온전한 사람들과는 현격히 다르기 때문이다."라고 말하는 것이 합당(合當)하다는 측면도 없지 않은 이유다.

'감정'은 항상 이성에 의존하는 것만은 아니기에 '술퍼맨'에게 있어 '절주, 금주, 단주'의 의미(意味)는 어쩌면 그저 용어에 불과할 수도 있다.

'술퍼맨'들에게는, 이 세상에서 제일(第一) 머리 좋은 물고기가 '고등어'로 귀결(歸結)된다. 그런가 하면, '술'을 마시다 바닥에 '술안주(按酒)'가 쏟아졌을 경우 해결방법(解決方法)으로는 스스로의 '여물통(입)'이 쓰레기통으로 둔갑(遁甲)하기도 한다. 불로소득(不勞所得)의 아이콘(Icon[대표])이다. 때때로 삼삼오오(三三五五)모여 벌어진 술자리에서 물병이 깨지기라도 하면 물병은 일단(一旦) 아무렇게나 방치(放置)되는 게 통념(通念)

으로 일관되게 이어지고 있다.

그것이 '술퍼맨'들에게 위협적(威脅的) 요소였던 사실을 인지(認知)하여 시인(是認)하게 되기까지는 '술기운'에서 완전히 깨어나 찢겨진 엉덩이의 상처(傷處)를 확인하고서야 비로소 깨닫게 된다.

그러나 '술'이 담겨져 있는 술병(酒瓶)이 깨지게 되면 이 경우는 그 사정이 '현격(懸隔)'히 달라 사건으로 다루어진다. 소동(騷動) 정도를 뛰어넘어 삽시간(霎)에 난리(亂離)가 나는 까닭이다.

'술병'을 깬 '술퍼맨'의 신체 곳곳이 찢겨 유혈(流血)이 제멋대로 흩어져 어지러이 낭자(狼藉)한다 해도, 주홍(朱紅)빛의 액체(液體)가 마구 흘러내려 너덜너덜하고 더할 수 없이 끔찍한 상황(狀況)이 실제로 연출(演出)될지라도, 술병을 깬 자의 행동거지(行動擧止)는 극한(極限)에도 불구(不拘)하고 마주한 '술퍼맨'들이 보기에도 진저리가 날 정도로 민첩(敏捷)하게 움직인다.

상해(傷害)를 입고도 제 자신의 절박(切迫)한 처지(處地)는 아랑곳하지 않고 극심(極甚)한 상처를 방치한 채, 불과 몇 분 이내에 손실(損失)된 '술'의 3~4배 양을 구해오는 현실이 이를 증명한다.

'술퍼맨'들의 '기적'은 그러하다. '기적'이 각별(各別)히 지정(指定)된 장소에 자리하고 있어 정해진 날 일정한 시간에 맞춰 끄집어내어지는 것이 아닌 이상 이들에게 '기적'은 어디에나 있다.

달빛도 외면(外面)했나! 스산한 밤. 아직도 잠자리(이부자리)를 찾지 못한 개구리가 어색(語塞)한 듯 제 몸을 틀어 방향을 바꾼다. 허공(虛空)쪽으로 고개를 들어 내 친구 초록색 별을 찾으려 하니 그것도 팬티(pants)다. 이래저래 우리네 '술퍼맨'은 '목 운동'을 하게 되어 있나 보다.

인간은 그 동안 유지해온 '존재 인식(存在 認識)'을 바로잡아야 하며, 인간만이 우월(優越)하다고 믿는 교만(驕慢)한 태도를 내던져버려야 한다.

그러하기에 신(神)에 의하여 행해졌다고 믿어지며 불가사의(不可思議)하게 나타나는 현상(現狀)인 '기적'이라는 것이 이 세상에 있다고 할 때, 예상(豫想)하지 못할 '이변(異變)'의 언저리에 지루하지 않을 만큼 어쩌다 기적(奇跡)이라는 양태(樣態)가 출현(出現)하는 것'이다.

이 세상 상당수(相當數)의 물질은 "변화(變化)"를 반복(反覆)하며 만물(萬物)의 터전인 대자연을 유지(維持)하게끔 한다. 그렇게 바꿈을 되풀이하여 지탱(支撐)하고 있는 게 분명하지 않은가? 그런데 인간은 자신들이 필요로 하는 각종 물건(物件)들을 마구 만들어 낸다. 그것들에 대하여는 각자 품고 있는 고유(固有)의 방식으로 '예의 주시(銳意 注視)'하며 마치 그런 것이 합리적 방식인 양 당당하게 말한다.

"발전(發展)하는 것"이라고 말이다. "무엇이 어떻게 발전한다는 것"

인가!

5차 산업, 6G(Generation[세대])? 차량의 에너지원(Energy源)? 우주정거장(Space Station)? 인공지능(Artificial Intelligence)? 가상현실(Virtual Reality) 등…

이러한 것들을 과시(誇示)하며 우리 인간은 "점진적 발전"이라는 모호(模糊)한 '진보적(進步的) 유권해석'과도 같은 주장을 내세우고 있다. 정확하게 무엇을 나타내는 것인지 알기 어려울 지경이다. 물론 변화하는 어느 특정 부분의 현상을 지칭(指稱)하는 것으로 이해하고 싶다.

우리 인간의 삶을 들여다보자면 영생(永生)은 고사(姑捨)하고라도 생겨날 때부터 정해진 운명인 정명(定命)의 기간만이라도 병들지 않고 그저 건강을 유지하며 살아갔으면 좋겠다는 생각뿐이다.

그러지도 못하면서 실제(實際)보다 지나치게 과장(誇張)하여 확신이 결여(缺如)된 것이라면 이는 거창한 허풍(虛風)에 지나지 않는다. 쪼끔 자극적으로 내지른다면 '인간은 모두 취한 상태'다.

요즘은 전 세계가 코에 대고 로또 냄새만 맡는 세상이다(코로나 세상). 그 득세(得勢)에 질식(窒息)하는 인간의 수가 헤아릴 수 없을 뿐더러 상호 돌아앉았으니 할 수 없이 도로 '목 운동(酒)'이다.

'술퍼맨'이 남다른 것은 무작정(無酌定) 마셔 꼭지(장신구의 덮개)가 뒤틀려 있다는 것이다.

주로 마흔 살 안팎의 나이 언저리에 든 청년(靑年)과 고령(高齡)인 노년(老年) 중간 계층(階層)의 범주(範疇)에 속하는 인생을 일컬어 우리는 '중년(中年)'이라 칭(稱)한다.


'자신이 행한 일을 알 수 없을 만큼 정신을 잃은 상태' 란 '일시적인 자살(自殺)행위' 와 같다.


사람이 몰리는 서울의 한 녹지공원(公園綠地)에서 '중년 여성'의 무리가 어울리고 있었다. 이틈을 노려 겉으로 보기에 중후(重厚)한 분위기의 한 남성이 그 무리의 일행(一行)인 중년 여성들을 향해 다소곳이 무언가를 간절(懇切)히 청하고 있었다.

남성: "아가씨", 죄송하지만 저 사진 한 컷(Cut)만 부탁 드려도 될까요?

여성들: (입이 째진 채로 한 남성이 건네는 '스마트 폰'을 서로 받으려 묘한 행동을 취하면서…)


'스마트 폰(Smart phone)'을 받아 든 어느 중년 여성이 'One more(원 모어[하나 데])'를 재탕(再湯)해가며 한 컷을 오래도 찍어댄다. 촬영(撮影)을 부탁(付託)한 남성은 잘생겼다. 그리고 과장(誇張)된 행동으로 사람들을 '빈번히 웃기는 인간'이었다.

사실인즉 이 남성은 스스로 일을 꾸미고자 미리 마음껏 웃고 난 다음 중년 여성들을 "아가씨"라 부르는 교묘(巧妙)한 방법을 실행(實行)에 옮긴 것이다.

'작업'의 전초단계(段階)라 할 수 있겠다. 그 남성이 사진(寫眞) 촬영을 의뢰(依賴)하고 또 이를 수락(受諾)한 여성(女性)이 카메라 셔터(Shutter)를 눌러대던 와중(渦中)에 조금은 멀리 떨어진 소나무 숲 언저리에서 완전(完全)히 사족(四足: 사지[四肢[사람의 두 팔과 두 다리를 통틀어 이르는 말]])을 못 쓰며 이 광경(光景)을 혼자서 멀거니 바라보던 또 다른 중년 남성이 있었다.

이 인간의 낯빛은 퀴퀴하게 찌들어 망가진 듯했으나 애써 자신감(自信感) 넘치는 표정(表情)을 지으며 중년 여성 일행을 향해 씩씩하고 기운차게 나아가 뭔가를 애원(哀願)한다.

남성: "학생"! 미안하지만 저 사진 한 장만 찍어 주실 수 있나요?
여성: 뭐? "학생"? 여기 학생 없어요.

일행은 퀴퀴한 낯빛의 남성을 아래위로 훑은 후 기분(氣分) 나쁘다는 듯 '뭐 씹은 표정(表情)'을 지으며 그냥 가버린다.

'절주(節酒)'가 몸에 배어 애주가(愛酒家)라 불리는 인간이 하루아침에 '술독'에 빠지게 된다면, 그 열정(熱情)의 급격한 변화는 폭발적(暴

發的)이어서 삽시간에 '술퍼맨'으로 둔갑하게 되는 것이다.


　후자(後者)의 중년 남성은 다수(多數)의 중년 부녀자(婦女子)들에게 가까이 다가가기 위해 그나마 젊디젊은 표정(表情)을 지으며 부녀자들의 신분(身分)에 뒤틀릴만한 용어(用語)를 사용하고 있는 게 아닌가! 이 친구는 "아부(阿附)가 심하면 벼락 맞는다"는 격언(格言)을 몰랐던 모양이다.


　와자지껄한 여성들에게 "학생" 신분을 적용(適用)하여 떠들어 대면서까지 기특(奇特)하게도 '사진 촬영'을 신신당부(申申當付)했으나 일의 마무리에 이르러서는 결국(結局) '개'가 되고 만 것이다. 이 남성은 아직도 한참이나 술이 덜 깬 상태(狀態)에서 분위기(雰圍氣) 파악과 주변상황(周邊狀況) 및 감정정리(感情情理) 등 붙들어 매고 있던 장신구(裝身具[머리통])가 채 정돈(整頓)이 되지 않은 모양새에서 벗어나지 못한 '주취자(酒醉者)'이자 미래의 '술퍼맨' 후보군(候補群)이라 할 만했다.


　일이 잘못 틀어져 실망(失望)하면서 김이 새버린 '주취자'는 먼발치에서 바라다보던 동료(同僚) 음주자의 무리에 합류한다. 이쯤 되면 '뻥'을 치지 않을 수 없을 것이다. 퀴퀴하게 찌든 '주취자'가 동료들에게 다가가 말했다. "자신에게 사진을 찍어준 젊은 여성과 정분(情分)이 날 뻔했다고…"


　'면상(쪽)'을 팔린다는 것은 잠깐이어서 다시 일어설 수 있으나, 거짓

28

을 밥 먹듯 하는 인간은 '신용(信用)'이 재발급(再發給) 되지 않아 다시 일어설 수 없다는 사실을 자칫 이 '주취자'는 망각(忘却)하고 있음이다. 우리의 모두는 여러모로 '삶'을 어수선하게 하지 말아야 한다.

먹고 사는 식생활(食生活)에 있어서 끼니때마다 거의 '맑은 물(주류[酒類])'이 주(主)가 되어, 실제 곡물류(穀物類)인 쌀, 보리, 콩 따위 등 '식용작물(食用 作物)'의 섭취(攝取)를 어쩔 수 없이 등한 시(等閑 視)할 수밖에 없는 실정(實情)이 평상시 '술퍼맨'들의 식생활(食生活)이자 더불어 일상(日常)인 것이다. 이 시기에 우리는 수분(水分[물기])이 주를 이루는 '물똥'을 쏟아낸다.

또한 "하루 한두 차례 정도는 '맑은 물'과 대면(對面)하는 것쯤은 괜찮겠지"라며 스스로 지레 착각(錯覺)하여 주류(酒類)를 가까이 하는 자들이 있다면 그 무리 역시(亦是) '술퍼맨'들이다.

**패배의식(敗北意識)으로 뒤덮인 밤은 너무나도 길다.**

하물며 이들이 술판에 끼어들어 깝죽거릴 경우(境遇), 그 주변(周邊)을 에워싸고 있는 온전한 '무리 배'들 눈에 띌 것이고, 그들의 귀에 들리는 '술퍼맨'들의 허튼소리가 주된 모티브(Motive[주제])로 이어지는 과정(過程) 등을 상상(想像)해 본다면 그 어떤 형세(形勢)라도 마음을 놓을 수 없을 만큼 위태(危殆)하여 도저히 안쓰럽기까지 할 것이다.

(죽어도 마시러 간다!)

하다못해 취중(醉中)에 자신의 말만 옳다고 서로 우겨대다 정도(程度)를 넘은 폭행사건(暴行事件)이라도 벌어져 일이 크게 확산(擴散)된다면 그야말로 대략 난감(難堪)이 아닐 수 없다.

대부분(大部分)의 '술퍼맨'이 그러하듯 합의금(合意金)이 없어 합의가 되지 않은 상태에서 법의 심리(審理)와 재판(裁判)을 받게 된다면 그 암담(暗澹)함은 그야말로 절망적(絕望的)일 것이다.

폭행을 가한 '술퍼맨'이 온전(穩全)함으로 되돌아 와 정신을 가다듬고 가해자(加害者)의 입장에서 나타내 보이는 진심 어린 사과(謝過)만으로 무죄(無罪)가 성립(成立)되는 것이 아닌 까닭이다.

"우문현답(愚問賢答)": '어리석은 질문에 대한 현명한 대답' 이라는 뜻이다.

현대에 이르러 '우'리의 '문'제는 '현' 장에 '답'이 있다. 라는 의미로 응용되기도 한다.


법률적으로 그 의미가 애매모호(曖昧模糊)하여 그저 공허(空虛)하기만 한 상관관계(相關關係)에 있다 하여도 문제 해결을 위해서는 반드시 지켜야만 하는 법칙(法則)에 의해 특정(特定)한 장소를 지정해야만 하고, 시간을 할애(割愛)해가며 법리적(法理的)으로 옳고 그름을 변별(辨別)하여야만 하는 피곤한 논쟁(論爭)거리를 우리는 대상의 둘레에서 어렵지 않게 관찰(觀察)할 수 있다.


특히 크고 작은 사건사고(事件事故)의 순간에 피의자(被疑者)의 몸과 마음의 상태 여하(如何)가 판결(判決)로 이어져 그 결과 또한 현저(顯著)히 달라질 수도 있다. 따라서 사회 규범(社會 規範)에 부합하고 법률의 원리에 철저(徹底)히 일치하는 해석(解釋)이 절대적(絶對的)으로 필요한 것이다.


더군다나 마음이나 정신 장애(精神 障礙)로 인해 의사(意思)를 결정(決定)할 능력이 나약(懦弱)한 상태인 '심신미약(心神微弱)'이나 '뇌기능 상실(腦機能 喪失)'상태에서 '범죄 행위(犯罪行爲)'를 한 '일시적(一時的) 지랄병'을 심판(審判)함에 있어서는 더욱 그러하다.

이를 온전한 자와 같은 범죄행위로 인정하여 처벌한다면 우리네 '술퍼맨'의 정신이 본바탕대로 고스란히 지속되지 않는 한, 어떠한 경우에서든 설 자리가 없을 것이다. 물론 의도적(意圖的)으로 습관적(習慣的) '만취상태'를 유지(維持)하기 위해 가족은커녕 주변을 의식(意識)하지 않고 제멋대로 혼자만의 '변태 성(變態 性)' 인사불성(人事不省)이 되는 것은 더욱 옳지 않다.

주사(酒邪)가 있음을 알면서도 제 몸에서 벌어지는 일을 모를 만큼 음주행위(飮酒行爲)를 하는 것은 미리 준비(準備)한 예비적(豫備的) 범죄 행위로 보아야 하기에 절대 해서는 안 될 일이다.

'술'을 마신 뒤에 버릇으로 하는 온갖 못된 언행(言行)으로 인한 결말(結末)을 알면서도 스스로의 쾌락(快樂)을 위해 악의적(惡意的)으로 '따봉(매우 좋다)'상태를 계획하고 물의(物議)를 일으킨다면 이는 '심신미약'과는 또 다른 문제로, 이 경우 독일에서는 가중처벌(加重處罰)에 처한다고 한다.

그러나 통상적인 사건(事件)의 전말(顚末)에 있어 그 경위(經緯)를 파악하지 않고 결과를 싸잡아 이를 행위지배(行爲支配)가 존재한다고 간주(看做)하여 판단하는 것은 무리다.

그렇게 판결된다면 법리적(法理的)으로나 논리적(論理的)으로나 어쩌면 '사상누각(沙上樓閣)'의 우(愚)를 범한다는 비판(批判)을 면키 어려울 뿐 아니라 결코 정당화될 수 없기 때문인 것이다.

처음 '술'을 마셔본 미래의 '술퍼맨'은 있을지라도, 단 한차례 '술'을 마셔본 현재의 '술퍼맨'은 존재할 수 없다.

하기야 법조계(法曹界)에서 아직도 살아 숨 쉰다는 "무전유죄(無錢有罪), 유전무죄(有錢無罪)"는 '도도(滔滔)한 탁류(濁流)가 아직까지 요동(搖動)치고 있다는 것'을 뜻한다.

이러한 가운데 청정(淸淨)한 법치주의(法治主義)의 순수(純粹)함이 악당(惡黨)들의 거칠고 억셈을 밀어내기에는 인고(忍苦)의 시간이 조금 더 요구(要求)됨을 의미하기도 하는 모양이다.

아무리 그래도 "가마니(가만히)를 쓰고 있으면" 껄끄럽다. 그렇다고 하더라도 아직은 그냥 '가만히 계시라'고 '새로운 시작'이 말하고 싶은 것은 더욱 아니다.

*[법률] 마음이나 정신의 장애로 인하여 사물을 변별할 능력이나 의사를 결정할 능력이 미약한 상태인 경우, 형법에서는 형을 '감경(減輕)'할 수 있다. 민법에서는 '한정 치산'의 원인이 된다.*
 *- (형법 제10조 제2항[2019. 11. 04.] ~ 현재) -*

*[법률] 제10조(심신장애인)*
 *① 심신장애(心神障礙)로 인하여 사물을 변별할 능력이 없거나 의사를 결정할 능력이 없는 자의 행위는 벌하지 아니한다.*

② 심신장애로 인하여 전항(前項)의 능력이 미약(微弱)한 자의 행위는 형을 감경할 수 있다. 〈개정 2018. 12. 18. 〉

③ 위험의 발생을 예견(豫見)하고 자의(自意)로 심신장애를 야기한 자의 행위에는 전2항의 규정을 적용하지 아니한다. [제목개정 2014. 12. 30.]

- (형법 일부 개정 2020. 10. 20. [법률 제17511호, 시행 2020. 10. 20.] 법무부) -


세상의 모든 '선술집'은 '술퍼맨'의 '못자리(묘판[苗板])'다. 단지 이 모판(Seedbed)의 볍씨(Rice seed)들 중 '알코올 의존증(Alcohol 依存症)'의 근원(根源)을 간직하고 있는 "유전자(遺傳子)의 본체(本體)"를 머금고 생겨난 '선술집 사람들'을 "'술퍼맨'의 못자리"라 말한다.


어쩌면 '알코올(술)' 역시 우리 인간에 의해 생겨난 물체(物體)의 근본(根本)바탕이 아니기에 '술퍼맨'이 되기까지의 길은 아무에게나 주어지지 않고 '들쑥날쑥' 한 모양이다.


* 행위지배(行爲支配): 행위자가 스스로의 행위에서 발생하는 인과(因果)의 과정(過程)을 주체적(主體的)으로 지배하고 통제할 수 있는 상태를 이르는 말.

* 사상누각: 모래 위에 세운 누각이라는 뜻으로, 기초가 튼튼하지 못하여 오래 견디지 못함.

* 무전유죄, 유전무죄: 돈이 없으면 죄가 되고, 돈이 있으면 죄가 안

된다는 뜻.

"인 음 주, 주 음 주, 주 음 인(人 飮 酒, 酒 飮 酒, 酒 飮 人)"이란 말은 전혀 특별한 게 아니다.

우리네 '술퍼맨'의 일과(日課)가 그러하다는 사실 확인에 불과하다. 이전의 느낌이 다시금 새롭게 떠오르며 마음의 표현 정도가 매우 깊고 간절(懇切)하여 하릴없이 기입(記入)해 보는 것뿐이다.

"사람이 술을 마시지만, 술이 술을 마시고 술이 사람을 마신다."는 뜻이 아니던가! 전혀 뜬금없는 말이 아님을 우리 '술퍼맨' 모두가 잔말 없이 근본적(根本的)으로 인정해야 하는 이유이기도 하다.

"한 잔은 너무 많지만 천 잔은 너무 적다."는 말도 있다.

이는 '알코올 의존증(Alcohol 依存症)' 환자들이 재활(再活) 모임에서 많이 듣는 경구(警句)다. 다시 말해 효과(效果)를 높이려는 표현(表現)의 수법(手法)으로, 한 잔만 마셔도 의존 증상(症狀)이 다시 발생(發生)하니 절대(絶對) 마시지 말아야 하지만, 일단 증상이 재발(再發)하면 술을 아무리 퍼 마셔도 만족(滿足)하지 못한다는 이야기다.

왜 아니랴, 2홉들이 소주 5병 분량(分量)인 PET(Polyethylene terephthalate: 음료수 병 등의 제조에 쓰이는 합성수지)병에 든 1.8L들이 한 병을 통째로 마시는 일이 대부분의 '술퍼맨'에게는 가능(可能)한 일이기에 생겨난 말이다.

그러나 1.8L와 같은 무게인 1,800g은 1인분에 200g 기준(基準)인 소고기 9인분의 양과 같지만, 9인분의 소고기를 한 자리에서 혼자 먹어치울 '술퍼맨'이나 정상적인 인간은 거의 없을 것이다.

혹시 생겨날 때부터 거인(巨人)이었거나 아니면 괴이하고 비정상적인 상태에서 어그러져 어이가 없거나 차마 바라다보기 어려운 데가 있는 괴물(怪物)이었다면 가능할는지 모를 일이긴 하다.


'절망적(絶望的[가능성이 없음])'일 때, '절망(切望[간절히 바람])'의 수단(手段)이 생겨난다.


영국(英國[the United Kingdom])의 종교인(宗敎人)이자 역사학자(歷史學者)의 말이다. '토마스 풀러(Thomas Fuller, [1608~1661])'는 "바다(물)에 빠져 죽은 사람보다 술에 빠져 죽은 사람이 더 많다"고 했다. 사리(事理)에 맞는 근사(近似)한 말이니 우리네 '술퍼맨'이 넉넉히 접수(接受)하여 마음 깊이 간직할 만하다.

미국 온라인 백과사전인 Wikipedia(위키백과[우리 모두의 백과사전])는 2020년 5월 1일자 수정 글에서 '알코올 의존증(Alcoholism)'을 다음과 같이 정의하고 있다.

"'알코올 의존증'은 정신질환(精神疾患)으로 술과 같은 알코올음료에 의존증이 있어 정상적인 사회(社會)생활에 어려움이 있는 상태(狀態)를 말한다. '알코올 의존증'은 의학적(醫學的)으로 매우 심각한 질병으로 취급(取扱)"된다. 19세기(世紀)와 20세기에는 '알코올 중독'이라 불렸다. '새로운 시작'이 강조(強調)하는 '술퍼맨'이 바로 '알코올 중독자'인 것이다.

시기(時機)에 늦어 적당(的當)한 때나 기회(機會)를 잃은 후 안타까워하며 한탄(恨歎)하여 한숨을 쉬면서 원통(冤痛)해 하는 모양새를 "만시지탄(晚時之歎)"이라 한다. 우리네 '술퍼맨'에게는 그다지 외람(猥濫)되지 않은 직언(直言)에 근접하니 기탄(忌憚) 없이 접수하여야 할 것이다.

그러나 '술퍼맨'들을 따라 다니다가 "어쩌다 '술퍼맨'"이 된 자라면 '의사가 하는 대로 하는 것이 아니라 의사가 하라는 대로 하면 "어쩌다 '술퍼맨'"에서 벗어날 수 있다.'

'알코올 의존증'이 심한 정신과 의사(精神科 醫師)라 할지라도 자신이 담당(擔當)하고 있는 모든 '술퍼맨' 환자들에게는 '술'을 금하도록 잘 설득하고 달랜다. '술퍼맨(의사)'도 자신의 직업은 알고 있음이다.

정신이 무질서(無秩序)하고 육체의 구석구석이 '난도(亂刀)질' 당하는 듯해도 한 가지 생각에만 몰두하는가! 도살장에서 대기 중인 '소(牛)'의 초자연적 넋이 그러하다.

"가장 빠르게 '덕(德)이 높은 인간(人間)이 되기 위한 최선(最善)의 방법(方法)은 그렇게 되도록 자신의 수양(修養)을 쌓는 일'이다. 덕이 높은 사람들을 보면 그들은 모두 스스로의 노력(努力)에 의하여 위대해졌다는 사실을 알게 될 것이다." (소크라테스)

너나 나나 할 것 없이 과음(過飮)을 하게 되면 평소(平素)에 금기(禁忌)

시 하던 감정(感情)이나 욕구(欲求)를 규제(規制)하던 '뇌(腦)'의 '억제 기능(抑制 機能)'이 약화되거나 해제(解除)되는데, 이러한 폭음(暴飮)이 '술퍼맨'에게는 그냥 '음주'에 속한다.

'술'을 한꺼번에 많이 마신 상태에서는 평상시(平常時) 꾹꾹 눌러놓았던 감정이 북받쳐 욕구(欲求)대로 행동하게 되기도 한다. 그렇기에 심하면 폭력적(暴力的)인 행동과 포악(暴惡)한 말을 아무렇지 않게 질러대는데, 이 경우를 우리는 "미친년 '널' 뛴다"고 얘기한다.

'술'에 의해 '뇌'세포가 제멋대로 얽히거나 뒤틀려 '개가 된다는 말'이 나오는 이유다.

**'술퍼맨' 이 느끼는 감정의 고통은 날이 갈수록 육체적 고통과 함께 진행된다.**

어찌되었든 음주상태(飮酒狀態)에서는 속마음을 눌러놓았던 억제 기능이 풀릴 수밖에 없기 때문에 자신의 속마음과 감정을 겉으로 나타내는 빈도(頻度)가 수준이나 분수(分數)에 맞지 않게 잦아진다는 것이 정설(定說)로 알려져 있다.

그런데 '술(酒)'에 취해도 평소의 억제 기능을 유지하기 위해 몸과 마음을 굳세게 단련(鍛鍊)했던 사람은 속마음을 드러내지 않을 수도 있다.

그렇게 된다는 것은 스스로 쌓은 수양의 결과이리라.

하지만 일반적으로 볼 때 술에 취하면 평소보다 속마음을 말하기가 훨씬 느슨해진다는 것이 분명한 사실임을 우리네 '술퍼맨'은 잘 알고 있다. 하물며 알면서도 실천이 안 되는 우리가 바보다.

"급히 먹는 밥이 체한다"고 했다. 이는 다급(多急)할수록 돌아가라는 의미를 내포(內包)하고 있으며 고대(古代)로부터 유행(流行)처럼 전해 내려오는 헐렁한 말이기도 하다.

"급작스레 마시는 '술'에 졸도(卒倒)한다"는 말과 별반(別般) 다르지 않다. 공복(空腹[빈속])에 마시는 '술'을 좋아하는 사람들이 많다. '술퍼맨'이라면 더욱 그렇다. '술 맛'이란 배 속이 비어 있는 상태에서 마실 때 왠지 모르게 그 맛이 뛰어나다. 그러니 공복(空腹)에 대책(對策)없이 마시고는 이에 대처(對處)할 겨를조차 없이 기절(氣絕)하게 되는 것이다. '술 맛'이 조금은 별로일지라도 공복에 그렇게까지 퍼 마셔서 이튿날 죄 없는 장신구(裝身具[머리])를 잔인(殘忍)하고 혹독(酷毒)하게 고생시키지 말아야 한다.

이 역시 알고도 모르는 팩트(Fact[사실])이기는 하나, 이를 분별(分別)하고 판단하여 술 마시는 양을 알맞게 조절(調節)할 정도의 경지(境地)에 도달(到達)한 '술퍼맨'이라면 당초(當初)의 온전함을 되찾을 수 있을 것으로 조심스레 마음을 가다듬을 만도 하다. 사람이 '술'이나 독한 기운(氣運)에 의하여 좋지 않은 영향(影響)을 받게 되면 그 미묘(微妙)한 작용이 우리 몸에 찌들게 된다. 그리하여 머리에 든 것을 몽땅 내다 버리는가 하면, 평소에 아낌없이 즐기던 유머 감각(Humor感覺)조차도 '(변태)모드(Mode[형식])'로 전환(轉換)되어 망가지고 마는 것이다.


**'술퍼맨'이 느끼는 감정의 고통은 날이 갈수록 육체적 고통과 함께 진행된다.**


그뿐이랴! 패션(Fashion)감각은 고사(姑捨)하고라도 성인지 감수성(性認知 感受性)마저 달리 어찌할 방도(方道)없이 출장(出張)을 보내고 마는 꼴이 된다. 역시(亦是) 서울 한복판의 어느 녹지공원에서 실제로 있었던 일이다. 날이 환히 밝은 '백주(白晝)'의 평일(平日) 오전(午前)시간에 수차례(數次例) 본 듯하여 낮이 익은 노숙인(露宿人) 두 분이 맘껏 취한 상태에서 어디론가 발길을 옮기며 떠들썩하게 주고받는 중얼거림을 들을 기회가 있었다.


"야! 짜샤('자식아'의 속어), 우린 '천운(天運)'이 대낄(대길[大吉]인 거야. 기초생활수급비(基礎生活受給費)가 너는 나보다 훨씬 많으니 5급 공무원(公務員)인 거고 난 9급 공무원 '연금 수령 자(年金 受領 者)'나 진배없는 겨."

"형님 참말로! 진짜로 그런 겨? 그러카면('그렇다면'의 경상도[慶尙道] 사투리) 공무원들도 별거 없네예, 우리 인제부터 떳떳하게 마십시다."

(둘은 비틀거리며 바닥을 향하려는 두 팔을 기어이 어깨동무 자세[姿勢]로 고쳐 잡더니 46개 계단[階段]을 향해 게걸음으로 나아갔다)

형이라는 자가 자신을 9급 공무원 연금 수령자라 말했거늘, 과연 9급 공무원 신분(身分)으로 연금 수급(受給)대상이 될 수나 있는 것인가? 또한 아우로 보이는 노숙인의 "공무원들도 별거 없네."라고 했지만 그는 기껏해야 고작(至多) 몇 십만 원의 수령액을 몇 백만 원과 견주(肩肘)어 볼 수 있는 것인지? … '취한 상태(狀態)'란 본시(本是) 그런 것이다. 그러나 그들의 기분이 만고강산(萬古江山)이라면 너 좋고 나 또한 나쁠 리 없으니 그것으로 '퉁'치면 그만인 것이다.

2020년 8월 11일 기록하여 서술한 Wikipedia(위키백과)의 수정(修正)된 최신 내용에 의하면 '알코올 의존증'은 신체의 조직이나 기능을 연구하는 학문에 관계되는 생리학적(生理學的) 원인과 의식의 작용 및 현상을 밝히는 학문에 근거한 심리학적 원인(心理學的 原因)에 의해 그 정도나 혹은 어느 단계에 도달해 있는 상태인지 점점 깊이 있게 밝혀지고 있다는 것이다. 체내(體內)의 알코올 대사(代謝) 과정에서 발생하는 "테트라하이드로 이소퀴놀네스"는 동물 실험에서 알코올 기호(嗜好[즐기고 좋아함])를 높이는 것이 확인됐다.


**늙는다는 것이 생(生)의 시들어 감을 의미한다면 '술퍼맨'인 것은 생(生)을 빼앗기고 있다는 뜻이다.**


테트라하이드로 이소퀴놀네스(Tetrahydro-Isoquinolnes[TIQs]): 모르핀(Morphine)과 비슷한 구조를 갖는 물질로 이 실체(實體) 때문에 환자들은 금단증상(禁斷症狀)을 겪음.

이 물질(物質)로 인해 '알코올 의존증' 환자(患者)는 술을 끊을 경우 몸이 오슬오슬 춥고 떨리는 오한(惡寒), 먹은 음식물(飲食物)을 토해내는 구토(嘔吐), 스스로 힘이 없음을 알았을 때 느낄 수 있는 허탈(虛脫)하고 맥빠진 듯한 무력감(無力感) 등의 금단 증상을 겪는다.

또한 '알코올 의존증'은 심리적 원인에도 많은 영향을 받는데, 가족의 사랑을 받지 못해 의존적인 성향을 보이는 사람들이 보다 '알코올 의존증'에 취약할 수도 있다고 한다.

신체적 원인(身體的 原因)은, 1950년대 초반에 "캘리포니아 공과대학 연구소(California Institute of Technology)의 연구 결과(研究 結果)"를 통해 알려진 인체(人體)에서 뇌(腦)의 중뇌에 위치한 '중 격 측 좌 핵(Nucleus accumbens)'으로 이어진 신경망(神經網)인 보상회로(補償回路), 즉 '쾌락 중추'라 불리는 이것의 연구 결과에 따르면, 신경 해부학적(解剖學的)으로 볼 때 알코올의 '오피오이드(Opioid)'라는 물질이 분비(分泌)를 촉진하여, 알코올에 의한 자극을 통해서, 지속적인 쾌감을 느끼려는 욕구에 의해 술에 대한 중독이 심화된다는 것이다.

* 중 격 측 좌 핵(Accumbens core [대뇌 측 좌 핵]): '대뇌 보상 계'는 '전전두엽 피질'과 '중 격 측 좌 핵', '복 측피개 영역'이라 불리는 부분들이 연결되는 신경회로로 구성돼있다. 그중에서도 특히 '중 격 측 좌 핵'에서 분비되어 방출(放出)되는 '도파민(Dopamine)'의 특정(特定)한 물질의 보상 체

계(補償體系)가 작동해 기쁨을 느끼게 하는 데 매우 중요한 역할을 함.

　* 오피오이드(Opioid[양귀비에서 추출한 약물]): 아편(阿片)이라는 물질과 비슷한 작용을 하는 합성 진통·마취제(화학성분이 유사함). 유전적(遺傳的)으로 부모가 '알코올 의존 상태'일 경우 그 자녀는 4배 이상 '알코올 의존증' 환자가 되며, 심리적으로는 현실에 대한 불안(不安)이나 억압(抑壓) 또는 부정적(否定的)인 것을 잊어버리기 위한 보상을 받으려는 욕구로 알코올을 섭취(攝取)하게 된다.


　'술퍼맨'을 향하는 알량한 시선들이 있기에 삶의 새로운 전환점(轉換點)의 계기가 될 수도 있다.


　"대한 신경정신 의학회(大韓 神經精神 醫學會)"에서 정의한 알코올 중독 '술퍼맨'들이 떼 지어 수양생활을 하는 병실에서는 알코올 중독을 치료(治療)할 목적으로 음주 충동 억제(抑制)를 위해 중추신경 해독제(中樞神經 解毒劑)인 날트렉손이나 아캄프로세이트 등을 사용한다. 그런가 하면 알코올 섭취를 완전 중지(中止)할 때에는 금단 현상이 나타날 수 있기에 중환자실(重患者室)을 갖춘 종합병원(綜合病院)을 찾는 것이 일반적인 권장 사항(勸奬 事項)이기도 하다. 이미 기 계획(既 計劃)되었던 것이었거나 아니면 느닷없이 금주(禁酒)를 시도(試圖)했다면 술을 중단 후 72시간이 가장 위험하다고 한다. 그 이유는 이때 금단 증상(禁斷 症狀)이란 것이 나타나기 때문이다. 금단 현상 중에는 '손 떨림', '정신적 혼란감', '구토', '어지럼증', '두통', '신체의 통증(痛症)'은 물론, '혈압의 이상한 변동(變動)',

'맥박(脈搏)의 이상 변화(變化)', 그러다가 사지육체(四肢六體)가 떨리며, 착각(錯覺)이 일어나 헛것이 보일 수도 있다. '종합병원'의 진료가 절실(切實)한 이유다.

우리 몸에 스며들 수 있는 '온갖 병'이 오라고 청하지 않았는데도 스스로 찾아오는 것이다. 결국(結局), 알코올성 간질(경련성 질환[痙攣性 疾患])이 나타나는데, 그 뒤의 환자 상태(狀態)는 심장마비(心臟痲痺)로 인한 사망(死亡)으로 이어질 수 있다. 그야말로 한 생명체에 비극이 찾아올 수도 있다는 얘기다. 그래서 호남(湖南) 사람들이 깨지고 망가졌다는 뜻의 '아작 났다'라는 말을 탄생시켰나 보다. 의료시설(醫療施設)이 아닌 곳에서 '알코올 의존증(Alcohol 依存症)' 환자가 금단(술의 중단)을 시도했을 때, 사망률이 약 25%라고 하는데 이는 미국의 통계(統計)다.

'알코올 의존증'을 치료하려면 금주(禁酒)를 해야만 한다. 금주 후 1차적으로 약 1주일간 금단 증상이 나타나는데 대략 3~4일간 손발 떨림이 나타나고 때로는 깊은 잠에 빠지기도 한다. 금주는 가장 쉽고 간단한 '알코올 의존증'의 치료법(治療法)이기도 하지만, 본인이 이루고자 하는 마음의 결의(決意)와 반드시 일치(一致)하는 것은 아니다. 주변(周邊) 사람의 도움이 소용(所用)될 수도 있겠으나 그 이상의 무언가(?)가 더욱 주요하다는 것이 '새로운 시작'의 생각이다.

'술퍼맨'이 되었는가? 스스로 새로운 경지(境地)로 나가야 할 삶의 시작일 뿐이다.


'알코올 의존'의 정도나 경지가 점점 깊어져 '알코올 중독'이라는 높은 단계로 전개(展開)되면 그 치료 약품(藥品)으로, '알데히드 탈수소 효소(Aldehyde dehydrogenase)'의 기능을 방해(妨害)하여 '아세트알데히드(Acetaldehyde)'의 부작용(副作用)을 발현시킴으로써 스스로 음주를 못하게 하는 '혐주(嫌酒)' 작용을 일으키는 대사(代謝) 차단제인 "디술피람(Disulfiram[술이 싫어지는 약])" 및 음주 욕구(欲求)를 줄여주는 "날트렉손(Naltrexone)", "아캄프로세이트(Acamprosate)" 그리고 불안 증상에 대한 "항 불안제(수면 유도)" 등이 환자에게 투여(投與)된다.


* 알데히드 탈수소효소(Aldehyde dehydrogenase): 간에서 알코올을 분해하는 효소(酵素).

* 아세트알데히드(Acetaldehyde): 알코올의 불충분(不充分)한 산화(酸化)에 의하여 생겨나며 알데히드(Aldehyde)라고도 한다. 냄새가 자극적(刺戟的)인 무색의 액체.

* 날트렉손(Naltrexone): '오피오이드(Opioid) 의존증'과 더불어 '알코올 의존증' 치료에 쓰이는 중추 신경계(Central nervous system[CNS]) 해독제.

* 아캄프로세이트(Acamprosate): '알코올 의존증' 치료(治療)에 쓰이는 CNS(중추 신경계) 해독제. '적응 중 심리적 상담'과 병행하여 '알코올 의존증' 치료를 위한 금주유지 요법제.

* 항불안제(抗不安劑): 불안, 긴장(緊張) 따위의 증상(症狀)을 완화(緩和)

시키는 약물. *수면진정제*(睡眠鎭靜劑)이기도 함.

습관성(習慣性) 물질(物質)의 복용(服用)을 끊은 '알코올 중독자(中毒者)'에게 나타나는 두통(頭痛), 고민(苦悶), 흥분(興奮), 허탈(虛脫) 따위의 증상(症狀)이 바로 금단증상(禁斷症狀)이다.

'만성(慢性) 알코올 중독자'가 '술'의 받아들임을 멈추었을 때에도 정신(精神)·신체상(身體上)의 증상으로 하품(절로 입이 벌어지면서 하는 깊은 호흡), 재채기(코 안의 신경이 자극을 받아 갑자기 코로 숨을 내뿜는 일), 불면증(不眠症), 통증(痛症), 불안(不安), 구토(嘔吐), 환각(幻覺), 망상(妄想) 따위의 여러 가지 상태나 모양새를 느끼게 되는데 바로 그것이 만성 중독자가 '중독물질'의 섭취를 끊었을 때 일어나는 '볼품없는 모양새'인 것이다.

그 꼬락서니란 '소'나 '말' 발자국에 괸 물에서 간신히 꼼지락거리는 지렁이보다 못하거나 다를 바 없다고 보아야 하는 이유다.


**인류(人類)와 함께하는 세상 모든 것이 변한다 해도 변할 수 없는 것 또한 존재(存在)한다.**


공자(孔子[중국 춘추 시대의 사상가, 학자: B.C. 551~B.C. 479])께서, 예순 살부터 생각하는 것이 원만하여 어떤 일을 들으면 곧 이해가 된다고 한 데서 나온 말이 바로 '이순(耳順)'이다.

어떠한 주제를 놓고 군중(群衆)을 향하여 생각이나 느낌을 표현하고 전달해 본 적 있는가? 어느 '술퍼맨'은 '술'의 매력(魅力)을 다음과 같은 말로 나름 유권해석(有權解釋)했다. "무한 반복과 나 자신의 인내를 시험하는 것"이라고 말이다. 그러나 '새로운 시작'은 그렇지 못했다. 잘 나가던 말의 언저리에서 쉬운 용어(用語) 하나가 예기(豫期)치 못하게 생각나지 않아 유사(類似)한 단어를 끄집어내어 앞뒤 말 맞춤을 이어가느라 어지간히 곤혹(困惑)을 느끼며 어찌할 바를 모를 때가 있었다. '예순 살(六旬)'이 넘어서는 그러한 경우(境遇)가 늘어나기만 하니 큰일이 아닐 수 없다. 그 원흉(元兇)이 다름 아닌 '술'과 공모한 나 자신임을 '새로운 시작'은 차고 넘치도록 잘 알고 있다.

　이는 공자님의 강한 어조(語調)에 역행(逆行)하는 것이 아닌가! 이젠 칠순(七旬)이 되어서야 그 원만(圓滿)함이 제대로 이루어지기를 바라며 기대(期待)해도 괜찮은 것인지… 덩어리 흙을 두드리고 다져서 의지(意志)를 불태운다 해도 그리 쉽지는 않을 듯싶다. '새로운 시작'이 생각한 창작물(創作物)을 만들고 다듬어 포트폴리오(Portfolio[작품집])를 완성하려면 "정지된 알코올 중독자"의 신분으로는 아직 이른 감이 있는 이유이기도 하다.

　만약(萬若)의 경우 '새로운 시작'이 아무리 '술'을 마셔도 도저히 '술퍼맨'이 되지 않는 '약(藥)의 재료(材料)가 되는 물질(物質)'을 개발(開發)한다 해도 특허권 신청은 하지 않을 것이다. 그리고 특허청(特許廳)에서도 특허권을 부여(附與)하지 말아야 한다. 충정(忠情)이 깃든 진심(眞心)이길 바라는 마음이다. 허무(虛無)한 현실에도 못 미치는 몽상이지만 아무쪼

47

록 그러하다는 것이다.


'맑은 물(술)'을 가까이 할수록 총총히 우리 곁을 떠나는 것은 '맑은 정신'일 뿐이다.


상시 연말(年末)에 접어들면 사회 각계각층(各界各層)에서 회식문화(會食文化)의 조정(調整)이 활성화(活性化)되기 마련이다. 전국 대학생(大學生)들의 종강파티(終講Party), 직장인(職場人)들은 송년회(送年會) 등 이래저래 술자리가 잦아 많은 이들이 분주(奔走)해지는 시기(時期)이다.


이 때에 과음(過飮)을 하게 되는 경우가 종종(種種) 발생(發生)하여 수고스러운 고생(苦生)도 하게 되는데, 이러한 현상은 이튿날 저녁나절까지 '술'이 깨지 않는 취기(醉氣)인 숙취(宿醉), 두통(頭痛) 등에 시달리는 가장 큰 이유(理由) 중 하나이기도 하다.


충분히 '술'을 마신 다음 날 끈적끈적한 기운의 '두통'이 일어나는 가장 큰 까닭은 수분(水分)과 산소부족(酸素不足) 현상의 체내변화(體內變化)가 가져다주는 괴로움과 고통(苦痛)이다.


그렇다면 이를 완화(緩和)시키고자 각자(各自)는 얼떨떨한 와중(渦中)에 각양각색(各樣各色)의 방법(方法)을 시도(試圖)하게 될 것이나, '술'을 지나치게 마신 후 전날의 술기운을 누그러뜨리는 수단에 있어 개인차(個

人差)가 총천연색(總天然色)이다 보니 이 장에서는 하루 이틀 휴가(休暇)를 내어서라도 그저 푹 쉴 것을 강조(強調)한다.

만일(萬一) 간밤에 벌어진 일을 모를 만큼 정신을 잃은 인사불성(人事不省) 상태였다면 더더욱 충분(充分)한 수면(睡眠)과 더불어 편안(便安)한 휴식(休息)이 필요시된다.

그러나 왕성한 '술퍼맨'들이 알아들을 리 없다. 오히려 이들은 다음과 같은 마음의 작용(作用)과 정해진 방식에 따라 치르는 행사 비슷한 버릇이 발동(發動)한다.

"동녘이 밝아오니 사라지는 어스름과 더불어 하던 '일(해장술[解醒])'을 함이 적당(適當)하다는 생각이 드는구나! 시야를 가려주던 '여명(黎明)'을 마시며 '맑은 물'을 '반주(飯酒)'로 삼자꾸나."

아서라!(Oh no!) 이왕(已往) 쏟아버린 몸뚱이라 할지라도, 제 아무리 솟아날 구멍이 없을 것 같은 암담(暗澹)한 상황에서도, 항시 길은 있으니…

'술 맛'은 그 본질이 고정적(固定的)인 것인데, 여타(餘他)의 사업가(事業家)들이 자신들의 상품에 대하여, 경쟁업체(競爭業體)들과의 선점(先占)을 위해 그 방법의 하나로 회사 상표(商標)와 그 틀을 나란히 하는 술의 '네임 밸류(Name value[내포(內包)하고 있는 가치 정도])', '명성(名聲)'

등의 '심벌(Symbol[상징])'인 명함(名銜)만 새롭게 변형시키고 있는 것이다.

폭음을 하게 될 경우 '치매'와 더불어, '소화기질병(消化器疾病)'은 물론 각종 두통, '간 질환(肝 疾患)'과 심혈관 질환(心血管 疾患)'같은 증상 등을 유발(誘發)할 수 있으므로 실시간(實時間) 경계(警戒)해야만 한다.

'알코올성 치매'란 대개 일관(一貫)되지 않은 망각상태(忘却狀態)인 '해리성 기억상실증(解離性[분열성]記憶喪失症[Dissociative amnesia])'으로도 알려져 있으며, 우리가 흔히 '술'자리에서 있었던 일들이 도무지 기억나지 않는다고 하는 '블랙아웃(Black out[필름 끊김 현상])'으로 표현하기도 한다. '술'을 과도(過度)하게 마시면 '뇌(腦)'에서 기억을 관장(管掌)하는 부위(部位)에 상당(相當)한 손상(損傷)을 입힌다. '뇌기능(腦機能)', '뇌 구조(腦 構造[Brain structure])'에 변화가 나타날 수 있다. '알코올 중독 자가진단(Alcohol 中毒 自家診斷)'과 '알코올 중독증상(中毒症狀)'을 관찰함에 있어 '알코올 중독'이라고 스스로 느낄 수 있는 병증(病症)들을 살펴보기로 하자.

"음주량 조절 불가능(飮酒量 調節 不可能)"을 필두(筆頭)로 '무개념(無概念)'으로 '술'을 찾게 되는 "중독 증상", 대화 중 갑자기 일상용어(日常用語)의 부재(不在), 표현(表現)하고자 하는 의미의 앞뒤 연결(連結)이 순간적(瞬間的)으로 단절(斷絶)되어 다음 대화(對話)의 흐름이 연결되지 못하는 등 문란(紊亂)한 상태의 '치매(癡呆)', 실제(實際)로 나지 않는 소리가 마치 들리는 것처럼 느껴지는 '환청(幻聽)', '뇌기능 저하(低下)', 집중력(集中力)의 현격(懸隔)한 떨어짐, '기억력 감퇴(記憶力 減退)', 별 명목(名目) 없이 행사(行使)하는 어리둥절한 상태에서의 폭력(暴力), '술' 없이 잠 못 이루는 긴 밤의 향연(饗筵)인 불면증(不眠症). 이외에도 우리 몸에서 다채(多彩)롭게 나타나는 금단(禁斷)증상 등 어쩌면 인간이 가지고 있거나 간직하고 있는 만병의 병증증상(病症症狀[병의 증상으로 나타나는 여러 가지 형태])을 하나도 빠짐없이 모두 느끼게 되는 것이다.


만취한 '술퍼맨'이 자신은 아닌 것은 아니라고, 옳은 것은 옳다고 말을 해야 한다며 자신처럼 살라고 입에 거품을 문다. 근데 듣는 이들은 반응이 없다. "뭔 말인지 알아들을 수 없으니."


'알코올 중독 증상'이 심각(深刻)하다면 술을 멀리하거나 죽기보다 어렵다는 '절주'의 방법을 잘 찾아봐야 할 것이다. 선택적 분노(選擇的 憤怒)가 스스로 통제되지 않는 이유다.

특히 '알코올 중독 증상'을 내포(內包)하고 있는 사람은 남들의 표현에 의해서가 아니라 실제로 여러 가지 문제가 생기게 된다.

술로 인해서 몸의 건강이 악화(惡化)되면서 신체적·정신적으로 각종 질병이 발발(勃勃)하는 것은 절차적(節次的) 도리이고, 당연(當然)한 이치(理致)이며 순리(順理)인 것이다.

그것은 시간문제다. 이 문제에 대하여 반복(反復)하여 '알코올 중독 증상'을 되풀이 하며 강조하는 까닭은 '새로운 시작'에게도 다급(多急)하게 당면(当面)한 과제(課題)일 수 있기 때문이다.

알코올 중독은 한마디로 말하면 술에 중독된 상태를 뜻한다. 무서운 질병이라고 확신(確信)하기에 표현의 온도(溫度)를 높일 수밖에 없으며, "온갖 괴상(怪常)한 질병(疾病)이라는 고정 관념적(固定 觀念的) 뉘앙스(Nuance[느낌이나 인상])"는 지속적(持續的)으로 진전시켜 펴 나갈 것이다.

알코올 중독을 지니고 있는 분들은 술을 마시지 않으면 삶을 이어갈 수 없는 상태이기 때문에 굉장히 불안한 모습을 보이게 된다. 알코올 중독은 우리 주변에서 흔하게 확인할 수 있는 질병이며, '알코올'은 우리의 '멀쩡한 정신'과 '비물질적 실체'를 연결해 주는 매체(媒體)의 역할도 한다.

왜 아니랴! 다른 나라와 달리 우리 대한민국(大韓民國)에서는 '술'이라는 유기물질(有機物質)을 24시간 판매(販賣)하고 원하는 자는 언제든지 구매(購買)할 수 있다. 이상하면서도 멋진 나라다. 같은 말을 반복(反復)하고 되풀이해도 멋지다. 그러면서 우습기도 하다. 근래(近來)에는 '애주가'와 '알코올 중독자'의 차이점에 대해서도 헷갈린다고 해야 할 것이다. 이 점을 가리기 어려운 이유는 그들의 행태에 있어 별반 차이(差異)가 없다는 것이 가장 큰 이유 중 하나다.

우리나라는 '술'에 관한 한 '굉장(宏壯)'히 관대(寬待)하고, 술 잘 마시는 사람을 사회성(社會性)이 뛰어나다고 생각하기에 '애주가'와 '알코올 중독자'의 경계가 사실 매우 애매한 부분이 있다. 만약, 자신이 반복된 음주로 인해 신체적, 정신적으로 문제가 발생하는데도 불구하고 술을 계속 마신다면, 더 이상 '애주가'가 아니라고 봐야 한다. 그저 병들어 빌빌대는 처량한 환자(患者)일 뿐이다.

'알코올 남용자'가 옳은 표현이긴 하다. 하지만 '알코올 남용자(濫用者)'나 '중독자(中毒者)' 모두 자신의 반복적 과음이 '애주가(愛酒家)'수준이라고 여기는 것이 작금(昨今)의 현실이다. 그러하기에 '알코올 남용자'나 '중독자' 모두를 함께 지내는 동료(同僚)의 대상(對象)으로 보아야 한다는 것이 '새로운 시작'의 헤아림이다.

'술'의 역사는 상당히 오래되었다. 기원전(紀元前) 5,000년경부터 메소포타미아(Mesopotamia)나 이집트(Egypt)에서 '포도주'를 빚었다고 한다. 당분이 많은 과일이면 무엇이든 과실주를 담글 수 있었는데 특히 "포도는 당이 많아서 과실주를 담그기에 가장 알맞았다"는 썰(說)이 있다.

종아리가 허벅지보다 굵으니 어찌 제대로 걷겠는가! 곡기(穀氣) 보다 '맑은 물(술)'을 몸 안에 더 많이 들이지 말아라. 그것은 '오장육부(五臟六腑)'를 희롱(戲)하는 일이다.

중국 당나라의 시인 "이 백(李 白/태백(太白)[701~762])"과 동시대(同時代) 동일국가의 시인 "두 보(杜 甫/자 미(子 美)[712~770])"가 만취 상태에서 하던 버릇이 바로 "마르틴 루터"처럼 '현실에 대한 비판'을 그렇게 읊조렸던 것이다. 하기야 '새로운 시작'도 그러지 않았더냐! 그래서 모양새 없이 마시는 '술'의 끝판에 우리는 항상 다음과 같이 중얼거린다. " '개' 됐다."고.


## 광란(狂瀾[미친 듯이 날뛰는 사나운 물결])


수없이 부추겨서 폭력(暴力)을 휘두르게 한 것도 '너'와 '나'의 '합작품(合作品)'이었나.

방 안 여기저기 남모를 어둠 속에서 기다리던 의리(義理) 그 자체는 '너'뿐이었지.

사랑하는 막내딸이 '너'를 끌어안고 서재(書齋)에서 나오는 순간(瞬間), 엄청난 '쓰나미(Tsunami[해저지진: 해일])'가 온 집 안을 덮쳤었다네.

파고(波高)는 꽤 오랫동안 높아져만 갔지.

세찬 바람과 함께 몰아치던 폭풍우(暴風雨)는 그칠 줄 몰랐고,

사랑하는 나의 막내딸. 실의(失意)에 찬 그 안색(顔色)이 애처로웠다.

그리고 본드(Bond)처럼 강력(剛力)하게 부둥켜안았던 '너'와 나.

막내 딸아이까지 우리 셋의 사이는 한동안 알 듯 모를 듯 소원(疏遠)해졌지.

어쩌면 땅 짚고 헤엄치던 그 시절이 날이 갈수록 그리워지네.

'쓰나미'를 잠재울 획기적(劃期的)인 대책(對策)이 필요함을 절실(切實)

히 느끼게 될 무렵,

'겁 대가리'를 상실(喪失)한 '너'와 '나'는 지하접선(地下接線)을 도모(圖謀)했었지.

불법행위(不法行爲)로 인정(認定)되는 위법성(違法性)이 아닐 수도 있다는 아무런 해명(解明)도 없이 해괴(駭怪)하고도 뜬금없고 부질없는 소행(所行)이었을까.

가족은 말할 것도 없이 지인(知人)들 심기(心氣)마저 뒤틀어 놓았네.

갈수록 '너'를 만날 방도(方途)라는 것이 아득하고 멀게만 느껴지는 것은,

아마도 별 대안(對案)없이 혼이 빠져 정신을 못 차리며 막연히 '너'만을 생각하고 있었던 게지.

하늘과 땅은 마냥 달라지지 않고 항상(恒常) 그대로 말이 없는데,

나 홀로 우울(憂鬱)해지며 영양가 없는 잡념(雜念)에 젖어 있다네.

'너'는 그리운데, 내 안에 있는 '잠재의식(潛在意識)'이 반칙(反則)과 동행(同行)한다면… 나 참, "지랄도 풍년"이려나!

(출처: '새로운 시작' [2021.03.14.{일}])

동서고금(東西古今)을 막론하고 술에 대한 예찬론(禮讚論)도 있었지만, '그게 아니다' 는 또 다른 비난(非難)도 만만치 않았다. 그래도 답은 있는 것 같다. 삼수 변(三水 邊)이, "물 '水'" 혹은 "氵" 등으로 쓰이는 이유는, 닭이 물을 마실 때 반드시 세 모금만 마시는 모양새를 보고 생겨난 글씨다. 그래서 술도 닭 물 먹듯이 세 모금만 마시라는 뜻에서 "술 주(酒)자는 삼수 변(氵)에 닭 유(酉)"의 합이 만들어낸 글자

인 것이다.


'알코올'은 여러 가지 '신체대사(身體代謝)'에 영향(影響)을 주어 건강상 (健康上) 반드시 문제를 일으키고 만다. '알코올'에 의한 '영양 결핍(營養 缺乏)'은 '위장관 변화', '간 기능 저하', '고혈압', '생식 기능 저하', '면역력 저하', '코르사코프 증후군(기억력·시·공간 적 및 총체적 장애증상)' 등을 유발 (誘發)한다. 검사 및 진단(診斷)을 실시한 후에 치료(治療) 방법으로는 '신 경과적 치료', '정신과적 치료', '약물복용' 및 '입원' 그리고 '생활습관'을 개선하는 방법 등을 통한 치료가 있다.


"만취상태"가 될 때까지 '술'을 마시면 안 된다는 매우 피곤(疲困) 한 말을 해야만 할 것 같다. 과음이 잦으면 여러 가지로 손실(損失)이 따르게 된다. 가족 및 지인(知人)들과 다투게 되고, 각종 질병이 생각할 겨를도 없이 파고든다는 것이다. 특히 정년(停年) 이전에 중병(重病)이라 는 질환(疾患)이 갑작스럽고도 엉뚱하게 '술퍼맨'의 심신(心身)에 비집 고 들어와 혹 동거(同居)라도 하고자 한다면 그나마 가진 것마저 깡그 리 잃게 된다는 사실이다.


'알코올 의존의 원인'이 되는 '알코올 남용(濫用)'과 '알코올 오용(誤用)' 의 경우를 살펴보자.
    * 1995년 대한민국 통계청: 대한민국의 성인 남성 중 83.0%, 성인 여

성 중 44.6%가 술을 마신다. '알코올 남용 유병률'은 남성 23.7%, 여성 1.3%였으며, '알코올 의존'은 각각 19.2%, 0.9%였다.

　* 남용: 일정한 기준이나 한도를 넘어서 함부로 씀.

　* 의존: 다른 것에 의지하여 존재함.

　* 오용: 잘못 사용함.


　알코올은 몸속에서 탄수화물이 산화(酸化) 또는 분해되는 과정인 '당질대사(糖質代謝)'에 영향을 미쳐 '저혈당증(低血糖症)'을 유발할 수 있으며, 이때 뇌에 치명적인 악영향을 줄 수 있다. 생물체 안에 존재하는 유기 화합물(有機化合物)을 통틀어 지질(脂質)이라고 하는데, 알코올은 체내 근육 외의 장기(臟器) 표면 따위에 '중성지방(中性脂肪)'이 축적되도록 영향을 주며, 혈중 '중성 지방량'은 상당 기간 금주한다 해도 쉽게 떨어지지 않는다고 한다. 알코올은 '작은창자(小腸)'에서 산 또는 알칼리로 분해(分解)되는 '단백질 가수분해(加水分解)'로 얻을 수 있는 아미노산(Amino酸) 흡수를 방해하며 그 결과 간(肝)의 손상(損傷)으로 이어진다.


　'알코올 남용'의 경우 알코올에 대한 의존이 심한 것으로, 음주가 지속되어 직장 및 가정에서 역할을 다하지 못하거나, 신체적, 정신적으로 건강상 위태한 상황임에도 불구하고 "거시기(음주)"는 반복적으로 지속된다. '알코올 의존'은 예전만큼 음주해서는 알코올의 효과가 감소되어 음주량이 더 많아지는 것으로 술을 줄이거나 끊었을 때 나타나는 불안, 불면, 설사, 환청, 환시, 간질발작과 같은 증상 등이 나타나는데 이런 증상을 없애기 위해 술을 또 마시게 되는 것이다.

'알코올 의존증' 환자는 엽산(葉酸), 비타민 B6, 티아민(Thiamine[수용성 비타민 비 복합체의 하나]) 등 '비타민(Vitamin) 결핍'이 나타난다. 특히 '장기간의 알코올 남용'은 수용성 비타민 '비 복합체(B 複合體)'의 하나로 탄수화물의 대사에 작용하는 '티아민' 결핍(缺乏)을 초래(招來)한다. 알코올에 의한 영양 결핍은 '위장관 변화', '간 기능 저하', '고혈압', '생식 기능 저하', '면역력 저하', '코르사코프(Korsakov) 증후군' 등을 초래(招來)한다고 이미 언급(言及)한 바 있으니, 아직 덜 여문 '술퍼맨'이라면 "정지된 알코올 중독자"의 신분으로 때를 기다리며 마냥 대기(待機) 중인 '새로운 시작'이 도움을 주고자 하는 말에 귀 기울여야 할 것이다.

'알코올' 은 영양가치(營養價値)는 없으나, 포도당(葡萄糖)으로 이루어져 있기 때문에 칼로리가 높아서 1g당 7칼로리(Calorie[열량의 단위]) 정도의 열량을 낸다.

하지만 영양소를 전혀 포함하고 있지 않아서 '알코올 중독자' 들이 술을 마시면서 식사를 하지 않아 심각한 영양결핍(營養缺乏)에 빠지는 경우가 부지기수(不知其數)다.

사실상(事實上) 알코올(Alcohol)은 한잔(1盞)만 마셔도 각종(各種) 암(癌)에 걸릴 확률(確率)이 상당(相當)히 높다는 '연구결과(硏究結果)'들이 최근 잇따르고 있는 실정(實情)이다.

특히 포도주 한잔은 건강(健康)에 도움을 준다는 과거로부터 지금까지의 고정관념(固定觀念)이 이슈화(Issue化)되면서 더욱 '알코올 순기능(順機能)'의 근거(根據)로 제시(提示)되기도 했다.

'포도주'라는 명함(名銜)이 내포하고 있는 가치로 인해 알코올을 소량(少量) 섭취하면 '혈액순환과 대사활동'에 도움을 주는 것으로 알려져 있으나, 오늘날에 와서는 '포도주에 함유(含有)된 알코올의 순기능'이라는 것은 전설(傳說)과 같이 그저 말로 전해져 내려오는 얘기에 지나지 않는다.

모든 사람이 술을 마시면 스스로의 몸이 힘들고 더 피곤하며, 각종 질병과, 몸을 해칠 수 있다는 사실은 다 아시는 바이다. 심지어 영양가치도 없으며, 칼로리만 높아 비만(肥滿)까지 초래한다는 것까지지도.

또 눈에 보이지 않는 '호흡기계 및 순환기계', '근골격계', '신경계' 등 몸 전체의 다양한 증상 및 질환을 일으키기도 한다. 눈에 당장 보이지 않으니, 술의 위험성과 경각심(警覺心) 등의 다양한 Fact(사실)가 느낌으로는 총체적 감각이나 마음의 기운, 더불어 감정으로 와닿지 않을 뿐이다.

또 다른 하나는 뇌의 기능을 망가뜨리는 것이다. 우리가 술을 마시게 되면 그 '알코올'은 우리 몸의 혈관(血管)으로 흡수되어 혈관-뇌 장벽(腦障壁)을 통과하여 직접적으로 뇌기능에 영향을 미치는데 대뇌(大腦)와 뇌간(腦幹[대뇌와 소뇌를 제외한 뇌의 나머지 부분])의 기능을 저하시킨다.

술을 마시고 필름이 끊기는 단기기억상실증(Black out)도 우리의 뇌와 관계가 깊은데, 술은 우리 몸에서 진정제(鎭靜劑) 역할을 하며 우리 뇌를 취하게 만들고 기능저하를 유발한다.

대뇌가 뇌간에서 적절(適切)한 '신호전달(信號傳達[Signal transduction])'을 받지 못하면 평소에 정상적(正常的)인 '이성적 판단(理性的 判斷)'과 '조절 억제(調節 抑制)'가 되지 않는다.

이와 같은 현상(現狀)으로 인하여 공격성(攻擊性), 폭력성(暴力性), 각종 범죄행위(各種 犯罪行爲), 음주운전(飮酒運轉), 우울증(憂鬱症) 등 '인지행동장애(認知行動障礙)'를 보이게 된다.

알코올 중독은 대뇌 전두엽(前頭葉)이 손상(損傷)되면서 '판단력(判斷力), 죄의식(罪意識), 양심(良心), 도덕성(道德性), 절제력(節制力)' 등이 모두 사라지게 되는 것이다.

따라서 가장(家長)으로서의 역할(役割) 따위는 내력(來歷)을 감추게 되며. 무엇보다도 죄의식이 없어지기 때문에 가족에게 폭력적으로 변하게 된다. 즉시 헤아려 치료해야 하는 이유다.

알코올 중독은 시간이 갈수록 급속도(急速度)로 심해지며, 나중에는 아비 어미조차 못 알아보기도 하는데, 중독 상태의 '술퍼맨'은 양반(兩班) 상민(常民)의 구분이 없다.

배운 거 없이 제풀에 막되게 자라 교양(敎養)이나 상식(常識), 학식(學識)은 물론 버르장머리까지 없는 인간(人間)을 낮잡아 이르는 말이 있다. 이른 바 "후레자식(子息)"이다.

우리네 '술퍼맨'이 만성(慢性)적으로 '고질화(痼疾化)'되면 그렇게 불려진다. 근본적(根本的)으로 죄의식, 양심, 도덕성, 이성(理性) 등이 사라지기 때문에, 마치 "좀비(Zombie[살아 있는 시체])"나 "사이코 패스(Psychopath[반사회성 성격 장애])"처럼 변하게 되는 것이다.

'술퍼맨'의 심신 여기저기에 병마(病魔)가 깃들기 시작(始作)하게 되면 아마도 병명(病名) 중에는 족보(族譜[Family tree])에도 없는 온갖 병의 증상(症狀)들이 나타난다 해도 이러니저러니 할 것 없이 전혀 수상(殊常)하게 생각할 이유가 없다.

"만병통치약(萬病通治藥)은 없어도 의학사전(醫學辭典)에 없는 병은 비일비재(非一非再)하다."는 말이 아무 까닭이나 실속 없이 생겨난 게 아니다.

이와 같이 험난(險難)한 고충(苦衷)에서 벗어나려면 흔히 볼 수 있는 보통(普通)의 결심으로는 턱없이 부족(不足)하며 우리네 '술퍼맨'에게 도움을 줄 만한 "멘토(Mentor[조언해 주는 사람])"나 "수양시설(修養施設[알코올 클리닉{Alcohol clinic}])"에서도 온전(穩全)한 정신으로 되돌아가게 해주는 것 또한 아니다. 스스로 '술퍼맨'을 자초(自招)했으니, 자신의 힘으로 해결(解決)하여야만 한다. "잡초를 베어 거름으로 쓰는 혜안(慧眼)"이 절실히 요구되는 이유다.

앞서 "천지(天地)의 조화(造化)를 주재(主宰)하시는 온갖 신령(神靈)인 천지신명(天地神明) 중에 '술퍼맨'을 조정·통제하시는 신(神)만은 부재중(不在中)이라는 사실을 이제야 알게 되었다"고 얘기했듯이, 염라대왕(閻羅大王)께서도 '술퍼맨'의 생전 선악(善惡)행위 여부(與否)와 관련한 심판(審判)의 '날'만은 '여지(餘地)' 없이 휴무일인 빨간색 날짜나 국경일에 계획해 놓으셨다는 것을 명심해야 할 것이다.


지나간 일과 앞으로 발생할 일들까지 상상할 수 있는 무언가가 있다면 그것은 '술퍼맨'의 행태다.

# 밝음과 어두움

전염병(傳染病)이 '전 세계적(全 世界的)'으로 크게 유행(流行)하여 매우 넓은 지역(地域)에 걸쳐 발병(發病)하는 모양새를 "팬데믹(Pandemic)"이라 한다. 요즘은 '팬데믹'으로 인해 이 세상(世上)이 시끄럽고 어수선한 데가 있다. 소란(騷亂)하기 그지없어 불안하고 산란하며 번잡(煩雜)하여 인간이 살고 있는 이 사회의 질서(秩序)가 어지러울 지경이어서 대부분(大部分) 사람들의 심리적(心理的)·신체적(身體的) '긴장 상태(緊張 狀態)'가 극도(極度)로 예민(銳敏)해져 있음이다. 이 와중(渦中)에 그렇지 않은 인간은 '술퍼맨'뿐이다. 지랄이 풍년(豊年)인데 왜 아니랴!

'사회적(社會的) 거리 두기', 사람이 모이는 장소에 따라 시행(施行)해야만 하는 '집합(集合) 시 인원제한(人員制限)' 등으로 몸과 마음은 지쳐 있지만, 그래도 대한민국 국민들은 긍정적이다. 국가정책(國家政策)에 호의적(好意的)이고 적극적(積極的)이며 협조(協調)하는 국가라고 국제적으로 평가한다고 하니 다행스러운 일이 아닐 수 없다. 제아무리 '팬데믹'이라 한들 우리 모두 나 자신을 사랑하는 차원(次元)에서 인내(忍耐)하는 마음을 갖는다면 지혜(智慧)로운 시간을 보낼 수 있을 것이다.

대한민국 국회(國會)는 그간 미루어 썩혀왔던 음주운전(飮酒運轉) 관련

(關聯) 처벌 기준(基準)을 강화(強化)하는 '행정(行政)처벌' 및 '형사처벌(刑事處罰)' 법안(法案)을 발의(發議)하였다. 때문에 우리네 '술퍼맨'이 음주운전 중 크고 작은 사건(事件)의 중심에 놓여진다면 무거운 처벌을 받을 수 있기에 음주 후에는 유달리 특별한 자세(姿勢)로 마음을 굳게 다잡아야만 한다.

이에 서로 관련(關聯)되는 이러저러한 면에 대하여 국회는 수년 전(數年 前) 심의할 의안(議案)을 내놓음으로써 개정(改正)된 이른바 "윤창호법(시행[施行]: 2019년 6월 25일)이라 명명(命名)한 이 법(法)"의 앞과 뒤를 아울러 그 본보기를 보아가며 학습(學習)해 가는 것도 괜찮으리라는 생각에 찬찬히 서술(敍述)해 보고자 한다.

형벌(刑罰)의 수위(水位)와 그 안에 담긴 세부내용(細部內容)의 정도(程度)를 가일층(加一層) 높인 '음주운전 처벌법(飲酒運轉 處罰法)'은 "윤창호법(2019년 6월 25일)"이 공포(公布)된 이후(以後) 효력(效力)의 발생과 더불어 실제(實際)로 새로운 국면(局面)을 맞게 된다.

My success depends on my efforts.
나의 성공은 나의 노력에 달렸다.

음주운전 중 뜻밖에 일어난 불우(不虞)의 사고(事故)에 대해 무거운 '형사적 책임(刑事的 責任)'을 물어 타인(他人)의 생명이나 신체, 재산, 명예

따위에 위해(危害)를 가한 사람으로 하여금 법률적인 불이익이나 제재(制裁)의 범위가 크게 확대(擴大)되었다는 얘기다.

사정(事情)이 몹시 딱하고 곤란(困難)한 상태가 더욱 심각(深刻)해지게 되었으니 우리네 '술퍼맨 음주자'는 어찌하란 말인가! 음주운전 처벌이라 하면 일반적(一般的)으로 면허(免許)의 정지(停止) 내지는 취소(取消) 등의 처벌을 떠올리기 쉬운데 이는 '행정적인 처벌'을 말하는 것이다.

그러나 사고를 일으킨 당사자(當事者)가 먼저 고민(苦悶)하고 사고처리(事故處理)에 대비(對備)해야만 하는 것은 의당(宜當) '형사적 책임' 때문이다. 형사적 책임(責任)에는 벌금형(罰金刑)은 물론 징역형(懲役刑), 최고(最高) 무기(無期)징역까지 받을 수 있는 무거운 형사사건(刑事事件) 등으로 분류(分類)된다. 우리는 형사사건에 있어서 통상적으로 폭행이나 성범죄 등을 떠올리기 쉬운데 음주운전 역시 타인의 생명을 위협하는 중대한 범죄로 보아 형사사건으로도 다루어지고 있다.

게다가 '윤창호법' 등 공분(公憤)을 산 뜻밖의 사건들로 인해 "2019년 6월부터"는 강화(強化)된 처벌기준이 적용되어 더욱 무거운 형벌(刑罰)을 받을 수 있어 각별(各別)히 주의해야만 한다는 것이다.

음주 전 자신만의 신념(信念)이라 말할 수 있는 '소신(所信)'에 입각(立脚)한 각별함이 강조되는 이유다.

참고(參考)로 "2019년 6월 25일 부"로 시행(施行)된 '윤창호법'은 만취

운전자(漫醉 運轉者)의 차량으로 인해 뜻밖에 불행한 사고를 당한 피해자 '윤창호'가 뇌사 상태(腦死 狀態)에 머물다가 약 45일 만에 사망한 '윤창호 사건'을 말한다.

전국적으로 음주운전을 더 강력하게 처벌해야 한다는 여론(輿論)이 사회 전반에 들끓었고 이에 상응하여 국회에서는 음주운전 관련 처벌 기준을 강화하는 법안을 발의, '2019년 6월부터 시행'하게 된 것이다.

"윤창호법(2019년 6월 25일)" 공포(公布) 이전(以前) '혈중알코올 농도(血中 Alcohol 濃度)' 처벌범위는 0.05%가 처벌기준이었으나 현재는 0.03% 이상만 되어도 징역 1년 이하 또는 벌금 500만 원 이하의 처벌을 받을 수 있게 된다. 또한 0.08~0.2% 미만 사이 혈중알코올 농도는 징역 1년 이상 2년 이하, 벌금 500만 원 이상 1000만 원 이하의 벌금형으로 처벌이 무거워졌다. 혈중알코올 농도가 0.2% 이상이면 징역 2~5년, 벌금은 1000~2000만 원이며 혈중 알코올 농도가 이보다 낮아도 2회 이상 적발 시에는 0.2% 이상으로 간주하여 동일한 '형사처벌'을 받게 된다.

그러니 거칠게 몰아친 비바람에도 멀쩡한 초목들은 잎 새 화장 후 "비까번쩍('번쩍번쩍'의 강원, 제주 방언)" 바람결에 나부끼듯이, 우리네 '술퍼맨'도 가리지 않고 아무 '술'이나 마구 마신 후에도 의식(意識)을 잃을 만큼 '헤까닥' 얼이 빠질지언정 '음주운전'만은 '사절(謝絕[사양하여 물리침])'의 예의(禮儀)로 대신 하여야 할 것이다.

허황된 생각이나 성의 없는 태도로는 '티핑 포인트(Tipping point[전환 시점])'의 기회가 오지 않는다.

예전에는 혈중알코올 농도의 처벌 기준이 비교적(比較的) 낮고 초범(初犯)이라고 하면 가볍게 벌금(罰金)형 정도에서 끝나는 경우(境遇)가 비일비재(非一非再)했었다. 하지만 이제는 0.03%(소주 한잔의 음주량[飮酒量]) 이상(以上)만 되어도 형사처벌(刑事處罰) 및 각종(各種) 행정상(行政上) 불이익(不利益)을 받을 수 있고, "2진 아웃제(二振 Out制)"가 적용(適用)되어 2회(二回) 적발(摘發)의 경우에는 선처(善處)를 받기가 사실상(事實上) 어려워진다는 것이다.

작금(昨今)에 와서는 음주운전을 사회적(社會的)으로도 관대(寬大)하게 바라보지 않고 그 행위는 이미 사람의 생명을 위협(威脅)하는 '예비 살인 범죄(豫備 殺人 犯罪)'로 사태를 건너다보기 때문에 음주운전(飮酒運轉) 관련 처벌 기준은 앞으로도 더 강화될 수 있다고 보는 것이 타당할 것이다.

정리(整理)하자면 이제는 "딱 한 잔만!"이라는 헐렁한 공식(公式)이 통하지 않는다는 얘기다. 더군다나 2회 이상 적발이라면 어김없이 엄중(嚴重)한 처벌을 받을 수 있기 때문에 마음에 새겨 두고 항시 조심해야 한다. 하지만 최소한의 방어(防禦) 및 적극적인 대응은 필요한 까닭에 동일 사건에 연루(連累)되었다면 전문 변호사의 조력(助力)을 반드시 받아 보시기 바라는 바이다.

"미친년이 '널'을 뛰면 주변에 아무도 없다." 하지만 음주운전 차량의 근처에는 언제든 주행하는 '차'들이 있다.

"절주(節酒)"는 함께 웃음을 웃게 하는 힘이며, "단주(斷酒)"는 다시 시작을 알리는 새로운 희망이다.

## 윤창호 숨지게 한 만취 음주 운전자 징역 6년 선고… 정작 윤창호법 적용 안 돼

[출처: 시선 뉴스] 보도본부 | '이ㅇㅇ' 기자 승인 2019.02.13. 18:13분

13일 오전 부산 해운대구 부산지방법원(釜山地方法院) 동부지원(東部支院)에서 윤창호 씨 사건의 가해자인 A(27) 씨의 '선고 공판(宣告 公判)'이 열렸다.

이번 공판에서 재판부(裁判部)는 A씨에게 '특정범죄 가중처벌(特定犯罪 加重處罰) 등에 관한 법률 위반(위험운전치사) 등'을 적용하여 징역(懲役) 6년을 선고하였다. 이번 공판을 방청석(傍聽席)에서 지켜보던 윤 씨의 부모와 친구들은 실망감(失望感)에 눈물을 흘렸다.

22세에 불과했던 윤창호 씨는 지난 2018년 9월 부산 해운대구에서 만취 운전자인 A씨가 몰던 차량에 치여 뇌사상태(腦死狀態)에 빠졌다가

끝내 세상을 떠났기 때문이다.

이 사건을 계기로 음주운전에 대한 사회적인 경각심이 크게 일어났고 이에 특가법의 개정법인 일명 '윤창호법'이 2018년 11월 29일 국회를 통과하게 된다.

개정 전 법률(法律)에 따르면 '음주운전치사(飮酒運轉致死)' 가해자의 경우 1년 이상(以上)의 '유기징역(有期懲役[31년 상한])'이었지만 윤창호법에 따르면 최저(最低) '3년 이상', 최대(最大) '무기징역(無期懲役)'까지 선고(宣告)하도록 상향(上向)되었다. 하지만 이 법(法)은 사건이 일어난 이후(以後)에 개정이 되었기 때문에 기대하거나 의도했던 것과는 달리 윤창호 사건의 가해자인 A씨는 개정(改定) 이전(以前)의 법률이 적용(適用)되었다. 다만 대법원(大法院) '양형 위원회(量刑 委員會)'가 정한 양형 기준(量刑 基準)인 "1년~4년 6개월"보다는 더 엄중(嚴重)한 '처단 형(處斷 刑[징역 6년])'을 내린 것이다.

법조계(法曹界)에서는 '양형 기준'보다 정도가 더한 형을 내렸기 때문에 아주 무거운 형벌이 선고되었다고 평가(評價)하고 있지만 윤 씨의 가족이나 '네티즌(Netizen[사이버 공간의 시민])' 등의 여론(輿論)은 윤창호법이 나타나게 된 장본임에도 불구하고 개정법을 적용받지 않았다는 것에 '부족한 처벌'이라며 불만(不滿)을 표하고 있다.

어쩌랴! 최소한 절망(絕望)이 지속(持續)될지도 모를 체념(諦念)의 도구(道具)로 제자리걸음을 한 것은 아니지 않은가.

'꿈'만을 먹고 사는 자는 굶어 죽을 것이요, '술(맑은 물)'만 먹고 살아가는 자는 병들어 죽을 것이다.


윤창호 씨의 아버지 '윤기원 씨'는 1심 선고 후 "이 사건 판결에 '국민적 관심(國民的 關心)'이 많은 상황(狀況)에서 6년이 선고된 것은 사법부(司法府)가 '국민 정서(國民 情緒)'를 모르고 판결한 것이 아닌지 유감(遺憾)스럽게 생각한다"고 했다.

음주운전에 대하여 사회적으로 모든 운전자가 정신을 차리고 주의 깊게 살피어 경계(警戒)하는 마음을 일깨우는 판결이 나오기를 기대(期待)했는데 거기에는 미흡(未洽)했다는 것이다.

"우리 창호가 눈을 감지 못하고 이승을 떠나 안대(眼帶)를 씌워 보냈는데 엄중(嚴重)한 판결이 나왔으면 면목(面目)이 있었을 것"이라며 울분을 감추지 못했다.

법조계에서는 과거(過去)의 판례(判例) 등을 보아도 이번 판결은 매우 중한 처벌을 내렸다고 보고 있다. 하지만 달리 말하면 그 동안 매우 가볍게 처벌했다는 의미(意味)일수도 있는 것이다.

'만취음주운전(漫醉飲酒運轉)'이란, 간접적(間接的)이고 잠재적(潛在的)인 살인행위(殺人行爲)로 보아야 할 것이다. 자신(自身)의 몸뚱이조차도 제대로 통제(統制)하지 못하는 극한 상황(狀況)에서 자동차(自動車)라는 무기(武器)를 들고 휘두르는 격이기 때문이다.

그러나 지난 기간 우리나라는 두드러지게 음주운전에 너그러웠고, 일의 마무리에 이르러서는 결국(結局) 안타까운 생명(生命)들이 이런 관대(寬待)함에 희생되어갔다.

앞으로 그래서는 안 될 것이다. 이 재판은 앞으로의 음주운전자들에게 경각심(警覺心)을 일깨워 줄 선례(先例)가 될 수 있기 때문에 세간(世間)의 이목(耳目)을 끌었다. 하지만 보다 중차대(重且大)한 법이 생겼을 시, 이를 지난 행위에 소급(遡及)해서 알맞게 이용할 수 없다는 것이 A씨를 '윤창호법'으로 다스리지 못했다. 다만 보편적(普遍的)인 '양형 기준(量刑 基準)'은 넘겼으니 그나마 다행(多幸)이라고 할 수 있을 것이다.

'음주운전치사 사고'는 변명(辨明)할 거리가 없는 범죄행위(犯罪行爲)다. 이제부터 윤창호법이 존재(存在)하는 만큼 비슷한 사건의 가해자(加害者)가 생긴다면 이 법의 적용을 톡톡히 맛보게 될 일벌백계(一罰百戒)의 주인공이 될 것이다. 언감생심(焉敢生心)이라 했다! '술(맑은 물)'을 '여물통'에 댔다면 운전은 꿈도 꾸지 말아라.

가스레인지(Gas range) 위에서 끓는 냄비의 손잡이 색깔이 끓기 전과 같다고 맨손으로 냄비를 들어내지는 않는다. 곧 세상을 등질 만큼 만취한 '술퍼맨'이라면 몰라도…

목표(目標) 없이 어디로 가는지 모르는 '술퍼맨'은 결국 자신이 원하지 않는 길로 가게 된다.

## 우리도 그랬었던 것. "술 취해 기억 안 나!"
### 반복되는 '주취 범죄(酒醉 犯罪)'

"'술'주정(酒酊)뱅이"가 스스로 만족(滿足)한다 하여 그것이 객관적(客觀的)일 수는 없을 것이다. 그렇다면 저 홀로 행복(幸福)이라 할 수는 있기나 한 것인가?

만취(漫醉)하여 저 세상에서 방금(方今) 도착(到着)한 사람처럼 정신(精神)을 놓아버린 '술퍼맨'이 자신은 행운(幸運)이 충만(充滿)한 사람이라고 말할 때, 누군가가 '잘되길 바란다'고 맞장구친다면 그것을 몇몇 온전(穩全)한 정신을 지닌 인간이 헤아린다 해도 덕담(德談)이 될 수는 없을 것이다.

## 2020년 정월[正月]의 음주관련[飮酒關聯] 뉴스

[앵커]
"술(酒)에 취해 기억(記憶)이 나지 않는다"라고 하는 각종(各種) 너저분하고 문란(紊亂)한 범죄(犯罪)를 저지른 피의자(被疑者)들로부터 자주 나오는 진술(陳述)입니다.

최근(最近)들어 '주취 폭력(酒醉 暴力)'에 대한 징벌(懲罰)이 강화(強化)되고 있는 가운데, '감경(減輕)'이 아닌 '처벌 가중사유(刑罰 加重事由)'로 보아야 한다는 목소리도 나옵니다.

\* 보도에 '박○○' 기자입니다.

[기자]

지난(1월)달 26일, 53살 A씨는 길을 지나던 연인(戀人)에게 아무런 이유 없이 시비(是非)를 건 뒤 손에 든 흉기(凶器)로 되는대로 마구 공격(攻擊)합니다.

이 사고(事故)로 30대 남성(男性)이 그 자리에서 숨졌습니다. 지난해(2019년) 12월에는 경찰관(警察官)인 친구(親舊)와 술을 마시던 중 친구가 집에서 경찰관을 때려 살해(殺害)한 사건(事件)도 있었습니다. 그뿐이 아닙니다.

30대 남성이 쓰레기를 버리러 나온 70대 할머니를 마구 때리는 일이 있었는가 하면, 경기도(京畿道)의 남양주(南楊州)에서는 만취한 승객(乘客)이 택시 기사(技士)를 무차별(無差別) 폭행(暴行)해 택시 기사가 40바늘을 꿰매는 부상(負傷)을 당했습니다.

최근(最近) 일어난 살인(殺人)과 묻지마 폭행(暴行)까지, 이 사건(事件)들의 피의자(被疑者)들은 모두 술에 취한 상태(狀態)였습니다. 대부분(大部分)의 피의자는 "술(酒)에 취(醉)해 전혀 기억(記憶)이 나지 않는다"는 주장(主張)을 하고 있다는 겁니다.

어마어마하고 무시무시한 '갈망(渴望)'을 "도(道)"를 통한 인내(忍耐)에 담을 수만 있다면, 온전한 정신의 새로운 삶이 어느덧 당신의 가슴팍에 살포시 다가 와 앉아 있을 수도 있다.


〈정○○ / 변호사〉

"범행(犯行) 당시 술에 취해 기억이 나지 않는다는 것은 일단(一旦)은 본인(本人)의 '범행 사실(犯行 事實)'을 부인(否認)하고자 하는 겁니다. 그 당시(當時)에 내가 많이 취했기 때문에 그러한 정상(情狀)을 참작(參酌)해 줬으면…" 뭐 이런 식의 동정… 최근 '주취 폭력'에 대한 처벌은 점차(漸次) 강화되는 추세(趨勢)이긴 하지만 여전(如前)히 처벌이 약(弱)하다는 목소리가 높습니다.


〈김○○ / 변호사〉

"술에 취한 경우(境遇)에는 무의식(無意識)이 아니고 '반의식(半意識)'이 있기 때문에 범죄(犯罪)에 대한 인식(認識)이 있다고 볼 수밖에… 오히려 술에 취해서 타인(他人)을 폭행한다든지 위해(危害)를 가했을 때는 정상참작(情狀參酌) 사유로서 감경(減輕)을 할 게 아니라 '가중사유(加重事由)'로 보는 것이…"


법(法)의 취지(趣旨)를 훼손(毁損)하지 않는 범위(範圍) 내에서 '주취 범죄(酒醉 犯罪)'에 대한 엄격(嚴格)한 법 적용(適用)이 필요(必要)하다는 지적(指摘)이 끊이지 않습니다.

연합뉴스TV 박○○입니다.[srpark@yna.co.kr]

74

우리는 너 나 할 것 없이 고스란히 어머니(母親)의 고통(苦痛)을 빌려 초록색(草綠色) 별(지구)에 아무 탈 없이 편안(便安)히 그리고 아주 차분하게 안착(安着)했다.

그러나 각자(各自)는 자기 자신(自己 自身)이 실현(實現)하고자 무언가의 성취(成就)를 위한 마음 속 취지(趣旨)와는 달리 정신적(精神的), 심리적 측면(心理的 側面)에서 일어나는 감정(感情)이나 의지(意志)와 딱히 일치하지만은 않는다는 것이다.

소위 밖으로 드러나지 않은 여러 사람의 내면(內面)에는 이미 '독특(獨特)'한 성질(性質)이 어머니 몸 속에서부터 착상(着床)되어 바깥세상으로 나왔다는 얘기다.

'내적 욕구(內的 欲求)'와도 이상(異常)야릇할 만큼이나 전혀 무관(無關)하게 그리고 어쩔 수 없이 드넓은 세상 여기저기에서 무작위(無作爲)로 태어난 것이다. 어느 누군가가 '역사(歷史[History])'를 "남자(男子)의 이야기(His story)"라고 했던가! 그렇다면 세상(世上)의 모든 '술퍼맨'들이여!

술의 영역(領域)에 견고(堅固)하게 이어져 연결(連結)되어 있음을 어느 정도는 자랑스럽게 생각해도 될 듯하다. 떳떳하지 못하고 비굴(卑屈)하게 스스로 머뭇거리며 불명료(不明瞭)한 태도(態度)를 결정(決定)짓지 못할 이유 또한 없지 않겠는가?

늘그막에 환후(患候)로 인해 고통스러운 나날을 보내지 않으려면 '술'을 멀리 하여라! 마시려거든 또한 자신이 있거든 '긴장해소'나 '정신을 놓지 않을 만큼'만 마셔라. 그것도 띄엄띄엄 말이다.

아주 친근(親近)하게 여겨져 영원(永遠)히 맞닿아 있을 역사(歷史)와도 흡사(恰似)한 발자취를 위해서라면 자신의 '여물통(입)'에 '맑은 물(술)'을 쉴 새 없이 쏟아 붓지 않았을 것이다.

부었다 하더라도, '술'에 취한 상태(狀態)에 있었을지라도, 매번(每番) 상식(常識)에 입각(立脚)한 언행(言行)을 유지(維持)할 수 있도록 피나는 노력(努力)을 끊이지 않게 유지(維持)했다면 술과의 연결(連結)고리가 끊이지 않았다 할지라도, 어머니 품으로부터 물려받아 이어온 그 품성(品性)만은 아직도 산뜻한 부드러움을 유지하고 있을 것이다.

그래도 마음씨 착한 대한민국 법정(法廷)에서는 "사리에 반하는 느낌이나 정신의 장애(障礙)로 인하여 사물(事物)의 옳고 그름 및 좋고 나쁨을 구별(區別)하여 판단할 만한 선별(選別)의 능력이나 또한 본인 스스로 의사(意思)를 결정(決定)할 처지의 역량(力量)이 미약(微弱)한 상태"에서 저지른 사건(事件)이라며 이를 너그럽게 보아, "심신미약(心神微弱)"이라는 상징성(象徵性)을 명분(名分)으로 마치 접합(接合) 부위(部位)를 서로 잇는 용접(鎔接)과도 같은 유권해석(有權解釋)으로 꿰어 맞춘다.

감형(減刑)을 해준다는 얘기다. 그리고 현실이 그렇다. '무슨 일에 대하여 알 길이 없음을 일컫는 말'인 한자(漢字)의 오리무중(五里霧中)은 바로 어떤 일에 대해 어떻게 판단해야 할지 갈피(葛皮)를 잡지 못하는 이러한 법정(法廷)의 모습을 가리키는 하나의 무거운 짐일 수도 있다.

이 순간 피고인인 '술퍼맨'은 본의 아니게 견적(見積)도 필요치 않은 '빈대'가 되는 것이다.

## 심신미약[心神微弱]

시비(是非)를 변별(辨別)하고 또 그 변별에 의해 행동하는 능력이 상당히 감퇴되어 있는 상태. 형법상의 개념이며, 민법의 심신박약과 같은 뜻이다. 심신미약에는 신경쇠약 등에 의한 일시적인 것과 알코올 중독·노쇠(老衰) 등에 의한 계속적인 것이 있다. 심신미약도 심신상실(心神喪失)과 마찬가지로 정신의학상의 관념이 아니라 법률상의 관념이므로, 그 인정은 책임 이념에 비추어 법관이 행하는 것이며, 감정인의 감정에 구속되지 않는다. 심신미약자는 한정책임능력자로서 그 형이 감경된다. (형법 10조2항)

'농부'에게 땅을 일구고 씨를 뿌릴 자유가 있고, 어부에게는 그물을 손질해 고기를 낚아 올릴 권리가 있으나, '술퍼맨'이 인사불성(人事不省)상태에서 이 사회를 혼란으로 몰고 갈 권한은 없다.

금지(禁止)되거나 제한(制限)받지 않을 만한 '음주 짓거리(飲酒 行爲)'란, 특정(特定) 차원(次元)의 정서적(情緖的) 분위기(雰圍氣) 등이 불러일으킬 중후(重厚)한 수준(水準)의 일정(一定)한 경지(境地) 및 정신을 갈고 닦은 개개인의 수양(修養) 정도가 뒷받침되어야 한다고 했다. 기분 좋게 주고받되, 적당(適當)할 때 그칠 줄 알아야 하며, '술'자리가 끝났다면 그 자리에서 '빨딱' 일어설 줄 알아야 한다. 그래야 상호 마주하여 '술'을 즐길 줄 아는 주당(酒黨)이라 하겠다.

무리끼리 예(禮)를 잃지 않고, 다음 시기를 기약(期約)할 수 있으며 즐겁고 유쾌(愉快)한 술자리가 지속(持續)적으로 보장(保障)될 때 '술'도 '주당'도 가치 있는 기반(基盤)이 되는 것이다.

'술퍼맨'의 거침없는 목운동(飲酒)이 점진적(漸進的)으로 질서를 잡아가려면 그 '독성(毒性)'에 의해 비루(鄙陋)해진 병적 증상(病的 症狀)'의 맹점(盲點)을 보완(補完)하고도 남을 만한 상당(相當)히 뛰어난 사고력(思考力)과 무궁무진(無窮無盡)한 지혜(智慧)를 모아 어지간히 피눈물 나는 노력을 한다 해도 나름의 방식(方式)이 체계를 갖춘 경지에 도달(到達)했다고 보증(保證)되는 것은 아니다.

보이고 싶지 않은 어느 '햇살'에게도, 들키고 싶지 않은 주변의 '생명체(生命體)'에게도, 숨기고 싶은 가엾은 하소연과 애타는 마음만으로 '술퍼맨'을 벗어날 수는 없었다.

아직 입안에 머물고 있는 말(언어[言語])은 나 자신의 통제권(統制權) 안에 체류(滯留)하고 있지만, 한 번 내뱉어 입 밖으로 뛰쳐나간 '말'은 두고두고 나 자신(自身)을 옥죈다.

만취상태(滿醉狀態)는 '술퍼맨'들의 치명적(致命的)이며 오랜 악습관(惡習慣)이기도 하지만, 이는 '개 버릇'이자 만취한 '술퍼맨' 당사자의 미래에 대한 흥망성쇠(興亡盛衰) 내지(乃至)는 평생(平生)의 성패(成敗)를 판가름할 결정적 요소(要素)로 그 영향력은 상상을 초월(超越)한다고 말할 수 있다.

세상사(世上事) 운수(運數)라는 것도 때를 잘 타야 하는 법이요, 뜻밖에 얻어지는 행운(幸運)은 본래 내 것이 아니니 혹시(或是)라도 기웃거리거나 탐(貪)하지 말아야 할 것이다.

'운 좋은 계집은 넘어져도 '자주색 열매 밭'에서만 넘어진다'고 한다. 하지만 '운(運) 없는 녀석은 수차례 넘어져도 하필(何必)이면 참외 밭'이라 했다. 녀석은 졸지(猝地)에 자신이 넘어진 그 밭의 면적(面積)이 소지(所持)하는 넓이에 심겨진 참외 값을 송두리째 변상(辨償)해야만 한다.

다음은 '벗겨진 이마에 저녁노을 비추듯' 진저리나도록 운 때가 좋지 않은 '술퍼맨'의 실제(實際) 사례(事例)를 하나 살펴보고 강평(講評)에 들어가기로 하자.

70대 '식당 여주인(食堂 女主人)'을 넘어뜨려 어쩔 수 없이 숨지게 한 40

대 '술퍼맨'. 2심도 "집행유예(執行猶豫)"라는 기사의 내용이 아침나절 '스마트 폰(Smart phone)' 액정화면(液晶畵)을 통해 눈에 들었다. 기사(記事) 내용을 훑어보면서 '술퍼맨'인 '새로운 시작'으로서는 보통 때와는 달리 이상(異常)하고 불길(不吉)한 느낌이 옆에 와닿는 것 같아 불편(不便)하기 짝이 없었다.

잦은 음주(飮酒) 내지는 폭주(暴酒)를 날마다 거듭거듭 또 다시 재차(再次) 되풀이함을 일삼는 '술퍼맨'이라면 그 누구든 언제든지 어느 곳에서나 그러한 곤경(困境)에 처할 수 있음을 곧바로 직감(直感)할 수 있으리라는 생각에 잠시 "꿈 통(뇌 구조[腦 構造])"이 요동(搖動)치며 흔들리는 느낌을 받았다.

동시에 어수선하고 무질서(無秩序)한 마음의 심란(心亂)함을 금할 수 없어 냉정(冷靜)한 정신과 품고 있던 곧은 심지(心志)를 다잡으려 했으나 곧바로 정돈(整頓)되지는 않았다.

'술퍼맨'의 "나와바리(Nawabari[미치는 영역])"라면 아마도 거의 대부분이 "쫄다('겁먹다'의 경상도 방언)가 냉수라도 한 잔 마셨을 법"하다.


"소주"는 고려 때 '몽골 군'에 의해 반입(搬入)되었지만, '칭기즈 칸'이 '아라비아'에서 가져온 '술'이다. 따라서 "Alcohol"이라는 말은 '아라비아'에 어원을 두고 있는 것.

내면(內面)의 형클어짐은 어쩔 수 없는 모양이다. 무질서(無秩序)한 정도 이상인 상태가 풀기 힘들 정도로 뒤섞여 몹시 얽히고 설킨 이유다.

'술을 그만 마시라'는 식당 주인과 다투다 주인을 넘어뜨려 숨지게 한 40대가 항소심(抗訴審)인 항소 법원(法院)의 심리(審理)에서도 집행유예를 선고 받았다.

○○고법 제1형사 부(부장판사 최○○)는 2018.06.21.(목) 폭행치사 혐의 등으로 기소(起訴)된 윤 모 씨(49)에 대한 항소심에서 검사의 항소를 기각했다.

윤 씨는 제1심(第1審)에서 징역(懲役) 1년 6개월에 집행유예 3년을 선고(宣告)받았다. 또한 3년간 보호관찰(保護觀察)을 받을 것과 사회봉사(社會奉仕) 120시간, 준법운전(遵法運轉)을 포함하여 알코올치료 '강의 수강(講義 受講)' 40시간을 명령(命令)했다.

재판부(裁判部)는 "증거(證據)를 살펴보면 1심의 판단(判斷)이 정당(正當)한 것으로 보인다. 1심의 형을 파기(破棄)할 만큼 부당(不當)하다고 보이지 않는다"라며 검사(檢事)의 항소(抗訴)를 기각(棄却)했다.

윤 씨는 지난 2017년 4월 21일 오전(午前) 10시 30분쯤 '○○남도, ○○시' 어느 한 지역(地域)의 전통시장(傳統市場) ○○ 건물(建物)에 있는 자신의 거주지(居住地) 바로 옆 식당에서 음식점(飮食店) 주인인 피해자 이 모 씨(74, 여)의 가슴 부위(部位)를 양손으로 밀어 식당바닥에 넘어뜨렸다.

이로 인해 이 씨는 좌측(左側) 대퇴골(大腿骨) 골절상(骨折傷)을 입고 인근(隣近)병원으로 옮겨져 치료(治療)를 받던 중 익일(翌日) 오후(午後) 2시 30분경 '폐 색 전 증 의증(肺 塞 栓 症 疑症)'에 의한 '심장마비(心臟痲痺)'로 숨졌다.

윤 씨는 이날 술에 취해 이 씨가 운영(運營)하는 식당(食堂)으로 가던 중 이 씨를 만나 '술을 그만 마시라'고 제지(制止)하는 이 씨의 말을 듣고 서로 다투다 이 씨를 밀어 넘어뜨려 골반(骨盤)과 무릎 사이에 뻗어있는 '넙다리뼈(골반과 무릎 사이에 뻗어 있는 넙다리의 뼈)' 골절상을 입게 해 숨지게 한 혐의(嫌疑)로 재판에 넘겨졌다.

1심에서 재판부(裁判部)는 윤 씨의 범행(犯行)을 인정(認定)하면서도 결국은 우발적(偶發的)으로 범행을 저지른 점, 유족(遺族)과 합의(合意)해 용서(容恕)받은 점, 충분(充分)히 뉘우치고 있으며 반성(反省)하는 점 등을 고려해 집행유예를 선고했다.

이에 검찰(檢察)은 '양형 부당(量刑 不當)' 등을 이유로 항소(抗訴[형사 소송에서, 제일심 판결에 대하여 불복하여 제이심 법원에 상소함])했던 것이다.

만취(滿醉)한 자(者)가 심신미약(心神微弱)이라는 마음이나 정신장애 상태(狀態)에서 일말(一抹)의 소행(所行)으로 얼떨결에 살인(殺人) 혹은 그 이상(以上)의 사건(事件)을 저질렀다 해도 쏟아져버린 행위결과(行爲結果)에 대한 처벌(處罰)은 지극히 마땅한 것이다.

위의 판결(判決)에서 우리 '술퍼맨'들은 최소한 세 가지 부분(部分)에 대하여 의아(疑訝)해 하거나 평상시(平常時) 주변 '술퍼맨'의 독려(督勵[감독하며 격려함]) 부재(不在) 등 아쉬움에 번민(煩悶[마음이 번거롭고 답답하여 괴로워함])했으리라는 생각이 든다.

어쩌면 74세(歲)인 피해자께서 오래 묵은 숙환(宿患)으로 고생(苦生)하시다가 윤 씨의 밀침에 넘어지면서 약간(若干)의 충격(衝擊)을 받아 심장마비를 일으킨 것이라 하더라도 윤 씨는 두 번 다시 돌이킬 수 없고 되돌아올 수 없는 대하(大河[큰 강])를 건너게 된 것은 사실로 받아들여야만 하는 일이 아니겠는가!

이러한 사망사고(死亡事故)의 원인제공(原因提供)은 오로지 눈에 뵈면서도 뵈지 않는 '술(酒)'의 불가사의(不可思議)함에 의해 최종(最終)적으로 윤 씨가 저지른 셈이다.

미필적 고의(未必的 故意)는 아니지만 여하(如何)튼 사람이 죽었다. 어찌되었든 윤 씨의 사건이 예기(豫期)치 못한 결과라 하더라도 상시(常時) 술을 퍼부어대는 우리 '술퍼맨'이 당면(當面)하고 있는 처지(處地)에서 깊이 생각해 볼 일이 아닐 수 없다.

'불미(不美)'한 사건이 발생하기 전에 '술(酒)'을 통제하지 못한, 즉 예방(豫防)하지 않았다는 자책감(自責感)과 더불어, 이 사건(事件)을 매우 소중(所重)한 간접(間接)경험으로 받아들여 이러한 결과(結果)에 대해 다음과 같이 몇 가지 원인을 분석(分析)해 보면 어떨까? 하는 생각이다.

밤과 낮은 어느 쪽이 먼저인지 알 수 없을지언정, 오늘의 하루 전날이 어제인지 계절(季節)은 오고 가고 있는 것인지 정도는 인지(認知)하여야 함에도 불구(不拘)하고 지속되는 만취상태에서는 도무지 알 길이 없다.

세월(歲月)이 끝날 즈음에야 비로소 '술퍼맨'이 별나라로 가는 것이 아니라는 것쯤은 언제나 변함없이 깨닫고 있어야만 한다. 이 사건이 가지고 있는 문제의 본질(本質)을 살펴보자면,

첫째: 윤 씨는 지난해 4월 21일 오전(午前) 10시 30분쯤 한 전통시장에서 술을 찾았다는 대목이다. '술퍼맨' 모두가 알고 있듯이 그 시간에 술을 찾았다는 것은 아직 술에서 깨어나지 못하고 취중(醉中)에 있다는 사실이 아니던가.

먼 윗대에 평상시(平常時) 점잖고 예의 충만(充滿)한 어느 양반(兩班) '술퍼맨' 조상(祖上)분께서 체면유지(體面維持)의 한 방책(方策)으로 '해장 주(解酊 酒[해장 술])'라는 이름을 붙여 마셨을 뿐이지, 오전에 술을 찾는다는 건 '정말 개털이지' 아직 술에 취해 있다는 뚜렷한 증거인 것이다.


**인간과 '술'은 끊임없이 옥신각신하고 끝없이 설왕설래(說往說來)하며 화해하고 또 다툰다.**

우리네 '술퍼맨'끼리 말은 안 해도 암묵적(暗默的)으로 그러려니 하면서 다 알고 있는 것은 '개털(犬毛)'같이 의리(義理)가 어쩌니 하며 상징(象徵)적으로 현존하는 것이 바로 '해장술'이라는 사실이다.

가해자 윤 씨가 하필(何必)이면 그 시간에 피해자 이 씨(70대 식당 여주인)의 식당으로 가려 했고 그 모양(模樣)새를 보자마자 '술을 그만 마시라'고 한 피해자 어르신 이 씨께서는 이미 윤 씨의 만취 후 행위(行爲)를 잘 알고 있었음을 의미한다는 게 아니겠는가.

마음속으로 '지랄하네' 하고 그냥 놔뒀으면 하는 아쉬움이 '꿈 통'에서 맴도는 대목이 아닌가? 사려(思慮)된다. 후회(後悔) 없는 삶을 살기란 그만큼 힘들다.

둘째: 윤 씨는 이날 오전시간에 술에 취해 이 씨가 운용(運用)하는 식당으로 가 '술'인지 '쥐약(Rat poison)'인지를 구하려다 치명적(致命的) 사건에 휘말리며 그 주인공(主人公)이 되었다.

윤 씨의 몰골을 보자마자 '술을 그만 마시라'고 한 피해자 어르신의 말투로 보아 윤 씨는 보통 때에도 "진정한 '술퍼맨(Professional Alcoholic)'"이 아니었던 모양이다.

왜냐하면 가해자 윤 씨가 술에 취해 그 시간에 피해자 이 씨(70대 식당 여주인)의 식당으로 발걸음을 옮기려 했다는 것이 그렇다.

이미 산전수전(山戰水戰)의 경험(經驗)이 '다분(多分)'하여 정신(精神)을 놓고 기절(奇絶)할 때까지 마셔대던 '술퍼맨'이었더라면 아무리 만취상태(滿醉狀態)였다 하더라도, 취하면 취할수록 술 마실 장소를 자신의 거주지(居住地) 바로 옆 식당으로 옮길 이유가 없음이다.

'주류(酒類)장식장(裝飾欌)'이나 냉장고(冷藏庫)는 물론 집 안 그늘진 여러 곳 즉 창틀이면 창틀, TV수상기라면 수상기(受像機) 옆면이나 뒤편, 책꽂이 후면(後面) 등 하다못해 개(犬)집 안에까지 개도 모르게 '꼼쳐' 놓은 게 '맑은 물(酒)'이 가득 담긴 '술병(瓶)'이기 때문인 것이다.

그것도 2홉들이 소주의 5병 분량(分量)인 1.8L짜리 PET(Poly Ethylene Terephthalate)병에 든 '대병(大瓶) 소주(燒酒)'가 주(主)를 이루지 않는가 말이다.

'새로운 시작'도 택배(宅配)기사님이 오든 말든 간에 미친 듯이 퍼부어대던 그 시절(時節)에는 1.8L(부피[Volume]로 1되)들이 소주를 1상자(Box[1.8L들이 6병])정도는 기본적(基本的)으로 항시 Stock(비축[저장])해 놓았었으며 이리저리 흩어져 있는 물량(物量)을 모두 합쳐 놓자면 아마 모르긴 몰라도 무게로 18kg 정도의 부피인 '한 말(18Liter)'은 족히 됐을 것으로 기억(記憶)된다.

알코올(Alcohol)이란 화합물(化合物)은 "육체와 정신"을 희석(稀釋)시킨다.

무게 1.8kg의 부피가 1,800cc(ml와 동일한 부피의 단위)이니 이는 곧 1.8L가 1.8kg인 것을 감안(勘案)할 때, 저장(貯藏)해둔 상자(箱子) 속의 술과 거실(居室)이나 서재(書齋) 등 어디엔가 띄엄띄엄 어지러이 널브러져 있는 술을 죄다 모아 놓으면 18kg 정도나 되는 육중(肉重)한 양의 술이 항시(恒時) 집구석 어디에선가 전투대기(戰鬪待機) 상태에 있었다는 얘기가 된다. 그때는 실제로 '술(酒)'을 전투도구로 취급(取扱)했었던 것 같다. 마셨다 하면 선량(善良)한 가족(家族)과 교전(交戰)했으니 말이다.

지금도 '양주 장식장(洋酒 裝飾欌)'에 그간 정성을 다하여 모셔둔 양주 외에 발코니(Balcony)에 1.8L들이 4병 하고도 반쯤 남아 있는 PET병이 썩지 않고 나뒹굴고 있다. '새로운 시작'과 함께 늙어가는 것이다. 하물며 '술퍼맨' 신분(身分)인 윤 씨가 그 정도 준비성(準備性) 없이 술을 마셨다는 배경(背景)에는 왠지 껄끄러운 면이 없지 않아 보인다.

사건이 벌어진 가해자 윤 씨의 가택 근처(近處)인 전통시장(傳統市場) 주변에 윤 씨를 채찍질하며 독려(督勵)할 만한 바람직한 '술퍼맨'이 부재(不在)했다면 그 부분도 나무랄 만한 이유가 된다. 진정한 '술퍼맨'들은 시도 때도 없이 만취상태로 둔갑(遁甲)하는 동료 '술퍼맨'을 챙기기 마련인 까닭이다.

성품(性品)이나 행동, 사고방식(思考方式) 따위가 빈틈없이 꽤 단단하고 굳세며 실력을 갖춘 데다 온갖 고난(苦難)을 거의 다 겪어 세상사(世上事)에 경험(經驗)이 많은 자가 자신이 속한 조직(組織)에서 승진(昇進)이 누락(漏落)되어 결국 영전(榮轉)을 포기(抛棄)했다면, 이 경우 반칙(反則)을 밥 먹듯 하는 조원 누군가에게 밀렸던가 아니면 융통성(融通性)이라는 대처능력인 재주를 자신의 집 안방 '장농(欌籠)' 안에 처박아 놓고 일상(日常)에 임하는 자이리라!

하지만 그러한 자들을 상대할 때 많은 상급자(上級者)들이 불안(不安)해하며 때로는 정신을 바짝 차리기도 한다. 그들이 최소한(最小限) '추잡(醜雜)'하거나 비루(鄙陋)하지 않은 이유다.

"진급(進級)을 포기한 대령(大領)은 무섭다"는 말이 그래서 생겨났다.

하다못해 해병대(海兵隊)는 '귀신(鬼神)을 잡는다'고 뻥이라도 치는데, 만취한 '술퍼맨'은 아무리 뻥을 쳐도 혀가 꼬여 상대방이 알아듣지 못하니 이를 어찌하랴!

그러나 너무 염려(念慮)하지는 말자. 술에 잔뜩 취한 '술퍼맨'의 개지랄(지랄발광[發狂[경상북도 방언]])에 죽은 송장도 벌떡 일어나지 않던가?


취중(醉中)에 저지른 기분(氣分) 좋았던 악행(惡行)이나 죄악(罪惡)만큼, 목전(目前)의 성공이 '그럴 것이려니' 하는 착각이 실책(失策)의 방향(方向)으로 유인(誘引)되는 동기(動機)를 알아차리는 순간(瞬間), 돌이키기 어려울 만큼 이미 때는 늦는다.

둘 이상이 모여 마시다 설면(舌面[혀])이 꼬이며 먼저 기절하려는 '술퍼맨'이 출현(出現)하면 함께 마시던 동료(同僚) 누군가는 반드시 취하지 않는 경우가 허다(許多)하기 일쑤다.

셋째: 재판부(裁判部)는 윤 씨의 범죄행위(犯罪行爲)를 인정(認定)하면서도 우발(偶發)적으로 범행(犯行)을 저지른 점, 유족(遺族)과 합의(合意)해 지은 죄를 용서(容恕)받은 점, 충분(充分)히 뉘우치고 돌이켜 반성(反省)하는 점 등을 생각하고 헤아려 집행유예를 선고(宣告)한다고 했다.

물론 '술을 그만 마시라'고 제지하는 피해자 이 씨를 밀어 넘어뜨릴 당시에도 윤 씨가 알코올 중독 상태로 만취한 '명정 상태(酩酊 狀態 [Drunkenness])'였음도 재판부는 참작(參酌)했으리라.

폭행(暴行)사고가 있었던 바로 그때 '알코올'의 헤아리기 쉽지 않은 특수(特殊)한 영향(影響)에 의해 가해자(加害者)의 중추신경(中樞神經) 계통(系統) 가운데 머리뼈 안에 일정부분(一定部分) 나름의 공간(空間)을 차지하고 있는 뇌(腦)의 활동(活動)이 비정상적(非正常的)인 상태였을 것으로 보았을 수도 있다.

알코올성 "뇌 위축(腦 萎縮)" 상태(狀態)에서 얼마 동안이나마 '술퍼맨'의 뇌 기능(腦 機能)으로 하여금 의식(意識)이나 감각(感覺)을 잃어버렸을 만큼 마취작용(痲醉作用)이 발현(發顯)되었다는 '일련(一連)의 과정(過程)'을 납득(納得)할 수 있는 이유다.

만취상태에서는 어떤 뜻이나 행동이 제 맘대로 따라주지 않음은 실제로 경험(經驗)해 보건대 지극히 당연(當然)하다.

윤 씨의 뉘우침과 충분한 반성(反省)을 통해 유가족(遺家族)으로 하여금 윤 씨가 지은 죄에 대해 과오(過誤)를 용서(容恕) 받은 점 또한 갈채(喝采)받을 만한 '사후 약방문(死後 藥方文)'격이다.

그러나 피해자(被害者)의 처지(處地)에서 가해자의 행위를 떠올리자면 '윤 씨는 겉으로만 사람의 형상(形象)을 한 인두겁일 뿐'이라는 생각이 쉽사리 가시지 않을 것이라 여겨진다. 그것이 보편적(普遍的)인 생각이다 보니 더욱 그렇다.

'술퍼맨'의 돌발적(突發的) 행태는 반성 정도로 치유(治癒)되는 그러한 평범(平凡)한 질병(疾病)이 아니라는 데 문제의 심각(深刻)함이 있다.


최초의 한 잔은 건강을 위하여, 두 번째 잔은 간만에 만난 기쁨 때문에, 세 번째 잔은 그냥 습관적으로, 네 번째 잔은 마냥 '해롱해롱' 하다 보니 기억에도 없다. 우리는 매사(每事) 그러했다.


'술'을 많이 마셔서 생긴 병(病)은 '말기 암(末期 癌)', '루게릭병(Lou Gehrig's disease)', '치매', '파킨슨병(Parkinson病)' 등과 같은 희귀난치(稀貴難治) 질환은 아니지만, 수상(殊常)하게도 죽어라 마셔봤자 배가 부르지 않는 병이 항시 동반한다.

'술퍼맨'들의 '알코올' 욕구(欲求)에 비하여 그 충족수단(充足手段)이 양적(量的)으로 형편없이 제한(制限)되어 있거나 부족(不足)한 상태라고 할 수도 있겠으나, 양(量)이 차기 전에 골(관[棺])로 가는 특성을 가진 것이 '술(酒)'이 '화합물'인 이유다.

폭음(暴飮)에 의해 생겨나는 '술퍼맨'의 '병'에는 아직까지 치유(治癒)가 가능(可能)한 약에 속하는 물질(物質)이 부재(不在)하여 '불치병(不治病)'이라 해도 하등(何等) 의심스럽거나 이상(異常)하게 여겨지지 않는다.

**[절주]란 "기술(技術[Technology])"보다는 "도(道[the way or path])"에 의거(依據)한다.**

재판부는 가해자 윤 씨가 유족(遺族)과 합의(合意)했다는 이유로 제대로 단죄(斷罪)하지 않았다는 점도 판결에 적용(適用)했음을 직간접적(直間接的)으로 인정한 셈이다.

윤 씨는 1심에서 징역(懲役) 1년 6개월에 집행유예 3년을 선고(宣告)받았다. 3년 동안 별다른 사고(事故)를 일으키지 않는다면 윤 씨는 자유인(自由人)이 되는 것이다.

물론(勿論) 징역 1년 6개월을 선고한 명목(名目)은 집행유예 기간인 3년 동안에 윤 씨가 이와 비슷한 또 다른 범죄(犯罪)를 저질렀을 경우(境遇), 징역 1년 6개월이라는 기간(期間)에 대해 1년 6개월의 형을 더해 가중처벌(加重處罰)한다는 무거운 경고(警告)이기에 윤 씨의 입장(立場)에서 볼 때 3년이라는 기간이 결단코 짧은 동안의 시기만은 아닐 것이다.

윤 씨 역시 우리와 거의 같을 정도로 비슷한 '술퍼맨'이기에…

"3년의 '경고'"란 조심하거나 그와 유사(類似)한 짓거리를 삼가도록 미리 주의(注意)를 주는 것 자체(自體)를 의미(意味)한다. 이러한 판결에 "낙장불입(落張不入[내어 놓은 '패(牌)'는 물릴 수 없음])"이란 있을 수 없으며 판결 그 본래의 바탕은 변질(變質)되지 않는다.

어쨌든 '칼 물고 뜀뛰기' 한다는 심정(心情)으로 향후 3년간 살아가는 편이 오히려 맘 편할 수도 있을 법한데 그 녀석 '곡차(穀茶)'와 맺어진 인연(因緣)은 어이 할꼬!

둘 이상 당사자(當事者)의 의사가 일치(一致)한다는 합의(合意)라는 것은 다시 말해 금품(金品)을 주 무기(主武器)로, 여기에 가해자(加害者)의 '거짓이 없는 참된 마음'을 더한 의미(意味)이므로 이는 일시적(一時的)인 치유(治癒)를 뜻하는 것과 별반(別般) 다르지 않다.

그래서 '새로운 시작'의 인식(認識)은 '합의'를 이야기할 때, "사물(事物)을 헤아려 판단(判斷)하고 궁리(窮理)하다 알게 되는 '깨달음'만 못하다"

는 게 '새로운 시작'과 "동일한 '술퍼맨'"인 "정지된 알코올 중독자"의 생각이기도 하다.

'술'과 '돈'은 바닷물과 같아서 마시면 마실수록 갈증(渴症)이 난다고 하지 않던가! 이번 사건과 그 끝마무리 과정(過程)에 대해 가해자로서는 '1차 액(厄)땜'이었음을 상기(想起)했으면 한다.

'이제 엔간하면 내리고 싶다' 하여 지구(地球)를 멈추게 할 수는 없지 않겠는가! 무언가를 이루려 하는 원동력(原動力)은 '간절(懇切)'한 마음인 '바람'이 아니라 꾸준한 '실천(實踐)'이며, 그 실제로 행함은 두뇌(頭腦)가 아니라 반복(反復)되는 '훈련(訓練)'에 의해 이루어지는 것이다.

"유전무죄, 무전유죄(有錢無罪, 無錢有罪)란 돈이 있는 자(者)는 본인이 저지른 죄가 분명(分明)함에도 얼렁뚱땅 무죄(無罪)가 되고, 돈이 없는 자는 자신이 실제로 행하지 않은 죄(罪)도 죄가 있음"을 대변(代辯)하는 그야말로 대변(大便[똥])을 입으로 쏟아낼 수 있음을 가능(可能)하게 하는 말이며,

"유전기각, 무전발부(有錢棄却, 無錢發付)"라는 말에서도 그 의미(意味)는 별반(別般) 다르지 않음을 알 수 있다.

‘유전기각'의 의의(意義)는 정당성(正當性) 여부(與否)를 심판(審判)하여 권리보호(權利保護)를 허락(許諾)해 달라고 요구하는 원고(原告)의 소(訴) 또는 상소(上訴)가 요건(要件)은 갖추었으나 암흑(暗黑)의 색깔을 띤 그늘진 ‘검은 돈'의 영향(影響)으로 인해 그 내용이 실체적(實體的)으로 이유(理由)가 없다고 판단된다며 소송(訴訟)을 종료(終了)한다는 것을 의미하며,

‘무전발부'란 이에 반대되는 뜻으로 금전(金錢[돈])이 없는 자에 대하여는 규정 등을 거스르면서까지 강제처분(强制處分)의 명령(命令)인 영장(令狀)을 발급(發給)한다는 막돼먹은 판결인 것이다.

이 이야기인즉슨, 풀어서 말하자면 "집오리(Tame duck)도 꼬랑지(똥구멍)에 불이라도 붙으면 허공(虛空)을 바라보며 하늘을 향해 하염없이 날아간다"는 ‘뻥'보다도 심한 악취(惡臭)를 퍼뜨리고 있으나, 판결에 의해 그렇다고 한다면 정말 ‘집오리도 날 수 있는 새'가 될 수도 있음이다.

오히려 ‘날개 달린 오리가 나는 편'이 그럴 듯하여 설득력(說得力)이 있을 듯하다. 허나 그 추한 판결(判決)이 영원(永遠)히 구린 이유는 왠지 알 길이 없다.

진실(眞實)하지 않고 솔직(率直)하지 않으면 본성(本性)의 기본까지 완전(完全)히 망가져 밤새 마신 술이 ‘확 깰 만한 말 같지 않은 뻥'이 되는 것이다.

그네들은 그렇다고 치자. 쉼표도 없이 "'땡'을 쳐댄다 해도 나는 마냥 좋아!"라는 구호(口號)를 내세우며 일생(一生)의 신념(信念)인 양 내심 굳혀놓고 마셔대는 우리네 '술퍼맨'은 어떠하랴!

'술퍼맨'이 처한 현(現) 실태를 냉철(冷徹)한 논리(論理)로 직시(直視)하고 합리적(合理的)으로 목표(目標)한 바를 향해 꾸준히 나아갈 때, 우리네 '술퍼맨'은 절주(節酒)도 가능해질 수 있다.

물론 우리 주변(周邊)의 상황적 인식(狀況的 認識)과 옳고 그름의 명석(明晳)한 변별력(辨別力)이 필수적(必須的)으로 선행(先行)되어야 목적하는 바를 이룰 수 있을 것이다.

"다시는 '술' 마시지 말자"고 적혀 있는 '포스트 잇(post it)'으로 도배(塗褙)했다. 웃기려고 그랬다.


햇빛이나 달빛이 수면(水面) 위에 비치어 잔물결이 반짝이는 현상(現狀)을 '윤슬'이라 한다. 마음과 정신이 어수선하고 뒤숭숭할 때면 고향(故鄕) 땅의 봄 바다나 언덕 넘어 저수지(貯水池) 표면(表面)에 반짝이는 잔물결의 아름다움이 그리워지는 법이다.

('메콩강[Mekong江]'은 "정지된 알코올 중독자"에게도 추억이 있다.
'술퍼맨'도 쉬어 가며 마시자!)


잠이 오지 않아 한두 잔 마시기 시작했는가! 아서라, 오래지 않아 "알코올 의존증(알코올 중독)"으로 인해 '클리닉(Clinic[알코올 전문병원])'이나 외딴 수용소(收容所[ '술퍼맨' 집단생활관(수양시설)])로 향하게 된다.

# 주사(酒邪)와 '법리(法理)'의 한계

'술퍼맨'의 현(現) 실태를 냉철(冷徹)한 논리(論理)로 직시(直視)하고 합리적(合理的) 사고(思考)로 목표(目標)한 바를 향해 꾸준히 나아갈 때, 우리네 '술퍼맨'은 절주(節酒)도 가능해질 수 있다.

물론 우리 주변(周邊)의 상황적 인식(狀況的 認識)과 옳고 그름의 명석(明晳)한 변별력(辨別力)이 필수적(必須的)으로 선행(先行)되어야 목적하는 바를 이룰 수 있을 것이다.

자본주의(資本主義)의 모토(Motto[신조])가 "소득(所得) 있는 곳에 세금 있다"고 하였는가? 하지만 반드시 그렇지만은 않은 것이 실제로 존재한다는 사실이다.

소위(所謂), 탈세(脫稅)라 하여 납세자가 납세액(納稅額)의 전부(全部) 또는 일정부분(一定部分)을 누락(漏落)시키는 방법으로 사회적으로 많은 문제를 야기(惹起)시키는 몹쓸 짓이 그것이다.

마치 '세균 여과기(細菌 濾過器)'에 걸리지 않는 일종의 바이러스(Virus)와도 같은 실체(實體)인데, 이는 소득(所得)을 신고(申告)할 때 고의적(故意

的)으로 일정금액(一定 金額)을 빠뜨리고 신고하지 않은 탈루소득(脫漏所得)이기에 매우 불량(不良)한 범죄(犯罪)가 되는 행위이다.

마찬가지로 지금(只今)까지는 "술 있는 곳에 여지없이 '술퍼맨'이 있다"는 말이 절대적(絕對的)인 것만은 아니었지만, 주변(周邊)의 수많은 사람들은 아마도 확실(確實)히 그렇다고 여기면서도 그냥 그러려니 하고 이해해 왔던 것이다.

그러나 대다수(大多數) 국민의 마음에서 일어나는 '술'에 대한 여러 가지 추억(追憶)이라는 말로 지난 일을 돌이켜 볼 때, 퍼뜩 떠올랐다가 이내 사라지는 내면세계(內面世界)의 갈등(葛藤) 등을 불러일으키는 그 어떤 무언가가 있었음을 어렴풋이 떠오르는 느낌이나 생각만으로도 어느 정도(程度)는 인지(認知)하고 있었던 게 아니겠는가!

마음속의 감회(感懷)나 심리적(心理的) 상태 또는 근간(近間)의 분위기로 비추어 볼 때, 앞으로는 그 양상(樣相)이 '현격(懸隔)'히 달라질 것으로도 보여진다.

얼마 전이긴 하지만 진즉(趁)에 강화(强化)된 음주운전(運轉)에 대한 처벌 등의 신랄(辛辣)한 사례(事例)는 점차(漸次) 확인해 보기로 하더라도, '새로운 시작'이 우려(憂慮)하는 것은 다름 아닌 예사(例事)의 것들과 다르게 지금까지는 한 차례(次例)도 적용(適用)한 적이 없었던 법률(法律)의 실재원리(實在原理)를 향후에는 적용(適用)할 수도 있다는 것이다.

'술'에 취해 수첩에 메모(Memo)를 한다. 술이 깨어 수첩의 글씨를 보니 누가 썼는지 모르겠다.


예컨대 여하(如何)한 환경(環境)에서 유발(誘發)되는 자극적(刺戟的)인 것에 대하여 반응하는 유기체(有機體)의 행동으로 인해, 법규(法規)를 어기는 것인지 그렇지 않은 것인지 분명하지 않은 직관적 사고(直觀的 思考)로 그냥 행동하여 잘못된 결과를 발생(發生)하게 하는 경우가 있다.

이러한 그릇된 가능성(可能性)이 있음을 스스로 지각(知覺)하면서도 이미 각오(覺悟)한 바를 실제(實際)로 행하는 심리(心理)상태라는 게 있다고 한다. 그와 같은 심리상태를 의미(意味)하는 법률적(法律的) 용어(用語)로 법리적(法理的) 해석이 존재하는데 이를 일컬어 이른 바, "미필적 고의(未必的 故意)"라고 정의(定義)한다.

바로 이러한 경우(境遇), 혹은 애매(曖昧)한 입장(立場)에 놓이게 된 형편(形便)이나 경로(經路), 잠정적(暫定的)으로는 그릇된 결과(結果), 다양(多樣)한 사정(事情), 실책(失策) 등이 '미필적 고의'와 유사(類似)한 죄목(罪目)의 이유(理由)로 덧붙여지거나 한다면 피의자(被疑者)로서는 어쩔 수 없이 곤혹감(困惑感)을 느낄 수 있지 않겠는가!

만취자(漫醉者)의 의식 속에 간직한 기억(記憶)이 확실히 명백(明白)하지 않음에도 거리끼지 않고 피의자(被疑者)가 범죄를 저질렀을 가능성(可能性)이 있다고 유추해석(類推解釋)의 방향으로 나가게 하는 경우도 있을 수 있다는 것이다.

신성(神聖)한 법정(法廷)에서 '사실 관계(事實 關係)' 및 '법률관계(法律關係)'를 모호(模糊)하게 추가(追加)하여 심리(審理)한다면 피의자인 '술퍼맨'의 처벌수위(處罰水位)가 마지못해 또한 하는 수 없이 완전(完全)히 다른 국면(局面)이나 형세(形勢)로 달라질 수도 있다는 것이 아니겠는가?

"술 있는 곳에 '술퍼맨' 있다"는 시쳇(時體)말이 "술을 마시면 '술퍼맨'이다"로 둔갑(遁甲)하여 전자(前者)는 전설(傳說)로만 남아 후대(後代)에 설화(說話)의 소재(素材)로 심화(深化)되면서 그 경지(境地)가 점점 깊어진다고 미리 헤아려 짐작(斟酌)한다 한들 그다지 무리한 억측(臆測)이 아닐 수도 있다는 얘기다.

우리가 모여 사는 사회(社會)의 모든 법률(法律)이나 규범(規範)은 보통 사람들이 알고 있거나 알아야 할 내용인 상식(常識)을 바탕으로, 새로이 생겨날 또는 현실(現實)에서 나타나고 있는 사건(事件) 및 사고(事故) 등 사실적으로 드러나고 있으면서, 현재 진행(進行)되고 있는 각종(各種) 상황(狀況)이나 대상(對象)을 그 근거(根據)로 하여 새로 제정(制定)되거나 개정(改正)하여 바르게 하는 것이라고 '새로운 시작'은 그렇게 알고 있다.


아침 늦게 일어나 '목운동(해장술)'을 하고, 대낮에는 곯아떨어지며, 저녁시간은 영양가가 없다는 핑계로 '해롱해롱 모드(Mode[특정 상태])'로 돌입한다면 인생을 신속하고 간단하게 보낼 수도 있다.

우리 모두가 이 세상을 살아가면서 보거나 또는 듣거나 하여 깨달아 얻은 온갖 지식(智識)과 함께 이해력(理解力), 판단력(判斷力) 및 인간 삶의 원동력(原動力)이자 각자(各自)가 몸담고 있는 근로의 취지(趣旨) 등에 대하여 깊이 생각하고 연구하지 않는 사람은 거의 없을 것이다.

자신(自身)에게 맡겨진 업무(業務)에 대하여 항시 솔선수범(率先垂範)해 가며 스스로 주의(注意)를 기울여 자세(仔細)히, 그리고 세심(細心)하게 구별(區別)하여 분간(分揀)하고자 노력(努力)하는 것은 스스로의 삶을 위함이다. 사리분별(事理分別) 따위가 각별(各別)히 요구(要求)되는 이유다.

차량(車輛)을 운전(運轉) 중 불특정(不特定)한 장소(場所)에서 통행(通行)하는 사람들을 칠 수 있다는 것을 헤아릴 수 있으면서도 자동차(自動車)로 골목길을 냅다 질주(疾走)하는 '개 같은 경우(境遇)'나, 상대편(相對便)이 죽을 수도 있음을 일이 생기기 전에 미리 헤아려 짐작(斟酌)할 수 있으면서도 사람을 포함(包含)한 그 밖의 다른 생명체(生命體)를 심하게 구타(毆打)하는 잘못된 감식력(鑑識力) 따위의 그릇된 결과를 우리는 "미필적 고의(未必的 故意)"라 한다. 알면서도 행하는 심리 상태다.

'술퍼맨' 스스로가 지나치게 많은 양의 알코올을 섭취한 일시적(一時的) 중독 상태가 되면 사람을 죽게 하거나, 심하게 다치게 하는 대형사고(大型事故)만 저지른다는 것을 익히 예견(豫見)하면서도 인사불성이 되도록 술을 마셨다면 이 또한 "미필적 고의"로 해석(解釋)이 가능하지 않겠는가? 하는 생각을 해 볼 때, 예사롭지 않은 중압감(重壓感)을 느낄 것이다.

이는 정상적(正常的)인 우리네 모든 인간이 어떠한 장소(場所)에서 일정(一定)한 시간 동안 몸을 움직이거나 머리를 쓰는 여하(如何)한 활동(活動)을 시작(始作)하기에 앞서 옳은 판단을 한 후에 행동(行動)하는 이치(理致)와 비교해 보아도 대세(大勢)에 반(反)하는 것이기 때문이다.

제정신일 때 행한 행위(行爲)라 할지라도 그 끝맺음이 정상적으로 종료(終了)되지 않고 어쩌다 비극(悲劇)으로 마감됐다면, 그 매개체(媒介體[酒])를 대상으로 용서를 구해야지 왜 법정(法廷)에 하소연을 한다는 말인가! 위에서 언급(言及)한 "미필적 고의" 같은 것만 있는 게 아니다.

형사절차(刑事節次)의 효율(效率)성 내지(乃至)는 전광석화(電光石火)와 같은 판결의 결과(結果)를 얻어내기 위해 착안(着眼)된 기기묘묘(奇奇妙妙)한 수단(手段)으로 비교적(比較的) 경미(輕微)한 그리고 다양한 사건사고(事件事故)를 표상(表象)으로 하는 '약식명령(略式命令)'이라는 것이 있다.

사법권(司法權)을 행사하는 국가 기관(國家機關)에서는 '약식명령'을 충분(充分)히 곧잘 활용하여 대부분(大部分)의 경우 '소액 벌금형(少額 罰金刑)'을 확정(確定)하게 된다.

**"술버릇의 기준"은 사람으로서의 품격을 점검하는 '가치 평가(價値評價)'의 초석(礎石)이 된다.**

이는 '약식명령'이라 명명(命名)된 첫 관문(關門)과도 같은 구체적(具體的)인 경찰조서(警察調書) 내용(內容)의 결과(結果)로 좌우(左右)되며, 경찰(警察) 고유의 공권력(公權力) 및 재량권(裁量權)이 주목(注目)되는 부분이어서 사회적(社會的)으로 꽤나 주의(注意) 깊게 관철(貫徹)되기도 한다.

통상(通常)적으로 경찰에서 조사(調査)한 사건내용이 검찰(檢察)의 '약식기소'를 거쳐 실상(實相) 그대로 법원(法院)에서 확정되는 경우(境遇)가 대다수(大多數)이기 때문에 판사(判事)는 관련(關聯) 검찰부서(檢察部署)로부터 넘겨받은 검사(檢事)의 기록(記錄)만으로 '벌금형(罰金刑)'의 확정이나, '정식재판(正式裁判)'에 회부(回附)하느냐? 이 둘 중 하나만 선택(選擇)하게 된다.

그렇다면 망가질 대로 망가진 상태에서 여타(餘他)의 핑계를 삼을 만한 구실이나 작용(作用)이 거의 마비(痲痺)된 천하(天下)의 '술퍼맨'이 결정적(決定的)일 때 만취상태(滿醉狀態)로 '탈바꿈'되어 버렸다고 가정해보기로 하자.

어쩌다 '초대형 사고(超大型 事故)'를 유발(誘發)했건, 내가 아닌 다른 '술퍼맨'의 '술병(酒甁)'을 깨부쉈건, 아니면 단지(但只) 기절(氣絶)상태와 대략적(大略的)으로 비슷하게 곯아 떨어져 있을 때, 경찰이나 119 구급차(救急車)가 긴급출동(緊急出動)했다거나 하는 '팩트(Fact[사실])'를 말하려는 그런 것이 아니다.

만취상태인 우리네 '술퍼맨'의 공통점(共通點)은 무슨 일을 했는지 전혀 기억(記憶)을 할 수 없는 모드(Mode[특정한 방식]), 즉 맛이 간 상황(狀況)으로, 정신(精神)은 아주 먼 나라로 출장(出張)을 가버린 상태가 되면서, 근거(根據) 없는 낭설(浪說)이 말썽을 일으켜 지나칠 만큼 요사(妖邪)하고 난잡(亂雜)한 분쟁(紛爭)의 불씨가 되곤 한다. 불씨는 원하는 곳에 언제나 불을 옮겨 붙일 수 있다. 그래도 '술퍼맨'은 긴가민가할 뿐이다.

그렇다. 만취(滿醉)하여 '블랙아웃(Blackout)' 상태(狀態)에서 매달고 있는 '정신수단(精神 手段)'인 '술퍼맨'의 '장신구(두뇌[頭腦])'가 잠시(暫時)라도 뒤엉켰다면, 옳고 그름을 따지는 말다툼에 불과한 보잘것없는 건(件)만 발생(發生)한다 해도 자칫 물의(物議)를 일으킬 수 있는 것이다.

쉼표 없이 들이켜 급격히 가해진 충격(衝擊)으로 장신구(머리)에 흠집(Scratch)이 생기게 되면 듣지도 보지도 못한 주변의 어중이떠중이들이 정신 잃기를 기다려, 벌떼처럼 모여들기도 한다.

이들은 한동안 기억(記憶)을 상실(喪失)한 우리 '술퍼맨'을 상대(相對)로 없었던 폭력(暴力)행위 등을 있었던 일로 사실 화(事實 化)하여 매우 난감(難堪)한 처지(處地)로 몰아갈 수도 있다.


자연(自然)의 영특(英特)함이 '이 세상'을 움직이는 것은 모두 다 '운(運)'이다. 이는 항시 정신의 '활동기능'과 맞물려 가동하는 '관계 맺음'이 이미 정해져 있는 이유다. 나의 운(運)을 알고 싶다면 나의 심적(心的)인 움직임을 건드려 '반성(反省)하며 되돌아보는 것'도 하나의 방법이다.


　조건(條件) 없이 자신(自身)들이 피해자(被害者)라고 우겨대며 금전(金錢) 등을 뜯어내는가 하면, 미리 계획(計劃)된 각본(脚本)대로 또 다른 '생양아치들'과 합세(合勢)하여 더 어마무시한 물질적 보상(物質的 補償)을 요구하기도 한다.


　이에 응하지 않고 오로지 '깡다구'만으로 버틸라 치면 '패(牌)거리들'은 사전(事前) 협의(協議)하에 시작(始作)부터 종료단계(終了段階)까지 경찰(警察)의 임의(任意)조서에 협조(協調)키로 상호(相互) 간 작당(作黨)을 하기도 한다. "짜고 치는 고스톱"이라는 말이 그래서 생겨났다.


　이들의 시나리오(Scenario[각본])는 어지간히 수준급(水準級)이어서 한 번 걸려들었다 하면 빼도 박도 못하고 꼼짝없이 재판 결과를 기다려야 하는데 급기야 '약식기소(略式起訴)'라고 판결을 증명(證明)하는 '판결문(判決文)' 문서(文書)를 법원으로부터 정식(正式)으로 접수(接受)하게 되는 것이다.


　정신을 잃었던 우리네 '슐퍼맨'은 최소한 수십만 원 정도의 벌금을 납부하게 된다.


　사회적(社會的) 또는 경제적(經濟的)으로 '금 수저(Gold spoons)'나 '은 수저(Silver spoons)'급에 해당(該當)하는 '슐퍼맨'을 '타겟(Target[표적])'으로 지

목(指目)했다면 '패(牌)거리들'의 노림수는 더욱 교묘(巧妙)하고 악랄(惡辣)해지게 마련이다.

그렇다. 이쯤 되면 인사불성(人事不省) 상태에서 '지하철 역(地下鐵 驛)'이나 부근 거리의 흩어진 광장(廣場) 등에서 널브러진 호구(虎口)들을 상대로 못된 패(牌)거리들은 당시 상황에 따라 더욱 기승(氣勝)을 부린다.

폭주(暴酒)의 결과는 우리네 선량(善良)한 '술퍼맨'들이 싸가지 없는 인간들과 극히 불량(不良)한 '술퍼맨'들로부터 그들의 물주(物主)가 되어주길 주저(躊躇)하지 않는 꼴이 되는 것이다.

'만취상태(滿醉狀態)'에서 생각이 나지 않으니, 일 같지 않은 일에도 대처할 방안이 없는 이유다.

더불어 체면(體面)이 드러나게 되면 작게는 성업(盛業) 중인 영업(營業)에 막대한 지장(支障)을 초래(招來)하거나, 크게는 지금껏 벌여 놓은 사업에 치명적 약점(致命的 弱點)이 될 수 있기에 '쉬 쉬'하게 되는 것이다.

스스로 죽음을 초래(招來)하는 것인지도 모르고 덤벼드는 불나방의 용기(勇氣)가 가상(嘉尙)하나, 그것은 불나방의 팔자(八字[한평생의 운수])인 것이지 우리네 '술퍼맨'의 그것이 아님을 마음속에 깊이 유념(留念)할 때이다.

사람은 누구나 제 속에 자라나는 가시를 발견하게 될 때 비로소 "도(道[경지])"를 느끼게 된다.


독종(毒種) 싸가지(막돼먹은 녀석)들의 '주목표(主目標)'가 되어 제대로 걸려들게 된다면 그 무리들의 고객 즉, 단골손님으로 취급(取扱)되어 말복(末伏)날 중앙시장(中央市場)에 누렁이(개[犬]) 순종 끌려가듯 그들 양아치로 하여금 다시 한 번 호구(虎口)가 될 수도 있다.

그나마 선량(善良)하다는 우리네 '술퍼맨'이 재수(財數)없고 기약(期約)없이 "싸가지 없는 또 다른 '술퍼맨'"들의 '맑은 물(술)'과 '안주(按酒)거리'를 책임(責任)지게 된다는 얘기다.

(우리 인간이 하는 일에는 있을 수 없는 일이 없다.
뇌[腦]가 출타 중일 때에는 더욱 그렇다.)

걷잡을 수 없는 세월(歲月)을 하염없이 한탄(恨歎)하며 마냥 퍼 마셔대는 '술퍼맨'은 시중(市中)에 쌓여 묵혀져, 검은빛을 띠면서 푸른색을 발하며 골목 언저리에 뻣뻣하게 굳어버린 흰 '눈(雪)'처럼 억수(億數)로 널려 있다.

'술' 마시는 자체(自體)가 수시로 인사불성으로 돌변하는 '술퍼맨'의 양심(良心)이나 도리(道理)에 벗어난 행위(行爲)가 아니기에 별 방책(方策)이 없으니 이를 어찌하랴!

만취(滿醉)한 정신 상태에서 아무 분별(分別) 없이 지랄하는 온갖 행태(行態)는 사회적(社會的)으로 질서의 타당성(妥當性)이 실종(失踪)되어 극도(極度)로 처참(悽慘)한 억지(抑止)주장을 수시(隨時)로 일삼기 마련이다.

'술'과 음탕(淫蕩)한 생활에 빠지게 되면 모두 몸을 망가뜨리게 된다. 나날이 손상(損傷)이 커지면 급기야(及其也) 죽게 된다.

사리판단(事理判斷)이 불가능할 정도로 평소에도 심각(深刻)하게 맛이 가 있어, 헤아려 갖출 수 없는 상태의 정신은 건전(健全)한 사회문화(文化)를 녹슬게 한다는 얘기다.

이러한 '녹슨 정신'은 조리(條理)에도 어긋나고 아예 객관성(客觀性)이 결여(缺如)된 논리(論理)의 비약(飛躍)을 아무런 거리낌 없이 제멋대로 읊

어댄다.

이러한 우리네 '술퍼맨'들에게 '새로운 시작'이 정중(鄭重)하고 진중(鎭重)하게 고(告)하고 싶은 소망(所望)과도 같은 바람이 있다. 둥근 지구(地球)를 부둥켜안고 살아가는 세상의 모든 '술퍼맨'들이여! 제발 "돈 많이 벌어놓고 술 마시시오"라고 말이다.

4만5,000명의 남성 '술퍼맨'들에게 생활습관을 조사한 결과, 술을 마시는 사람은 마시지 않는 사람에 비해 심근경색 위험이 4배 정도 높은 것으로 나타났다. (2010.12.26., 일본의 후생노동성)

'술퍼맨'이 폭 넓고 아주 깊이 고민(苦悶)하여 그 무엇인가가 요구(要求)된다고 판단(判斷)했다면, 독자적(獨自的)인 범주(範疇)의 재확인(再確認) 및 독특(獨特)한 특성파악의 예리(銳利)함과 함께, 같은 시기(時期)에 드러난 윤곽(輪廓)에 대하여 실시간(實時間) 숨 쉴 여유나 재채기할 겨를조차 없이 실천(實踐)함으로써 '술퍼맨' 자신이 심오(深奧)한 사고의 세계로 인도(引導)되는 것이다.

대자연(大自然)에 예속(隸屬)되어 있는 모든 생명체 중 우리 인간을 포함(包含)한 동물(動物)들은 살아가면서 많은 경험(經驗)과 시행착오(試行錯誤) 등을 반복하면서 주어진 일이나 일상(日常)을 편안하고 걱정거리 없이 좋은 마음으로 자유롭게 실천(實踐)할 수 있는 범주(範疇)를 찾게 된다.

이름 하여 "운신(運身)의 폭(幅)"을 넓혀 간다는 것인데, 숱한 경험과 시행착오 등이 지속될수록 "운신의 폭"이 좁아지는 가련(可憐)한 삶의 경우도 있다.

그 삶은 다름 아닌 '술퍼맨'들의 막돼먹은 생활패턴(生活Pattern)으로부터 비롯되는 것으로, 이는 경쟁조직(競爭組織)과 맞불작전을 벌이기 때문이다.

여기에서 경쟁조직이라 하면 가족 및 '술퍼맨'을 아끼고 독려(督勵)하는 지인들을 뜻한다.

이들이 '술퍼맨'의 폭주행태를 나무라며 꾸짖을수록 그 잔소리에 굽히지 않고 저항(抵抗)하려는 무언가를 심리적으로 대체(代替)하기 위해 '술퍼맨'들은 '술'을 한꺼번에 더 많이 마시게 되는 것이다.

가족 및 '측근 인(側近 人)'들은 만취한 '술퍼맨'을 보며 "환자가 끙끙 앓는 '짓'이려니" 하고 이해하시면 된다.

**"알코올 중독은 질병"이다. 그 "치료의 출발은 가족이 환자를 이해하는 데서 시작"된다.**

'물 타기'라는 뜻에는 "사람들의 주의(注意)를 사건(事件)의 '핵심(核心)'

으로부터 벗어나 보이기 위해 이상(異常)야릇한 내막(內幕)을 끌어들이거나, 혹은 이와 무관(無關)한 다른 관심사(關心事)로 상대편(相對便)의 이목(耳目)을 상당 부분 지체(遲滯)하게 하는 행위(行爲)" 등의 속내가 '다분(多分)'히 내포(內包)되어 있는 꼼수를 의미한다.

특정(特定)한 것에 모든 관심(關心)을 집중시켜 그 방향으로 신경을 쓰게끔 하는 치사(恥事)한 꿍꿍이에 가까운 전략(戰略)으로, 언뜻 보기에는 그럴싸한 '상황 열거(狀況 列擧)'라 하겠다.

그런가 하면 '물 타기'와는 '결'이 같지 않으며, 남의 이익을 위하여 변명하고 감싸서 도움을 주고자 하는 이타주의(利他主義) '술퍼맨'을 뜻하는 '전문용어'도 있다.

"술 바라기('술퍼맨'[사전에 없는 용어들])"가 그것인데, 술 바라기가 자신의 정신을 포기(抛棄)할 때까지 술을 마셔 Black-out(필름 끊김 현상)상태에 이르러 스스로 돌이킬 수 없는 어마어마하고 무시무시한 뜻밖의 사고(事故)를 쳤을 때, 피고인인 술 바라기 '술퍼맨'의 변호인(辯護人)이 주로 사용하는 나름의 차원(次元) 높은 방법은 따로 있다.

이름 하여 '심신미약(心神微弱)'상태였다는 이유(理由)를 들어 감형(減刑)을 유도(誘導)하는 것인데, 시비(是非)를 변별(辨別)하고 또 죄(罪)지은 경로(經路)나 형편(形便)에 의해 행하는 짓거리나 또는 기능적(機能的) 능력이 상당(相當)히 감퇴(減退)되어 있던 상태(狀態)라고 굳세게 주장(主張)하거나 두드러지게 발언(發言)하는 것이 그것이다.

이쯤에서 우리 '술퍼맨'들이 관심(關心)을 가지고 정신을 집중하여 주의 깊게 들여다보아야 할 또 다른 차원(次元)의 법률용어(法律用語)가 있음을 알고 진도(進度)를 나가기로 하자.

'심신미약' 상태와는 그 성격이 완전(完全)히 동떨어진 개념(概念)이다.

그것은 "피의자(被疑者)가 자신의 혐의(嫌疑)를 숨김없이 자백(自白)하거나 또는 인정(認定)하고 사건 주변(周邊)의 공범자(共犯者)들을 낱낱이 실토(實吐)하는 조건(條件) 등을 들어 검찰(檢察)이 가벼운 범죄행위(犯罪行爲)로 기소(起訴)하여 형량(刑量)을 낮춰주는 사전약속 제도(制度)"이다.

'유죄 협상제(有罪 協商制[Plea bargaining])'라 불리며 주로 '마약 사범(痲藥事犯)' 등에게 적용하는 법제시스템(法制System)으로, '심신미약'과는 근본적(根本的)으로 상이(相異)하다는 것을 확실(確實)히 알고 넘어가야 할 필요가 있다.

바다는 깊어서 그 바닥이 보이지 않는다. '맑은 물(술)' 역시(亦是) 골짜기의 깊은 '그것'과 같아 그 '골'에 한 번 떨어지게 되면, 골짜기로부터 헤어나기란 좀처럼 쉬운 일이 아니다.

'Plea bargaining'은 주로 '뽕(필로폰[Philopon])'에 중독된 자들의 전문 고자(告者)질 거리로, 피고인인 '뽕을 뽑는 인간들'의 변호인들은 '심신미

112

약' 상태라는 전략을 주로 사용하는 반면, 형(刑) 집행의 감독(監督) 등을 행하는 검사(檢事)들이 이들에게 주로 사용하는 수법(手法)은 바로 'Plea bargaining'이다.

('플리[plea]'는 '피고인의 답변[항변]'을 뜻하고,
'바게닝[bargaining]'은 '흥정, 거래'를 뜻한다)

그렇게 겉으로 내세우는 명목(名目) 중 하나는 '뽕을 뽑는 인간'들을 그저 송두리째 뽑아버리려고 범죄를 수사(搜査)하는 검찰의 전략전술(戰略戰術) 중 필수적 방법이라고 이해해도 '무난(無難)'할 것이다.

이 제도는 미국이라는 나라의 '문화적 배경(文化的 背景)'에서 오랜 기간 동안 관행(慣行)을 통해 형성(形成), 발전(發展)해 온 방식(方式)이다.

이 '법률 제도(法律 制度)'는 소위(所謂) '사법 선진국(司法 先進國)'이라 불리는 미국(美國)을 비롯한 독일(獨逸), 프랑스(France), 이탈리아(Italia) 등에서 각국의 특성에 맞게 시행(施行)하고 있다.

'Plea bargaining'에 걸려든 피고인들은 아마도 평생을 오그라드는 심정으로 살아갈 것만 같다.


우리네 '술퍼맨'들 사이에서는 상호 간(相互 間) 그 어떤 것도 가르치려 하거나 참견할 수 없다. 우리끼리 할 수 있는 일은 단지(但只) 자기 안에서 스스로 무엇인가를 찾도록 그냥 방치(放置)하는 것이다.


2018년 4월 2일 검찰과 법조계(法曹界)에 따르면, 대검찰청(大檢察廳) 검찰개혁위원회(檢察改革 委員會[위원장 송○○])는 법무부(法務部)와 협의과정(協議過程)의 단계를 거쳐 유럽 중부에 있는 독일(獨逸[Germany])에서와 같이 다음과 같은 범죄행위에 대하여 이와 유사(類似)한 기법(技法)의 적용을 검토 중이라고 발표한 바 있다.

여기에는 "뇌물(賂物), 알선수재(斡旋受財[직무와 관련된 일을 잘 처리해 주도록 중재(仲裁)]), 알선수뢰(斡旋收賂[공무원이 자신의 지위(地位)를 이용하여 영향력을 행사할 수 있는 타 공무원의 직무에 속한 사항을 알선해주는 대가로 뇌물을 수수·요구, 또한 약속함으로써 성립하는 범죄]), 또한 배임(背任[자기의 이익(利益)을 위하여 임무를 수행하지 않고 국가나 회사에 재산상의 손해를 주는 경우]), 횡령(橫領[공금(公金)이나 남의 재물(財物)을 불법(不法)으로 차지하여 가짐]) 등"의 혐의(嫌疑)에 한정(限定)하여 '우선 적용(優先 適用)'한 뒤 향후(向後) 단계적(段階的)으로 시나브로 확대(擴大)하는 방안을 주범(主犯)이 아닌 종범(從犯[남의 범죄 행위를 도움으로써 성립(成立)하는 범죄])에만 제한적으로 적용할 것임을 유력(有力)하게 분석(分析) 중이다.

'술퍼맨'은 그저 나사(螺絲)못 몇 개 정도가 풀린 상태인 것이지, 못 쓰게 될 만큼 격렬(激烈)하게 깨어지거나 요절(撓折)이 나서 형편없이 망가져버린 그러한 인간이 결코 아니다.

다만 '술'을 억제(抑制)하지 못하는 열악(劣惡)한 상태임에도 불구하고 종종(種種) 여하한 일이 있었는지 혹은 어떤 일들을 저질렀는지 기억을 하지 못하는 그런 '술 바라기'일 뿐이다.

그래서 혹자(或者)는 '술퍼맨'의 또 다른 명칭(名稱)을 경위서(經緯書) 따위에 기재(記載)할 때 '술고래([Heavy] drinker)'라고 쓰고, '고주망태([Dead] drunkenness)'라고 읽기도 한다. 혹시(或是)라도 자신의 지위(地位)를 악용해 배꼽 밑의 '중근(中根[가운데 다리])'을 '당근' 쯤으로 착각하고 제 멋대로 흔들어대는 얼빠진 인간이나, 국가의 '세금(稅金)'이 한곳에 모여 결집(結集)된 국고(國庫)를 마치 맡겨 둔 '눈먼 돈'인 양, 마구 탕진(蕩盡)하는 일부 공직자들과 '술퍼맨'을 섣불리 비교해서는 안 된다.

정해져 있는 지위(地位)나 공직(公職)의 직무는 벼슬이나 권력(權力)이 아니다. 이를 걸맞지 않게 사용하여 자신의 인생(人生)을 바겐세일(Bargain sale[저렴하게 팔아 치움])하며 살아가는 것들을 '가련한 인간'이라고 한다면 순진(純眞)한 '술퍼맨'의 허술한 삶은 어쩌면 세수(稅收[조세(租稅)를 징수하여 얻는 정부의 수입])에 기여(寄與)한 '국가유공자(國家有功者)'일 수도 있을 것이다.

캐스팅 보트(Casting vote)는 가부(可否)가 동수(同數)일 때 행하는 의장의 결정투표다.


'술'에 붙는 세금을 생각할 때 이를 많이 납부(納付)할 수밖에 없는 우리네 '술퍼맨'은 어쩔 수 없이 애국자(愛國者)인 셈이요, '소득(所得) 있는 곳에 세금(稅金) 있다'는 '자본주의(資本主義)의 불문율'이며 '윤리철학(倫理哲學)'인 면에서도 부합(符合)하니, 국가유공자가 아니 될 이유 또한 없지 않은가!


재판에 임하는 경우, 관련자(關聯者) 모두는 증거 자료 준비(證據 資料 準備), 합의(合意) 등의 유도(誘導)로 피의자(被疑者)의 원활한 재판진행(裁判進行) 및 법률적(法律的)으로 문제(問題)가 되는 직면 사안(直面 事案) 대응방안(對應方案) 등을 모색하게 된다.


재판을 받는 모든 사람이 마찬가지일 테지만, 특히 '술퍼맨'이 법원에서 재판에 임할 경우 사건과 관련된 각종 데이터(Data[자료])를 속속들이 꿰뚫어 빈틈이나 부족함이 없이 준비해야 한다.


그렇지 않은 상태로, 무작정(無酌定) 죄가 없다고 주장하게 되면 이는 자칫 반성(反省)하지 않는 모습으로 비춰질 수 있어 오히려 더 큰 형벌(刑罰)을 받을 수 있다.


만취한 'ㅇ씨'의 이야기다. 'ㅇ씨'는 잘 지내던 지인(知人)들과 막차 때까지 술을 마신 뒤 귀가를 위해 지하철(Subway)을 탔다. 그날 열차에는 금요일 밤 귀가를 위해 많은 이들이 타고 있었다.

'○씨'는 지하철(地下鐵) 내부의 환경적 요인(環境的 要因)으로 다소(多少) '불쾌지수(不快 指數)'가 높았던 관계(關係)로 못마땅하여 기분이 썩 좋지는 않았다.

그리고 이동(移動)하면서 어느 순간(瞬間) 욕구(欲求)가 끓어올라, 그 육체적 욕정(肉體的 慾情)을 이기지 못하고 엉겁결에 앞에 서있던 타인(他人)의 엉덩이를 만지작거렸던 것이다. 따라서 지하철 성추행(性醜行) 처벌로 이어질 수 있었으나 이에 대한 풍부한 경험과 지식을 갖춘 변호인(辯護人)의 도움을 받아 '기소유예(起訴猶豫)'로 공소를 제기하지 않게 되었다.

다른 예시를 하나 더 살펴보기로 하자.

위 '○씨'의 경우(境遇)와 매우 유사한 짓거리를 행한 'Z씨'는 잽싸게 조력자(助力者)에게 협조를 구하고 신속(迅速)한 대응(對應)과 협력(協力)으로 자신의 행위결과(行爲結果)에 대한 판결을 역시 '기소유예'로 이끌수 있었다.

그러나 검찰은 양측(兩側)이 협의(協議)하지 않았는데도 이와 동등(同等)한 선처를 선고하는 것이 일반적(一般的)인 판가름이 아니라며 구속(拘束)을 요청했다.

117

**추워지기 전에 먼저 옷을 입고, 배고프기 전에 먼저 먹어라.**

그런데 'Z씨'는 자신의 부주의(不注意)한 행동(行動)을 진심(眞心)으로 뉘우치고, 현재 의사(醫師) 준비를 하고 있던 의대생(醫大生)의 신분으로 본 건으로 벌을 받게 된다면 지금까지 노력해 온 것에 상당한 위기(危機)가 닥치게 되는 것이다.

'Z씨'는 법원으로부터 재판을 요청(要請)받은 입장(立場)이어서 무척 난처(難處)해졌다. 그러나 끊임없이 반성(反省)하는 자세를 보이고 노력한 결과 합의(合意)에 이를 수 있었다.

이에 법률가(法律家)는 이 점과 함께 검찰의 항소(抗訴)에 대해 법적인 도리(道理)에 어긋나기 때문에 1심에서 내린 결론은 타당(妥當)하다는 의견(意見)을 제시하고 그대로 판별(判別)하라는 점을 요구(要求)했다.

이에 따라 판사(判事)는 그가 죄를 저지른 것으로 보이는 형세(形勢)와 몇몇 국부(局部[어느 한 부분])를 보고 판단해 전동차(電動車) 안에서 일어난 성범죄(性犯罪)로 벌금형(罰金刑)이라도 선고 받을 경우를 생각했으리라!

남이 피해를 본 정도보다 더 큰 타격(打擊)을 입을 수 있다는 점에서 1심의 결론을 유지하며 기소(起訴)를 뒷받침할 수 있었던 것이다.

행동(行動)이나 의사(意思)의 자유(自由)를 제한(制限)하는 구속(拘束)의 굴레에서도 인정(人情)은 상식(常識)을 앞세워 그 정당성(正當性)을 대신(代身)한다.

우리네 '술퍼맨'도 기능적 능력이 상당(相當)히 감퇴(減退)되어 있던 '인사불성'의 상태(狀態) 즉 '심신미약(心神微弱)'상태였다는 이유로 변호인이 감형(減刑)을 유도(誘導)하는 것 또한 이와 같다.

이같이 안건(案件)이 발생(發生)하면, 의논(議論)이나 의견 따위가 여러 경로(經路)를 거쳐 어떤 결론(結論)에 이르는 그 귀착(歸着)이 곤란(困難)하고 난잡(亂雜)한 때에도, 법적(法的)인 검사(檢査[조사](調査)하여 옳고 그름과 낫고 못함을 판단하는 일])를 계기(契機)로 바로 눈앞에 당면(當面)한 사안(事案)을 진행(進行)시켜 나갈 수 있다.

우리네 '술퍼맨'도 만일의 경우 '증거 자료(證據 資料)', '준비합의(準備合意)' 등을 목적(目的)한 방향으로 이끌어 원활(圓滑)하게 진행한다면 웬만한 사안에 대응(對應)할 수 있을 것이다.

음주운전으로 여섯 차례 처벌을 받고 무면허 상태로 또 술을 마시고 운전을 한 50대 여성이 실형을 선고 받았다. 춘천지법 형사1단독 정○○ 부장판사는 도로 교통법상 음주운전과 무면허운전 혐의로 기소된 A씨(53·여)에게 징역 1년 3개월을 선고했다고 20일 밝혔다. A씨는 2019년 9월 23일 새벽 혈중알코올농도 0.095% 상태로 면허도 없이 경기 가평에서 13km를 운전한 혐의로 재판에 넘겨졌다.

[중앙일보] 입력 2021.03.20.

## 여론과 반대로 달리는 처벌
### "음주교통사고를 일반 교통사고"로 인식

상습 음주운전(常習 飮酒運轉)으로 인한 사망사고(死亡事故) 시, 일본은 징역(懲役) 22년의 형벌(刑罰)에 처하고, 미국은 15년의 징역형(懲役刑)으로 처벌(處罰)하는 반면(反面), 한국은 2017.07.05. 현재, 3년 징역형이던 '양형 기준(量刑 基準)'을, 이른바 '윤창호법'이라 명명(命名)하여 개정(改定)하였으나, 실상(實相) 그 자체를 살펴보면 아직도 가해자(加害者)에게 편의(便宜)를 제공하고 있음을 인정(認定)하지 않을 수 없다.

'윤창호법'은 2018년 11월 29일 국회 본회의를 통과하여 그 해 12월 18일부터 시행(施行)된 '제1 윤창호법'(개정 특정범죄 가중처벌 등에 관한 법률), 다른 하나는 같은 해 12월 7일 통과하여 2019년 6월 25일부터 시행된 '제2 윤창호법'(개정 도로교통법)으로 나뉜다.

'제1 윤창호법'은, 제5조의 11(위험운전 치사 상)에서 음주나 약물 영향으로 정상적인 운전이 곤란한 상태에서 사람을 다치게 하면 "10년 이하(以下)의 징역 또는 벌금 500만 원"에 처하도록 한 것을 "1년 이상 15년 이하의 징역 또는 벌금 1천만 원"으로 하고, 사람을 사망에 이르게 하면 벌금형을 폐지하고 "1년 이상의 유기징역"에서 "무기 또는 3년 이상의 징역"으로 개정한 것이다.

'제2 윤창호법'은 일단 운전(運轉)이 금지(禁止)되는 음주 기준인 '혈중 알코올 농도(血中 Alcohol 濃度)'를 "0.05%"에서 "0.03%"로 하향 조정(下

向 調整)하고, 운전자의 음주 운전으로 인한 '면허취소(免許取消)'의 '결격 기간(缺格 期間)'을 연장(延長)하여 음주 운전 자체의 '벌칙수준(罰則水準)'을 상향하는 내용이 포함돼 있다.

보이지 않는 시간 속에 위축(萎縮)된 심리상태가 활동제약(活動制約)을 불러오고, 그 삶을 들여다보면 겉은 그런대로 멀쩡해 보여도 속은 곪아가는 상처투성이랄 수밖에 없는 암울(暗鬱)한 현실이 우리네 '술퍼맨'의 세월과 같았음을 잊지 말아야 한다.

"춥고 더운데 방비(防備)하지 않거나, 걸음걸이를 지나치게 빨리 하지 말아라. 평상시(平常時) 식사는 여러 번 나눠 하되 적게 먹고 한꺼번에 많이 먹지 말라." 또한 "'술'과 '음탕'한 일에 빠지는 것은 모두 몸을 망가뜨려 결국 손상이 커지면 병들어 죽게 된다." '희로애락(喜怒哀樂)'이 몸에 미치지 않게 하고 '호의호식(好衣好食)'이 남의 일로 느껴진다면 그것이 바로 장수의 이치다."

윤창호법이 시행된 첫날인 2018년 12월 18일 오후 7시 50분께 인천시 중구 한 도로에서 혈중알코올농도 0.129% '운전면허 취소처분수준(運轉免許 取消處分水準)'의 술에 취한 가해자는 싼타페 차량을 운전하다 '차량 정지 신호(車輛 停止 信號)'를 무시하는 바람에 사람을 치었다.

정상적(正常的)으로 횡단보도(橫斷步道)를 건너던 B(63·여)씨를 치어 피해자(被害者)인 B씨가 '인근 대학병원(鄰近 大學病院)'에서 치료(治療)를 받다 '사고 발생(事故 發生)' 2시간(時間) 만에 B(63·여)씨를 숨지게 한 혐의(嫌疑)로 가해자는 '구속 기소(拘束 起訴)'되었다.

피고인에 대해 '1심 재판부(1審 裁判部)'는 "피고인은 음주 운전과 '신호 위반'으로 횡단보도를 건너던 보행자(步行者)를 치어 숨지게 했다" 하여, 징역 2년을 선고했다.

그러나 항소심 재판부는 "음주 교통사고에 엄벌(嚴罰)을 요구(要求)하는 국민 목소리가 높아지고 있으며 피고인은 죄질(罪質)이 무겁고 이른바 윤창호법 시행(施行)일에 범행(犯行)을 저질러 '실형 선고(實刑 宣告)'가 불가피하다"고 판단하면서도 "범행을 모두 인정하고 반성하고 있으며 피해자의 유족(遺族)에게 상당한 위로금(慰勞金)을 지급(支給)한 뒤 합의(合意)한 점 등을 고려" 원심(原審)을 파기하고 징역 1년 6월을 선고했다.

몇몇 선진국(先進國)과 비교(比較)할 때 한국(韓國)에서는 음주운전에 따른 교통사고를 일으켜도 처벌(處罰)은 솜방망이에 그친다. 특히 '음주 사망사고(飮酒 死亡事故)'는 단란한 한 가정(家庭)을 파탄(破綻)내지만 한국 법원(法院)의 처분(處分)은 지나치게 관대(寬待)하다는 지적이 많다.

2015년 1월 10일 충북 청주시에서 발생한 '야간 음주운전'사고로 물의(物議)를 빚었던 '크림 빵 아빠 뺑소니' 분쟁(紛爭)처럼 '사회적 공분(社會的 公憤)'을 일으킨 사고의 선고(宣告)결과도 국민의 상식과 기대치(期待值)에 한참 못 미쳤다는 지적(指摘)을 받았었다.

이러한 손가락질을 일부(一部) 감안(勘案)한 듯 우리 법원(法院)은 작년(昨年) 5월 15일부터 바뀐 '교통사고치사(交通事故致死[위험운전치사])'사건의 '양형 기준(量刑 基準)'을 적용 중이다.

음주사망사고(死亡事故) 운전자에 대해 징역 3년에서 4년6월까지 선고가 이뤄지고 있다. 그러나 음주운전 사망사고의 경우 미필적 고의(未必的 故意)에 의한 살인행위로 간주될 경우에는 판결의 결과가 크게 다를 수 있다.

**여전(如前)히 변함없을 것인가, 형세를 뒤집어 역전(逆轉)할 것인가!**

예상(豫想)치 못한 사건에 연루(連累)되어 억울(抑鬱)한 경우를 겪고 있거나, 아니면 자신 스스로 음주운전이나 또 다른 부주의(不注意)로 인해 운전면허가 취소될 수도 있을 것이다.

이러한 조건(條件)에 놓였을 때, 반드시 '운전면허증'을 필요로 하는 직업(職業)을 가진 사람들 중 우리가 살아가야 할 생(生)의 수완(手腕)을 완전(完全)히 상실(喪失)하거나 혹은 일상생활(日常生活) 대부분을 정상적(正常的)으로 보존(保存)치 못해 괴로워하게 되는 사례(事例)가 있을 수도 있다.

만일 사람이 다치거나 사망(死亡)하는 사고를 유발(誘發)했을 시, 측근

(側近)의 다른 사람들에게 양해(諒解)를 구하고 포괄적(包括的)인 협조(協助)를 강구(講究)해야만 할 것이다.

'음주운전사고'의 경우 이에 관한 음주운전사고 합의금(合意金)과 '범칙금(犯則金)'은 물론 '보험 면책금(保險 免責金)' 등을 정확히 계산(計算)하고, 터무니없는 금액이 나오지 않는 일정한 테두리 안에서 적절(適切)한 선의 상호간 의견(意見)이 이루어지도록 해야 한다.

피해자(被害者)가 형법(刑法)의 적용에 대하여 그 가치(價値)나 주장이 서로 맞아 일치(一致)하는 경우(境遇)에는 피해자가 가해자의 형사적(刑事的)인 죄(罪)값을 원치 않는다는 내용(內容)이 담긴 '협의서(協議書)'를 작성(作成)하여 제출(提出)하면 가해자의 '징벌 수위(懲罰 水位)'가 낮아지기도 한다.

그러나 피해자가 협의에 응하지 않으면 가해자는 법에 따라 심판(審判)을 받으며 음주운전사고의 합의금은 형편(形便)의 기준 등에 따라 감정(鑑定)하여 결정(決定) 시, 2021년 3월 현재 주당(週當) 50만 원에서 100만 원까지도 책정(策定)되는 편이라 하니 가해자 입장에서는 신중(愼重)을 기해야 할 것이다.

따라서 가해자(加害者)는 '형사 협의(刑事 協議)'로 지불(支拂)되는 '금액(金額)'에 더해 '벌금 액수(罰金 額數)' 등을 비교(比較)하여 '형사 협치(刑事 協治)' 여부(與否)에 관하여 가능(可能)한 한, 객관성 있는 현실적(現實的) 해결방법(解決方法)을 찾아 결정하게 된다.

위 내용에서와 같이 "음주운전사고 합의금(飮酒運轉事故 合意金)"은 피해자(被害者)와 또한 가해자 '양자 간(兩者 間)'의 '의사 합치(意思 合致)'에 의해서 이루어지는 부분(部分)이다.

이와 같은 '합의'에 처한 경우(境遇) 부당하다고 판단 시, '이의 청구(異議 請求)'라든가 혹은 '행정심판제도(行政審判制度)'를 거쳐 구제를 요구할 수 있는 것이다.

인생은 '괴로움과 아픔'도 아니요, 그렇다고 '놀고 즐기는 기쁨'만 있는 것 또한 아니다. 인생은 우리들이 하지 않으면 안 될 의무적인 것이기에 어쩔 수 없이 살아가야만 한다.

**이의신청과 행정심판을 본인이 진행할 경우**

| 구 분 | 생계형 이의 신청 | 행정심판 및 집행정지 신청 |
|---|---|---|
| 정 의 | 면허취소에 이의가 있을 경우 처분청에 신청하는 구제 제도 | 면허취소에 이의가 있을 경우 재결청에 청구하는 구제 제도 |
| 심 의 | 지방경찰청 심의위원회 | 중앙 행정심판위원회 |
| 청구 기간 | 처분이 있음을 안 날로 60일 이내 | 처분이 있음을 안 날로 90일 이내 (운전면허 취소처분 결정통지서를 수령 후) |
| | | 처분이 있은 날로 180일 이내 (부득이한 사정으로 운전면허 취소처분 결정통지서를 받지 못하여 반송된 후) |

| 청구<br>대상 | 면허취소 처분을 받은 자 중 생계형<br>운전자<br>(청구제한: 5년 이내 사고 및 음주운전<br>자, 운전을 생계유지자, 0.120% 초과자) | 면허취소 처분을 받은 자<br>(청구대상 제한 없음) |
|---|---|---|
| 처리<br>기간 | 30일~60일 | – 행정 심판: 60일~90일<br>– 집행정지: 50일~60일 |
| 절 차 | 이의신청서접수 | 행정심판청구서접수 |
|  | → 심리(지방경찰청 심리위원회) | → 지방경찰청 답변서 작성<br>→ 보충서면 작성<br>→ 심리기일 통보 후 심리<br>(중앙행정심판위원회) |
| 결 과 | 면허취소 처분이 위법, 부당(가혹)하다고 인정되는 경우에 취소 시 110일의<br>면허정지 처분으로 감경, 정지 시 정지일수의 1/2 감경<br>(청구서를 논리적, 법리적으로 타당성 있게 작성하고 관련 자료의 입증에<br>따라 결과가 많이 달라질 수 있음) | |

(청구서를 논리적, 법리적으로 타당성 있게 작성하고 더하여 관련 자료의 입증에 따라
결과가 많이 달라질 수 있음: 2012년 1월 27일 현재 ~ [NAVER 참고])


절대 포기하지 마라. '술퍼맨'에게 주어진 삶도 단 한번뿐이다. 그러
니 망설이지 말고 끝까지 인내하라! 무슨 일이든 감내(堪耐)해야만 한다.


심사 중(審査 中)인 '이의 요청(異議 要請)'. 이 제도는 '가정 형 구제(家庭
形 救濟)' 방안(方案)의 하나로 신청자의 직업, 혈중알코올농도(血中Alcohol
濃度), 과거(過去)의 전력(前歷) 등 다각적 조건(多角的 條件)을 만족 시, 심
사(審査)가 가능하다.

실사(實査)를 통하여 사실관계(事實關係)를 확인하고 심판(審判)의 심의

요건(審議要件)을 만족하게 되면, 청구(請求)가 가능하다는 점을 알아두어야 할 것이다.

국민권익위원회(國民權益委員會)의 행정심판(行政審判)은 누구나 신청(申請)이 가능하다. 음주운전 당시(當時) '알코올 수치(Alcohol 數値)' 및 운전 경력(運轉經歷), 위법성(違法性), 운전동기(運轉動機), 부당성(不當性), '면허(免許)의 필요성(必要性)' 등 다양한 '처지(處地)'를 기반(基盤)으로 서면심사(書面審査)를 통해 '구제철회요인(救濟撤回要因)'의 다수인 사람 중에서 선별(選別)하여 일부의 해당자(該當者)만 구제하고 있는 실정(實情)이다.

'술(酒)'을 마셨음에도 불구하고 승용차(乘用車) 운전을 강행(強行 [Enforcement])하다가 어쩔 수 없이 음주운전사고의 당사자(當事者)가 되어버린 경우 혹은 적발(摘發)되어 재판으로 이어지게 되었을 때, '음주운전 교통사고 별(飲酒運轉 交通事故 別)'로 '노역 복무 형(奴役 服務 刑)'이 재판장(裁判長)의 판결(判決)에 의해 통지(通知)되는 사례(事例)도 있다고 하니 이 점 역시 각별히 유념(留念)하여야 할 것이다.

'음주운전사고'에 대하여는 범죄의 성질(性質)을 무겁게 보고 있기 때문에 향후(向後), 경우에 따라서는 '구속 수사(拘束 搜査)'를 원칙(原則)으로 함이 불가피(不可避)할는지도 모를 일이다.

'술'을 마시고 운전을 하는 자체(自體)가 잘못된 일인 것만은 기정사실(既定事實)이지만, 혹시라도 만에 하나 사고(事故)까지 발발(勃發)하여 피해(被害) 당사자인 상대편(相對便)이 크게 다치거나 사망에까지 이르는 경우가 생긴다면 극심(極甚)한 공포(恐怖)에 질려 적절한 구호 처분을 취하지 않고 당황하여 본의 아니게 자리를 뜨는 행위(行爲)를 과감하게 실행할 수도 있을 것이다.

이때는 사건의 진척(進陟)과정에 따라 '구속 수사'의 처리(處理)가 가능하며 "12대 중 과실(重 過失)"에 해당(該當)하는 음주운전의 상황(狀況)이라면, 보험혜택(保險惠澤)이 불가할 수도 있다.


우리네 '술퍼맨'은 '그것'에 안주(安住)하는 함정(陷穽)이 있음을 모른다. 그러나 부자는 '습관적인 것'이 중요함을 누구보다 잘 알고 있다.


음주 후 차량의 운전(運轉)대를 잡는다는 것은 그 자체가 도로교통법에 위배(違背)된다는 사실을 구태여 부연설명(敷衍說明)이 없다 하더라도 도로교통법(道路交通法)에 따라 처벌(處罰)받는다는 인식(認識)을 운전 면허증(運轉 免許證)이 없는 사람이라도 죄다 알고 있는 상식(常識)이다.

그러나 우리나라에서는 아주 오래 전부터 지금에 이르기까지 만취상태(滿醉狀態)에서 차량을 몰고 다니는 일이 비일비재(非一非再)하게 존재(存在)한다는 것이다. 그러다 보니 음주운전 당시에는 적발(摘發)이 되었다 하더라도 그에 상응(相應)하는 징벌(懲罰)의 정도가 미미(微微)하다는 의견이 지배적(支配的)인 사실로 받아들여지고 있다.

사회적(社會的) 관점(觀點)에서 볼 때, 긴박(緊迫)할 정도로 위태(危殆)로이 행해지는 음주운전이 실제로 성행(盛行)하는 지경(地境)에 이르러서도 그치지 않는 대형교통사고(大型交通事故)가 수시로 발발(勃發)하고 있음을 한참 늦게 깨달은 정부(政府)가 근래(近來)에 들어서야 그 심각성(深刻性)이 심상(尋常)치 않다는 사실을 실감(實感)하게 되었다.

절박(切迫)하다는 인식(認識)이 모든 영역(領域)에 뿌리 깊이 박히게 되면서 비로소 '음주운전'과 연관(聯關)된 위반사항(違反事項)에 대하여는 처벌수위(處罰水位)를 대폭(大幅) 높이자는 움직임이 범국민적(汎國民的)으로 공감대(共感帶)를 형성하기 시작했던 것이다.

현재는 '도로교통 관계법령(道路交通 關係法令)'에 의해 소주(燒酒) '한 잔(盞)'이라도 마시고 운전을 하다 적발(摘發)됐다면 처벌(處罰)될 위험성(危險性)이 '다분(多分)'하며, 처벌범위(處罰範圍) 또한 강력(强力)하고 그 폭이 넓어지고 있는 추세(趨勢)이기 때문에, 심플(Simple)하게 '일잔'을 마시고 난 후에는 항상(恒常) 관심을 집중(集中)하여 주의(注意)를 기울여야 한다.

이렇게 단속이 강대(强大)된 시기에 '음주운전'이란 '불명예(不名譽)'로 사고를 야기(惹起)시켰을 때, 그 '불법 행위(不法 行爲)'로 인정되는 '객관적 처벌조건(客觀的 處罰條件)'이 더할 나위 없이 높다고 승인(承認)하여 '형사 법률'에 의거(依據)하여 수사가 시작되는 것이다.

'음주운전사고'로 인해 타인(他人)이 상해(傷害)를 입는 문제(問題)에 처했을 경우, 일이 일어난 사정(事情)이나 상황(狀況)에 따라 최대 15년까지 '복역형(服役刑)'에 처해지거나, 3천만 원까지 '벌금형(罰金刑)'이 부과(賦課)될 수 있음을 알아야 한다.


내 짐이 무거우면 타인의 짐이 무거운지 알 수 없어 도와줄 여력(餘力) 또한 생각할 수 없는 노릇이다. 괴로워하면서 남을 돕는 것은 남에게도 자기 인생에도 의미가 없는 것이니 하지 말아라.

" '자리이타(自利利他[자신을 위하는 일뿐 아니라, 남을 위하는 일])' "란 수행을 뜻한다.

'법륜 / 최석호 스님' (출생 1953년~, 울산광역시)의 말씀이다. 아울러 '술퍼맨'의 과제다.


실제(實際)로 2020년 8월, 법원(法院)은 행인(行人)을 치어 사망(死亡)에 이르게 한 상습(常習) 음주 운전자에게 징역 3년을 선고(宣告)한 적이 있다고 한다. 애당초(當初) 검찰은 징역(懲役) 10년을 구형(求刑)했다는 후문(後聞)이다. 따라서 검찰은 즉각 항소했지만 항소심(抗訴審)에서 기각(棄却)돼 원심(原審)이 확정됐다.

'수도권 지역(首都圈 地域)'의 한 '지방검찰청(地方檢察廳)' 차장검사(次長檢事)의 말에 의하면 다음과 같은 이유가 있다.

"특정범죄 가중처벌(特定犯罪 加重處罰) 등에 관한 법률 '위험운전치사

상죄(危險運轉致死傷罪)'는 1년 이상(以上)의 유기징역(有期懲役)에 처한다고 규정(規定)하고 있다"라고 하며 "현행 법률상(現行 法律上) 30년까지 선고(宣告)할 수 있지만 '일반 교통사고(一般 交通事故)'로 분류돼 국민 여론(國民 輿論)과 동떨어진 판결이 나오는 것"이라고 말했다.

이처럼 국민의 눈높이와 어긋나는 판결(判決)로 귀결(歸結)되는 이유 중 하나는 여전(如前)히 교통사고를 실수(失手)로 보는 관점(觀點)이 팽배(澎湃)하다는 지적이다.

사연(事緣)이 이러하니 어렵고 고된 일을 겪으며, 약물(藥物)의 독성(毒性)에 의하여 '기능장애(機能障礙)'를 일으키는 "고생중독(苦生中毒)"에 말려드는 일은 없어야 하겠다.

(완전한 '평등'은 없다)

책이 한 권도 없는 방은 '술' 한 병도 없는 '술 집'과 다를 바 없다. 그러니 단 한 권의 책도 읽은 적이 없는 인간은 상종(相從)할 필요도 없는 것이다.

'한문철' 교통사고 전문 변호사(* "정지된 알코올 중독자"와는 공군[空軍] 수원 전투 비행장에서 30년 전 함께 근무했던 전우임)의 주장에 의하면 "처벌이 약한 이유(理由)는 법원(法院)에서 '음주 사망사고(飲酒 死亡事故)'를 '교통사고(交通事故)'로 보기 때문"이라며 "야근(夜勤)을 하고 퇴근하던 가장(家長)이 음주운전 차에 희생(犧牲)당했다면 '묻지마 살인'과 무엇이 다르겠느냐'고 말했다.

한 '네티즌(Netizen[누리꾼])'은 "학연(學緣), 연수원 동기(研修院 同期)·선후배(先後輩)들로 똘똘 뭉친 법조계 '카르텔(독일어[Kartell[독점 형태]])'을 깨야 한다"며 "카르텔을 깨면 '법조계 비리(法曹界 非理)'도 완화(緩和)될 수 있을 것"이라고 사법부(司法府)를 비판(批判)했다.

타인(他人)이 사망(死亡)의 양상(樣相)에 이른 경우(境遇)에는 최소한(最小限) 3년 이상의 '복역형(服役刑)'이나 '무기복역(無期服役)'이 언도(言渡)되어야 할 것이다.

음주운전으로 두 차례 정도 적발(摘發)이 되었을 때에는 '2년에서 5년의 징역형(懲役刑)' 혹은 '1천만 원 이상 2천만 원'의 '벌금형(罰金刑)'을 선고 받을 수 있다.

또한, 음주측정(飲酒測定)에 불응할 때도 마찬가지로 처벌을 받을 수 있다. 이때는 '1년에서 5년의 징역형'이나 '500만 원 이상 2000만 원 이하의 벌금형'을 판결받을 수 있다.

특히 '대인 사망(對人 死亡)'의 경우에는 벌금형 없이 당장(當場) 최소 3년 이상의 실형(實刑)이 언도되는 아주 중차대(重且大)한 사건이라는 것을 알아둘 필요가 있다.

'주요 선진국(主要 先進國)'의 경우 음주운전은 상대(相對的)적으로 엄격(嚴格)한 형벌(刑罰)에 처한다고 앞서 언급(言及)한 바 있다.

'일본 재판부(日本 裁判部)'는 음주 뺑소니 사고로 3명을 숨지게 한 30대 남성 피고인에게 징역 22년의 아주 무거운 형벌을 선고했다.

미국(美國) 역시 2007년 '음주 전력(飮酒 前歷)'이 있는 상태(狀態)에서 또다시 음주 사망사고를 낸 피고인에게 징역(懲役) 15년형을 선고했다.

2021년 여름. 저명(著名)한 과학 학술지(科學 學術誌) "네이처 매디슨(Nature Madison)"에서 사람의 '노화 과정(老化 過程)'에 대한 새로운 연구 결과(研究 結果)를 제시(提示)해 화제(話題)가 되고 있다.

사람이 매년 점진적으로 꾸준히 늙는 게 아니라 일생에 총 3번에 걸쳐 '확' 늙는다는 것이다.

그 '세 번의 시기'는 바로 만 34세, 60세, 78세다. 왜 이런 결과가 나온 것일까?

허구한 날 5차원의 몽상(夢想) 속에서 살고 있는 우리네 '술퍼맨'도 평생 세 번만 그랬으면 좋겠다.


과도(過度)한 음주(飮酒)의 결말(結末)보다 타당성(妥當性) 있는 비참(悲慘)하고 끔찍한 사회적 물의(物議)는 이 세상에 없다.


'윤○○' 계명대학교(啓明大學校) 경찰행정학과(警察行政學科) 교수는 "음주운전은 큰 처벌이 뒤따르는 '중범죄(重犯罪)'라는 인식이 뿌리내리는 것이 중요하다"고 말했다.

'이○○' 도로교통공단(道路交通公団) 대구지부(支部) 교수(敎授)도 "음주(飮酒)는 운전(運轉)에 필요(必要)한 전반적(全般的)인 위험(危險[Dangerous]) '대처능력(對處能力)'을 저하(低下)시켜 치명적(致命的)인 교통사고(交通事故)로 이어질 수 있다"고 했다.

이 같은 국내에 실제로 존재(存在)하는 사실에 있어 술을 마실 경우 차량의 시동(始動)을 잠그는 방지장치(防止裝置)를 도입(導入)해야 한다는 주장이 머리를 쳐들고 있다.

지난 3월 더불어민주당 김○○ 의원(議員), 앞서 2월 자유한국당(自由韓國黨) 송○○ 의원 등이 '관련 법안(關聯 法案)'을 대표발의(代表發議)한 상태다.

음주운전사고 1건(件)에 따른 '사회적 비용(社會的 費用)'이 6243만 원으로 추산(推算)되는 작금(昨今)의 현실에서 '시동방지장치(始動防止裝置)' 도입 여론(輿論)이 일고 있다.

다만 음주운전 적발 횟수를 기준으로 '시동 잠금장치' 부착 대상자의 결정과 잠금장치 부착 기간 등을 폭넓게 고려(考慮)해야 할 것이다. 미국의 경우 현재 '버지니아 주(Virginia 州)' 등 25개 주에서 모든 음주운전자에 대해 '시동 잠금장치' 설치(設置)를 의무화(義務化)했다고 한다.

노○○ '국회 입법 조사처(國會 立法 調査處)' 입법조사관은 "대체적으로 '시동 잠금장치' 장착 기간 동안 음주운전 '재범률(再犯率)' 감소(減少) 효과가 있는 것으로 나타났다"며 "과거와 같이 논의에만 머무를 것이 아니라 실제로 도입을 적극적으로 시도하는 것이 중요하다"고 말했다.

어찌되었든 "국적(國籍)은 바뀌어도 학적(學籍)은 바뀌지 않는 법"이고 '오늘의 술퍼맨'이 아닌 '어제의 술퍼맨'이어야 하며, "쓸데없는 생각이 많으면 꿈도 어지러운 법"이라 했으니 '술(酒)'을 통제(統制)할 수 있는 역량(力量)을 간직할 수 있는 '힘'이야말로 '술퍼맨'들 삶의 원초적(原初的) 초석(礎石)이라고 아무리 강조해도 지나치지 않은 표현(表現)임을 또렷하게 아로새겨야 한다.

"나도 지난날에는 '술퍼맨'이었기에 같은 목적(目的)을 달성(達成)하기 위해 모인 사람들과 함께 단체(團體)생활도 해 보았고 그때는 괜한 잡념도 꽤나 많았었지!"라고 여유(餘裕)있게 말할 수 있는 "왕년(往年)의 '술퍼맨'"을 향해 끝이 보일 때까지 꾸준히 전진(前進)해 나아가야 할 것이다.

요즈음 '인터넷(Internet)'은 전 인류의 "꿈 통(뇌[腦])"을 '터미네이터(Terminator)'의 '인공지능 프로그램'과 같이 묶어버려 장신구(머리)에 흠집(Scratch)이 생겨 어쩌면 드러나지 않게 살며시 망가져 버릴 수도 있다.

### 음주운전 '삼진아웃'됐어도 OK …
### 방송가 문제적 관대함 [연계소문]
(입력 2021.02.27. 10:20)

사회적 물의(社會的 物議)를 일으켰을지라도 그런대로 화제성(話題性)만 갖추었다면 겉으로 보이는 방송가(放送街)의 '문(門)'은 자유(自由)롭게 활짝 열려있는 모양(模樣)새다.

전과(前科)가 있는 관련자(關聯者)들로 하여금 복귀(復歸)의 교두보(橋頭堡) 역할(役割)을 자처(自處)하고 있는 '대책(對策) 없는 너그러움'이 또다시 구설수(口舌數)에 올랐던 것이다.

채널A 예능프로그램(藝能Program) '프렌즈(Friends)'를 마주 대하는 서민층(庶民層)의 관심(關心)이 기대이상(期待以上)으로 폭발적(暴發的)인 이유에서였나?

인기(人氣)를 누리는 가운데 '시즌 3'까지 완주(完走)하며 채널A에 대표작(代表作)으로 자리매김한 '하트시그널'의 출연진(出演陣)들이 재연(再演)하는 프로그램이기 때문이었다.

'하트시그널(Heart signal)'은 연예인(演藝人)이 아닌 남녀(男女)가 '일정기간(一定期間)'동안 한 장소(場所)에 머물며 체험(體驗)하는 관계(關係)의 변화(變化), 소위(所謂) 등장인물(登場人物) 사이에 사랑이 싹트거나 진행(進行)되는 과정(過程)을 추측(推測)해 낸다는 '콘셉트(Concept)'으로 딱히 호평(好評)을 이끌었던 것이다.

특히 '하트시그널'은 '연애 리얼리티(戀愛 Reality)'라는 특성상(特性上) 출연진 한 사람 한 사람의 매력(魅力[Charm])이 프로그램 성공(成功)에 긴요(緊要)한 역할(役割)을 했다고 보여진다.

이에 출연진들은 상영(上映)이 끝난 후에도 두터운 '팬 층(Fan 層)'을 토대(土臺)로 각자(各自)는 '인플루언서(Influencer[많은 추종자를 통해 대중에게 작용을 미치는 사람])'가 되어 막강(莫強)한 영향력(影響力)을 과시(誇示)했다.

'프렌즈'도 팬(fan)들의 지지(支持)가 쏟아지고 있으나 "마냥 환대(歡待)만 받을 수는 있는 입장(立場)인 것인가"의 여부(與否)는 모를 일이다.

부주의(不注意)로 화상(火傷)을 입었는가! 화상치료 전문의(專門醫)가 치료(治療)해 줄 것이다. 어찌하다 '술퍼맨'이 되었는가! "알코올 중독(Alcohol中毒)"을 치료할 수 있는 의사는 이 세상에 없다. 어쩔 수 없으니 스스로 다스려야 한다.

'하트시그널2'의 출연자였던 '김○○'가 등장(登場)했기 때문이다. '김○○'는 '하트시그널2'에서 중후(重厚)한 외모와 독보적(獨步的)인 분위기(雰圍氣)로 '오○○', '임○○' 등과 러브라인을 이루며 매번(每番) '토픽(Topic[이야깃거리])'의 중심에 섰던 인물이다.

그러나 마지막 방영(放映)을 앞두고 '음주운전 전력(飲酒運轉 前歷)' 사실(事實)이 알려져 상당수의 지지자(支持者)들로 하여금 허탈(虛脫)한 실망감(失望感)을 안겨주었다.

더군다나 충격적(衝擊的)이었던 것은 그의 음주운전 과거(過去) 경력(經歷)이 무려(無慮) 3회에 달한다는 것이다. 하지만 터놓고 공개(公開)된 예고편(豫告篇)에 따르면 '김○○'는 '내주(來週)'부터 본격적(本格的)으로 채널A 예능프로그램 '프렌즈(Friends)'에 출연(出演)할 것으로 보인다.

'하트시그널2' 출연진들과도 연락(連絡)이 되지 않고, '종영 후(終映後)' 방송활동(放送活動)도 온전(穩全)히 없었던 '김○○'였기에 '프렌즈'에서는 그의 비밀(祕)스럽고 신기(神技)해 보이는 이미지(Image[획득한 형상{形象}])를 극대화(極大化)했다는 얘기다.

출연진들과 'MC(Master of ceremonies[사회자])', '패널(Panel[진행 보조역할 임무])'들까지 대부분 '김ㅇㅇ'의 등장(登場) 예고에 한껏 들뜬 모습을 보였다.

음주운전(飮酒運轉)에 무려 '삼진아웃(三振out)'으로 기억(記憶)됐던 그는 단숨에 '프렌즈'의 기대주(期待株)로 떠올랐다.

"'김ㅇㅇ' 머리 어디에서 했을까", "저런 분위기는 대관절(大關節) 어떻게 내는 거야", "안경(眼鏡) 올려 쓰는 것도 멋지네.", "단번(單番)에 매력 쓸어 담네요.", "그 사이에 미모 업그레이드 됐네." 등 제작진(製作陣)이 의도(意圖)한 바가 '주의(注意)나 이목(耳目) 끌기'였다면 그만큼의 정도(程度)는 달성(達成)한 듯하다.

'김ㅇㅇ'의 출연에 온라인은 떠들썩하다. 네티즌들은 '김ㅇㅇ'의 외모(外貌)와 분위기에 칭찬을 쏟아내며 다음 방송에 대한 기대감(期待感)을 드러내고 있다.

반면 음주운전을 세 번씩이나 한 '김ㅇㅇ'를 섭외해 프로그램에 출연시킨 제작진도, 출연을 결정한 '김ㅇㅇ'도 모두 경솔하다는 지적이 만만치 않다. 이런 지적을 민감하게 받아들여야 할 필요가 있다.

처음 마셨던 때는 기억(記憶)에 없다. 하지만 아직도 마시고 있는 것만은 '명명백백(明明白白)'하다. 어쩔 수 없다고 입 모아 이야기하는

**"알코올 중독자(Alcohol 中毒者)"들의 말이다.**

**아서라! (Knock it off!)**

음주운전 처벌 강화에 대한 중요성이 대두(擡頭)되면서 2018년 12월과 2019년 6월 두 차례에 걸쳐 제1 윤창호법, 제2 윤창호법이 시행됐다. 그럼에도 불구(不拘)하고 음주운전사고는 끊이지 않는 심각(深刻)한 사회 문제로 끊임없이 지적 받고 있다.

2020년 9월 9일 오전 0시 55분께 발생한 "을왕리 벤츠(Benz) 음주운전 사망 사건"에 많은 이들이 분개(憤慨)했으며, '청와대 국민청원(靑瓦臺 國民請願)'에는 음주운전 솜방망이 처벌을 지적하는 글이 사건 발발(勃發) 일주일이 경과(經過)했음에도 계속(繼續) 이어지고 있다. 음주운전에 대한 경각심(警覺心)이 날로 주의 깊어지는 가운데 방송가(放送街)의 시간(時間)만 줄기차게 거꾸로 흐르는 게 아니냐는 지적(指摘)도 나온다.

무리(無理)하게 화제성을 쫓으려는 욕심(欲心)에 앞서 긍정적(肯定的)으로 변화하는 '사회적 분위기(社會的 雰圍氣)'까지 흐릴 수 있다는 점에서 비판을 면하기 어려워 보인다.

공공(公共)의 정서(情緒)에 물의를 일으킨 이들에게 유독(唯獨) 관대(寬大)한 방송과 관련된 사람들의 '행동양상(行動樣相)'은 이번이 처음 있는 일은 아니다.

지난해 1월에는 '리쌍(Lees sang)' 출신 '가수(歌手) 길'이 채널(Channel)

A '아이 콘택트(Eye contact[상대방과 눈을 마주 바라보는 일])'에 출연해 논란이 일었다. '길' 역시(亦是) 세 차례의 음주운전으로 자신의 언행(言行)을 스스로 조심(操心)하고 있는 상태였다.

근래에는 유튜브(You Tube[무료 동영상 공유 사이트])가 '비리 연예인(非理 演藝人)'의 복귀창구(復歸窓口)로도 다루기 쉽게 충분(充分)히 활용(活用)되고 있다.

그러나 대중(大衆)의 반감(反感)은 크다. 최근(最近) '한국 언론 진흥재단(韓國 言論 振興財團)'이 발표(發表)한 "유튜브 이용자들의 'You tuber(유튜브 동영상[動映像] 제공자)'에 대한 인식" 보고서(報告書)에 따르면 이용자 1,000명을 대상(對象)으로 설문조사(設問調査)한 결과 연예인, 정치인(政治人) 등 사회적으로 물의를 일으킨 유명인(有名人)들이 '유튜버'로 활동하고 있는 것에 대해 73.4%가 부정적으로 봤다.

인간이 살아가면서 상통(相通)할 만한 '수어지교(水魚之交[물고기와 물의 관계])'와 같은 측근(側近)을 사귀지 못한다면, 곧 '개털'이 된다. '우의(友誼)'를 고수(固守)하려면 '맑고 또렷한 정신'을 유지하라.

"규칙(規則)이나 규정(規定)으로 새로이 하는 것은 어렵겠지만 그런 사람들이 '유튜버'로 활동하는 것은 적절치 않다"는 응답(應答)이 45.8%로 가장 많았고, "그런 사람들이 '유튜버'로 활동(活動)할 수 없도록 규제(規制)를 해야 한다"는 응답은 27.6%로 집계(集計)됐다.

방송은 물론이거니와 '유튜브' 활동마저도 부적절(不適切)하게 보는 이들이 '대단히 많다'라는 것을 알 수 있다. 그렇다면 전과(前科)가 있는 연예인들을 방송에서 보지 않는 방법(方法)은 없을까? 현행 법률상(現行 法律上) 방송법(放送法)으로는 불가(不可)하다.

각 방송사가 '내부 규정(內部 規定)'과 심의를 통해 일정 기간 출연을 정지(停止)할 수는 있지만, 전과가 있는 연예인들의 방송 출연을 강제적으로 금지(禁止)하는 조항(條項)은 없다.

2019년 전과가 있는 일부(一部) 연예인들의 '방송 출연(放送 出演)'을 금지하는 내용(內容)의 방송법 개정안(改正案)이 발의(發議)된 적은 있다.

방송의 '사회적 영향력(社會的 影響力)'을 감안(勘案)해 범죄자(犯罪者)의 방송출연(放送出演)을 제재(制裁)해야 한다는 지적이 제기(提起)된 것에 따른 것이었다.

여기엔 마약(痲藥), 성에 관련(關連)된 범죄, 음주운전 및 도박(賭博) 등의 '범죄행위(犯罪行爲)'로 금고형(禁錮刑) 이상의 형이 확정된 사람에 대한 방송 출연을 금지하는 내용이 포함됐다.

그러나 '해당 법안(該當 法案)'은 '찬반의견(贊反意見)'이 분분(紛紛)하던 끝에 결국(結局) '국회임기 종료(國會任期 終了)'와 함께 폐기(廢棄)됐다.

전과가 있는 연예인들의 방송 출연을 법으로 억제(抑制)한다면 이 또한 방송사의 영역(領域)을 침해(侵害)한다는 문제(問題)로 이어질 가능성(可能性)이 있다.

그렇다면 현재(現在) 시급(時急)한 것은 방송사 자체(自體)의 '인식전환(認識轉換)'과 '자정능력(自淨能力)'이다. 음주운전에 대한 사회적 경각심은 과거보다 가일층(加一層) 높아졌다.

시청자들의 지적을 무시(無視)해서는 안 되는 이유다. 자극(刺戟)보다는 방송이 대중에 미치는 영향력을 상기해야 할 필요가 있다.

높아진 시청자들의 인식을 도리어 해치지 않도록 주의를 기울일 때다. '폭주(暴酒)가 고생'임을 "정지된 알코올 중독자"는 잘 알고 있다.

"고생중독(苦生中毒)"을 해결하려면 그만큼 "노력고통(努力苦痛)"이 따르는 이유다.

**무엇을 하고자 하는 의욕적(意欲的)인 목표(目標)보다, 끈질긴 인내(忍耐)가 삶을 알차게 한다.**

'술퍼맨'의 행태(行態)에 따른 분류(分類)
* 술퍼맨(Heavy drinker): 대책 없이 퍼 마시는 술고래.

* 하이퍼 술퍼맨(Hyper drinker): 광분하여 날뛰며 퍼 마시는 술고래.

* 보일드 술퍼맨(Boiled drinker): 두개골이 살짝 데쳐진 상태에서 퍼 마시는 술고래.

* 크레이지 술퍼맨(Crazy drinker): 맛이 간 듯한 상태에서 미친 듯이 퍼 마시는 술고래.


괜찮은 격언(格言)

* 스페인(Spain) 속담에는 "웅변(말발[말의 힘])은, 은(銀)이요 침묵(沈默)은 금(金)이다(Eloquent is silver, silence is gold)"라는 말이 있고,

* 탈무드(Talmud[유대교[Judea敎]의 고대 율법 및 전통 모음집])에는 "말이 은 이라면 침묵은 금이다"라고 하는 사리(事理)에 맞는 훌륭한 말이 있으며,

* 중국 속담(俗談)에는 "말을 많이 하는 자는 종종 침묵에 복종(服從)하게 된다"는 말 등, 이 세상에는 말에 관한 한 우리로 하여금 향후 행동이나 생활에 지침이 될 만한 가르침을 주면서, 말뜻에는 정중하고 무게가 있어 나무랄 것이 하나도 없는 언어(言語)의 힘이 실려 있다.


TIP(To Insure Promptness[손님들의 자발적 선심])

* "마타도어(Matador[에스파냐어])": 상대편을 중상모략(中傷謀略)하거나 그 내부(內部)를 교란(攪亂)하기 위한 정치가(政治家)들의 흑색선전(黑色宣傳). → 규범 표기는 미 확정.

* "네거티브(Negative[영어])": 특히 각종(各種) '선거운동과정(選擧運動過程)'에서 상대방(相對方)에 대한 '기면 기고 아니면 그만이다'라는 식의 마구잡이로 하는 음해성(陰害性) 발언(發言)이나 행동(行動)을 일컫는 말.

일찍이 인도의 민족운동 지도자인 '마하트마 간디(Mahatma Gandhi [1869.10.2.~1948.1.30.])' 선생은 말했다. 세상에는 일곱 가지 죄가 있다고…

첫째 노력 없는 부(富)

둘째 양심 없는 쾌락(快樂)

셋째 인격 없는 지식(知識)

넷째 도덕성 없는 상업(商業)

다섯째 인성(人性) 없는 과학(科學)

여섯째 희생 없는 기도(祈禱)

일곱째 원칙 없는 정치(政治)가 그것이다.

우리네 '술퍼맨'에게는 "둘째 양심 없는 쾌락(快樂)"과 "여섯째 희생 없는 기도(祈禱)" 부분에 있어 절실한 개선(改善)이 요구된다고 하여야 할 것이다.

# "술" 그것은 인간의 작품이 아니다

강아지(Puppy dog)도 '술'을 마시면 술 취한 우리 인간(人間)과 그다지 다를 바 없이 몸을 바로 가누지 못하고 이리저리 쓰러질 듯이 비틀대며 몹시 질퍽댄다는 이야기는 들어 본 적이 있다.

10여 년 전 '수양생활(修養生活)' 중 같은 방에서 생활하던 동료 '술퍼맨'에게 들은 얘기다. 그 친구 말로는 종종 자신이 술을 마실 때 키우던 강아지와 함께 마시곤 했다는데 지금 생각해보면 그게 좀 이상하다. 그 이유는 이렇다. '새로운 시작'은 집에서 두 마리의 견공(犬公)을 기른다.

수컷 견공은 흰색 털로 도배한 '포메라니안(Pomeranian)'이며 2010년 6월 1일생이다.

물론 '새로운 시작'이 살고 있는 서울(首尔)의 한 관청의 구청장(區廳長)이 발행(發行)한 증명서인 "동물 등록증(動物 登錄證)"도 주머니에 들어있는 지갑(紙匣) 속에 항시 소지(所持)하고 있다.

한 마리 다른 견공은 지중해(地中海)의 몰타(Malta)라는 섬나라가 원산지(原産地)이며 역시 몸 전체(全體)를 순백색(純白色)의 털로 가득 채운 '몰티즈(Maltese)'로 불리는 품종(品種)인데 방금(方今) 소개(紹介)한 수컷 '포메라니안'보다 2년 정도 나중에 생겨난 암컷 견공이다.

"정지된 알코올 중독자"가 똥오줌 못 가리고 왕성하게 마셔대던 시절, 목운동(음주행위)이 시작되면 수컷 견공은 '새로운 시작'의 곁에 아예 오려고 하지도 않았다. '술'냄새가 싫은 이유다.

그러나 암컷 견공은 '술퍼맨'이 벌려 놓은 술상 가까이 다가와 힐끔 냄새를 맡고는 재차 확인한 다음에야 술자리를 떠나곤 했다. 그렇다면 '수양생활'에서 함께 생활했던 동료(同僚) '술퍼맨'이 '자신이 기르는 견공과 함께 마시곤 했다'는 말은 '뻥'이라 결론지을 수도 있을 것이다.

아무리 미루어 짐작해보려 해도 이해하기 쉽지 않으니 아마도 동료 '술퍼맨'이 만취한 상태에서 스스로 자신이 기르는 강아지에게 억지로 술을 먹인 것일 수도 있다는 생각이 들 뿐이다.

세상의 모든 '술퍼맨'들이여! 자신이 기르는 견공에게 절대로 술 먹이지 마시라. 물릴까 걱정된다. 특히 기존(旣存)의 '술퍼맨'이 키우는 견공은 취한 주인(主人)에게 강압적(強壓的)으로 술대접을 받을 수 있을 것 같다는 생각을 하니 더욱 안심(安心)이 되지 않는다. 이 부분은 어찌하랴!

2011년 8월, 태어난 지 약 6개월 정도 된 강아지인 '레브라도 종' '맥스'는 바닥에 놓여 있던 잔 속의 보드카를 마시고 주위를 휘청대며 돌아다니자 이웃이 이를 경찰에 신고했고, 견주는 경찰에 긴급 체포됐으며 체포 이유는 '동물학대 혐의'로 벌금형을 선고 받았다고 한다.

물론 외국의 사례(事例)이긴 하다. (한경 닷컴 bnt뉴스)


'술퍼맨'이 된다는 것은 퍼 마시기만 하면 염라국(閻羅國[저승])에서도 가능(可能)한 일이지만, 정신 상태가 본디의 모습 그대로인 '온전(穩全)함'을 되찾는다는 것은 그곳에서도 의지만으로 '되는 일'이 아니다.


견공이 술 맛에 '뿅'가는 버릇을 반복한다면 언젠가는 '술퍼견(犬)'이 되지 말라는 법도 없지 않은가! 국내(國內)의 '반려견(伴侶犬)' 1100만 마리 중 10분의 1인 110만 마리만 '술퍼견(犬)'으로 회까닥 돌변(突變)한다 해도 '술퍼맨'과 더불어 어울리다 보면, 나라 안의 수많은 동네 주변(周邊)을 둘러싸고 있는 환경이나 눈에 띄는 상황 등이 '개판 5분 전'으로 변질(變質)될 것이다.

함께 살아가는 견공들에게까지 알코올에 본드(Bond)를 칠해주는 행위를 삼가야 하는 이유다.

('새로운 시작'과 10년 이상 함께 생활하고 있는
'포메라니안(Pomeranian)' : 이름은 "두부")

마음먹자마자 참고 견디는 '슈퍼맨', 그것이 진정(眞情) 내세울 만한
가치 있는 자아(自我)다.


광대파리(Fruit fly), 땅벌(Bumble-bee), 말벌(Hornet), 호박벌(Carpenter
bee), 진드기(Tick) 등은 발효(醱酵)된 수액(樹液)이나 식물이 수정(授精)한

후 씨방이 자라서 생기는 열매를 먹고 평형감각(平衡感覺) 기능(機能)을 잃어 순간적(瞬間的)으로 땅에 떨어지기도 한다는 게 사실이라는 것이다.

수액을 먹고 사는 딱따구리(Woodpecker)의 한 종은 발효된 수액을 먹고 수시로 비틀거리기도 하고 인도(印度)에서는 나무늘보(Sloth)가 발효된 꽃을 먹고 술에 취해 행복(幸福)해 하는듯한 모습이 그 나무늘보를 오랫동안 관찰한 과학자(科學者)에 의해 알려진 적이 있다고 한다.

조류(鳥類) 연구가들도 겨울에 남쪽으로 이동(移動)하는 철새들이 발효된 딸기를 먹고 술에 취해 날다가 땅으로 떨어지는 장면(場面)을 목격한 적이 있다고 이야기하고 있다. 인간(人間) 이외(以外)의 동물(動物)도 사람처럼 술에 취한다는 것이다.

그저 취하는 것이지 우리네 '술퍼맨'들처럼 의도적(意圖的)으로 '술'을 좇아 마신다는 게 아니다. 동물들은 단지(但只) 먹이활동(活動)을 하다가 어쩔 수 없이 그렇게 되는 것이다. 자연(自然)에 있는 열매의 당분(糖分)이 발효되면 술의 주 성분(主成分)인 에탄올(Ethanol)로 변하는 이유다.

곤충(昆蟲)에서 코끼리(Elephant)에 이르기까지 연구(研究)가 진행(進行) 중인 대부분(大部分)의 동물들은 알코올(Alcohol)을 섭취(攝取)하면 흥분(興奮)하고 조정능력(調整能力)을 상실(喪失)하며 심한 경우에는 혼수상태(昏睡狀態)에도 빠진다는 일부(一部) 동물들의 구체적(具體的)인 주취(酒醉) 후 상태(狀態)가 사실로 입증(立證)되는 대목이다.

곤충이나 새가 술에 취하는 것은 사실(事實) 우리 인간에게 별 문제(問題)가 될 것은 없다. 그러나 코끼리가 술에 취하면 상황(狀況)은 달라진다는 것이다. 술 취한 코끼리 때문에 인간이 피해(被害)를 당하는 일이 자주 발생(發生)하기 때문이다.


**몸길이가 긴 나무가 바람에 휘둘리듯, 만취한 '술퍼맨'의 위태로운 걸음마가 그와 같다.**


북아메리카 대륙(大陸)의 한가운데를 점유(占有)하고 있는 연방 공화국(聯邦 共和國)인 거대한 나라 미국(美國)에서는 술 취한 새들이 자주 발견되었다는 보도(報道)가 있었다.

'개똥지빠귀(Thrush)'와 '여새(Cedarbird)'는 '북미조류(北美鳥類)'들 중에서도 술에 취하는 일이 잦은 상습적(常習的) 술꾼('술퍼새')으로 알려져 있다고 한다.

술에 취한 채 창문(窓門)이나 전류(電流)가 흐르도록 하는 도체(導體)로 쓰이는 전선(電線)으로 뛰어들어 목숨이 위태(危殆)할 정도로 아슬아슬한 일이 자주 있다는 것이다.

유럽(Europe)에 사는 '황여새(Bohemian waxwing)'는 날씨가 갑자기 추워지면 종종 땅바닥에 떨어져 죽은 사체(死體)로 발견(發見)되곤 했는데,

151

외상(外傷)을 입거나 어떠한 질병(疾病)에 걸린 흔적(痕跡)은 전혀 관찰할 수 없었다.

사체를 해부(解剖)하여 검사(檢査)한 결과 죽을 당시(當時) 심하게 술에 취해 있었고, 그 때문에 급성 간 질환(急性 肝 疾患)을 얻은 것으로 밝혀졌다고 한다.

("뉴욕 타임스(2018.10.27.)"에 보도된 술 취한 새에 관한 기사)

새들도 자연에 의해 어쩔 수 없이 발효(醱酵)된 '술'(열매)을 섭취한다.

"뉴욕 타임스(2018.10.27.)" 매체를 통해 보도된 기사(記事) 내용에 의하면 술에 취한 새들에 관하여 그 원인(原因)과 현상(現狀)에 대해 아직 갑론을박(甲論乙駁)이 있다고 한다.

우선 "새들이 술에 취했다"라는 이야기는 새떼의 떼죽음으로 세상에 드러나게 되었는데, 무리 지어 날아다니던 새떼가 한꺼번에 떨어져서 죽는다든가, 건물(建物)의 벽(壁)이나 차창(車窓)에 부딪혀 죽는 일 등 비행사고(飛行事故)가 왕왕(往往) 발생하는데, 이러한 현상에 대한 부검(剖檢) 결과(剖檢 結果) 새의 몸 속에서 알코올이 발견(發見)되었기 때문이라는 의견(意見)이 지배적이라는 것이다.

'사바나원숭이(savannahmonkey)'들도 만만찮은 술꾼('술퍼신[申]')으로 '술'에 관한 한 그냥 적당(適當)히 지나쳐 버린다면 서러울 정도로 그 명성(名聲)이 자자(藉藉)하다.

이 지역(地域)에 살고 있는 대다수(大多數)의 주민(住民)들은 '사바나원숭이'를 포획(捕獲)할 때 꾀어내기 위한 수단(手段)으로 '술'을 미끼로 사용한다고 한다.

'사바나원숭이'들 가운데 일부(一部)는 가끔 알코올(Alcohol)을 섭취(攝取)하지만 월등(越等)히 많은 수의 '사바나원숭이'들은 습관적(習慣的)으로 술을 마신다는 것이다.

그러나 전체 원숭이 가운데 대략 15%는 전혀 술을 마시지 않았으며 최근 연구결과(硏究結果)에 의하면 '유전적 요인(遺傳的 要因)'이 이런 차이(差異)를 보이는 것으로 알려지고 있다.

'야생상태(野生狀態)'의 코끼리야말로 술을 무척이나 잘 마시는 동물로

악명(惡名)이 자자(藉藉)하다. 기절초풍(氣絕초風)이라는 말이 그래서 생겨났나 보다.

코끼리의 음주사고(飮酒事故)는 의외(意外)로 많이 알려져 있다고 한다. 2020년도에 일어났던 일이다. 태국(泰國[Thailand])에서 술 취한 코끼리들이 운전(運轉) 중인 차를 고의(故意)로 세워 먹을 것을 빼앗고, 차량(車輛)을 부수는 황당무계(荒唐無稽)한 사건(事件)이 발생했다.

환경 보호론(環境 保護論)자들은 자신(自身)들의 영향력(影響力)이 미쳤던 일정한 영역(領域)을 빼앗긴 코끼리들이 인간에게 순종(順從)하지 않고 맞서서 반항(反抗)하는 것으로 보고 있다.

1985년 인도(印度[India]) 서부(西部) 벵골(Bengal)지방에서는 150마리의 코끼리가 떼를 지어 '밀주제조공장(密酒製造工場)'을 습격(襲擊)해 다량(多量)의 밀주를 마셔버린 일이 있었다.

술에 취한 코끼리들이 마을을 습격하며 난동(亂動)을 부리는 바람에 주민 5명이 숨지고 10여 명이 부상(負傷) 당하는 일이 생겼다. 코끼리들은 콘크리트 건물(Concrete building) 일곱 채를 파괴(破壞)하고 이십 여 채의 오두막을 짓밟기도 했다고 한다.

반사회적(反社會的) 인격 장애증(人格 障礙症)을 앓고 있는 사람을 가리켜 우리는 일관(一貫)되게 말한다. '사이코패스(Psychopath)' 라고. 그러나 '술'로 인해 스스로를 망가트리는 모든 생명체(生命體) 또한 '사이코패스'와 별반 다를 바 없다.


앞서 보았듯이 코끼리도 스트레스(Stress)를 받으면 '술'을 즐겨 마신다는 흥미로운 실례(實例)가 있으며, 이에 대한 연구 결과도 코끼리의 음주행위(飮酒行爲)를 뒷받침한다.


코끼리들을 약 0.5ha의 면적(面積)에 1개월(個月)간 동일한 공간(空間)에서 가두어 길렀더니 넓은 지역에 사는 코끼리에 비해 알코올을 3배 정도 더 찾았다고 한다.


'술' 취한 코끼리들은 사회성(社會性)이 극히 낮아, 자기 시간의 40% 정도만 동료(同僚)와 함께 지낸 반면 '술'에 취하지 않은 코끼리들은 거의 두 배 이상의 시간을 자기 무리와 함께 보냈다고 한다.


그리고 '술' 취한 코끼리들은 대개가 공격적(攻擊的)이었다는 것이다. 또 알코올 농도가 각각 다른 여러 가지 술을 주어본 결과 코끼리(Elephant)들이 가장 선호(選好)하는 것은 알코올도수(Alcohol degree[度數]) 7%인 술인 것으로 밝혀졌다.


자연 상태(自然 狀態)에서 열매가 발효(醱酵)됐을 때의 '알코올 농도(Alcohol 濃度)'와 정확(正確)히 일치(一致)했다는 사실이 입증(立證)된 것이다.

실제(實際)로 동물행동학자(動物行動學者)들은 최근 들어 코끼리들의 서식지(棲息地)가 없어지면서 먹이가 줄어드는 바람에 알코올을 더 많이 찾는 것이라고 생각하고 있다.

진화생물학자(進化生物學者) "R. 더들리(Dudley[(미국)]"는 동물들이 '술'에 취하려고 알코올을 섭취하는 것은 아니라고 말한다. 알코올은 칼로리(Calorie)가 수소(水素), 산소(酸素), 탄소(炭素)로 이루어진 유기화합물(有機化合物)인 탄수화물(炭水化物)의 두 배나 되는 식품(食品)이라고 한다.

완전(完全)히 익은 결과물(結果物)인 열매는 '에탄올 분자(Ethanol 分子)'를 공기(空氣) 중에 퍼뜨려 수많은 동물을 유혹(誘惑)한다는 것이다.

에탄올 분자가 '공기 중(空氣 中)'에 널따랗게 퍼지면 에탄올을 감지(感知)할 수 있도록 진화(進化)한 동물들이 그 열매를 먹으려고 몰려든다고 한다.

에탄올은 식욕(食慾)을 증진(增進)시켜 열매를 먹는 동물들이 더 많은 과일을 먹게 하고 결과적으로 식물(植物)의 씨를 더 많이 퍼뜨리도록 한다는 것이다.

동물들과 마찬가지로 인간도 에너지원(Energy源)으로 알코올을 선호하도록 진화되어 왔다고는 하나, 거 참 오묘(奧妙)하기도 하다. 에탄올(Ethanol=알코올[Alcohol])을 과음(過飮)하게 되면 우리 인간이 활동하고자 하는 힘의 근원(根源)인 에너지가 고갈(枯渇)되지 않는가? '술퍼맨'인 이유다.


'술퍼맨'이 '알코올 과다섭취'로 인해 인사불성(人事不省) 상태일 때에는 그것이 바로 '일시적 중독 상태(一時的 中毒 狀態)'인 것이다. 느닷없이 필름이 끊겨 '장신구' 안에 있는 뇌(惱)의 활동(活動)이 '기억 기능(記憶 機能)'을 이끌고 잠시 출장 나간 블랙아웃(blackout)의 형국(形局)을 연출하는 이유다.


적당히 음주를 하는 사람은 술을 전혀 마시지 않거나 아주 많이 마시는 사람보다 '심장병 발병률(心臟病 發病率)'과 '사망률(死亡率)'이 낮다는 '의학적 보고(醫學的 報告)'가 있었다.

하루 한두 잔(盞) 마시는 술은 관상동맥(冠狀動脈), 심장질환(心臟疾患)의 발병을 예방(豫防)하고 간 기능(肝 機能)을 향상(向上)시키는 것으로 알려져 왔다.

약간(若干)의 알코올(Alcohol)은 '성장호르몬 유전자(成長Hormone 遺傳子)'를 자극(刺戟)하여 간 조직 재생(肝 組織 再生)에 도움을 주고 있기 때문이라는 것이다.

이러한 특성은 알코올에서 풍기는 특이한 낌새인 '냄새'라는 기운을 감각(感覺)기관이 작동토록 하여 동물들로 하여금 먹이활동의 근원(根

源)이 될 만한 힘을 받쳐주는 원동력(原動力)이 있기 때문이다.

코끼리들은 일정한 곳에 자리를 잡고 살아야 할 서식지가 줄어들고 먹이 경쟁이 치열(熾烈)해지자 모자라는 칼로리를 채우려고 술을 더 많이 마셨을 수도 있다는 얘기다.

수많은 동물들이 알코올을 몸에 좋은 요소로 받아들이고 술에 취하는 현상은 칼로리(Calorie)를 보충(補充)하면서 생긴 일종의 부작용(副作用)이라고 할 수 있다.

이처럼 알코올은 에너지(Energy)원이 될 뿐만 아니라 의학적으로도 효능(效能)이 있어 진화(進化) 과정에서 알코올을 적당히 즐기는 개체(個體)들이 존립(存立)해 왔을지도 모를 일이다.

동물들은 술에 취하면 어떻게 되는지도 모르면서 마시지만, 인간은 알면서도 퍼 마셔대니 알코올의 유혹은 정말 무섭다고 말할 수 있다. 지나친 음주는 독이 될 수 있다는 사실을 동물들의 음주행태를 통해서도 잘 알 수 있다. "적당한 양의 술은 오히려 약(?)"이 된다고 하니, 인간이라면 다른 동물과는 달리 자기통제(自己統制)를 해 가면서 알코올을 즐기도록 하여야 할 것이다.

[인간의 알코올 중독을 연구하는 과학자들은 알코올을 좋아하는 유전적 성향에 아주 큰 흥미를 가지고 있다고 한다. 그러나 인간의 음주 성향에는 유전적 요인뿐만 아니라 사회적 요인도 크게 작용한다는 것

이다. 예를 들어 '스트레스'를 받으면 알코올을 더 가까이 하게 된다. 원숭이를 대상으로 한 실험 결과, 어릴 때의 환경이 자라서 알코올을 좋아하게 되는 정도를 결정지었다. 즉 어린 시절에 '스트레스'를 많이 경험한 사람일수록 성장했을 때 알코올을 더 찾게 된다는 것이다!

(황새박사: 박○○ / ○○대 명예교수 [2018. 4. 10.])

'술에 잔뜩 취한 자'는 지인(知人)에게 자동차(自動車)도 사주고, 사촌(四寸)에게는 집도 사준다. 잠시 들렀던 룸살롱(Room salon)에서는 TIP(To Insure Promptness[신속한 서비스 보장])으로 지갑(紙匣)을 통째로 내주기도 한다. 단지 가족에게만은 "'술' 가져 와!"라고 야비(野卑)한 생떼로 일관(一貫)한다.

## '술' 취한 원숭이의 묻지마 공격, 1명 숨지고 250여 명 부상

오크(Oak[술독])통에 빠진 원숭이가 완연(完然)한 "알코올 금단증상(Alcohol 禁斷症狀)"을 보이며 마을 사람들에게 손상을 입히는 해(害)를 가하는 사건(事件)이 발생(發生)했다.

인도 북부 '우타르프라데시 주' 한 마을의 '주술사'였던 남성은 '칼루아'라는 이름의 생후 6년 된 원숭이 한 마리를 애완용으로 키웠다. 주인은 평상시(平常時) 애완 원숭이에게 자주 독한 '술'을 주곤 했고, 원숭이는 점차 '술'에 중독됐던 것으로 알려졌다.

하늘 아래 "한 말의 '술'". 권할 사람 하나 없이 홀로 마시니 세상은 이미 이 세상이 아니거늘…

문제(問題)는 '칼루아(kalua)'라 불리는 이름의 생후 6년 된 원숭이가 진즉(趁)에 중독(中毒)되었던 상태로, 사건(事件)은 원숭이의 주인이 사망(死亡)하면서부터 발생(發生)했다.

'주술사'였던 주인(主人)이 사망하자 더 이상(以上) '술'을 마실 수 없게 된 원숭이는 괴이(怪異)한 행동을 보였다. 알코올 중독(Alcohol 中毒)에 걸린 사람처럼 술을 찾아 헤매기 시작(始作)했던 것이다.

계속(繼續)된 금주로 인해 신경쇠약(神經衰弱)과 지각과민(知覺過敏) 등 공격성(攻擊性)이 강해졌고 결국(結局) 사람들에게 해코지를 하기에 이르렀다.

이 원숭이는 드디어 사람이나 차가 많이 다니는 도로변(道路邊) 거리로 뛰쳐나와 길 가는 사람들을 공격하기 시작했다. 사람에게 달려들어 마구 물어뜯었고 이 과정에서 250여 명이 부상을 입었다.

무엇보다 두드러진 사항(事項)은 이 원숭이가 성인 남성(成人男性)보다는 '여성(女性)'과 아직 어린 아이들을 위주(爲主)로 공격했다는 사실이다.

원숭이의 공격을 받은 일부 아이들은 얼굴에 큰 상처(傷處)를 입었고, 성형수술(成形手術)이 필요할 정도(程度)로 크게 다친 피해자(被害者)도 여럿이었다.

심지어 이 과정(過程)에서 주민 한 사람이 사망(死亡)하기도 했다. 사건의 결과가 그렇게 돌아감에 따라 마침내 마을 사람들은 인근(鄰) 동물원에 도움을 요청(要請)했고, 동물원(動物園) 측이 현장에 출동(出動)해 원숭이를 '체포(逮捕)'하는 데 성공(成功)했다.

동물원 관계자(關係者)에 따르면 이 원숭이는 동물원에 끌려온 이후(以後)에도 지속적(持續的)으로 알코올 중독 증상(症狀)을 보였고, 더불어 채소(菜蔬), 과실(果實) 등 또 다른 식물성(植物性) 먹이를 받아들이지 않고 섭취(攝取)를 거부(拒否)했다고 한다.

사육사(飼育士)들은 이전 주인이 사망하기 전 원숭이에게 지속적으로 육식(肉食)을 제공했고, 이것이 원숭이의 비정상적(非正常的)인 공격성과도 연관(聯關)이 있을 것으로 추측했다.

또 이 원숭이는 동물원에 갇힌 후에도 여성 사육사에게 유독(唯獨) 공격적인 성향을 보였고, 같은 우리에 있는 다른 원숭이도 공격하는 등 사고를 일으켜 결국 단독 우리에 격리(隔離)됐다.

**철없던 시절 얼굴의 빛깔이나 기색(氣色)은 칼라풀(Colorful[형형색색])하고 상기(上氣)된 채, 지나는 행인들의 눈치나 낌새를 훑어보며 지그재그(Zigzag[갈지자형]) 걸음에 곧 넘어질 듯한 아저씨들을 종종 보았었다. 이분들의 과거 업적과 삶은 알 수 없으되, 지금은 뭐 하는 사람들인지 알 것만 같다.**

인도에서 원숭이가 실제로 크고 작은 '사고'를 친 사례(事例)는 이번에 사람을 해치고 말썽을 일으킨 '칼루아(Kalua)'원숭이가 처음은 아니다.

이 원숭이를 보호(保護)하고 있는 '칸푸르(Kanpur) 동물원 측'은 "지금 이 원숭이를 풀어준다면 아마도 자신(自身)의 성에 찰 때까지 사람들을 공격할 것"이라면서 "당분간(當分間) 이 원숭이가 자유(自由)를 맛보는 일은 없을 것"이라고 밝혔다.

코로나19(COVID-19)로 인도 전역이 봉쇄(封鎖)된 가운데, 2020년 6월 말 '우타르프라데시 주'의 한 병원(病院)에 들이닥친 원숭이 여럿이 코로나19 환자(患者) 3명의 '혈액 샘플(Blood sample)'을 '강탈(强奪)'해 일부 인도인(印度人)들에게 극심(極甚)한 충격(衝擊)을 안겼다.

병원 측은 추적 끝에 샘플을 되찾았지만, 주민(住民)들은 한동안 원숭이로 인해 매우 괴이(怪異)하고 야릇한 '바이러스(Virus)'가 퍼질 것을 걱정해야만 했다.

  * 입력: 2020.06.19. 14:12, 수정 2020.07.03. 10:29 송○○ 기자 huimin0217@seoul.co.kr

문제는 '과다한 음주'가 인간이건, 산과 들에서 살아가는 동물이건 간에 이들로 하여금 충동적 행동 따위를 내리눌러서 그치게 하는 '억제기능(抑制機能)'으로부터 벗어나게 한다는 데 있다.

그렇게 되면 진위(眞僞), 선악(善惡), 사물(事物) 등을 식별(識別)하여 올바르게 판단(判斷)하는 능력 즉 이성(理性)의 매듭이 풀려 무장해제(武裝解除)된다는 것이다.

술로 인해 정도(程度)나 한도(限度)를 넘어가게 되면 불안(不安), 고민(苦悶), 동통(疼痛) 따위의 흥분(興奮) 상태를 사라지게 하는 '진정제(鎭靜劑) 작용'이 작동(作動)하기 때문이다.

'음주가무(飮酒歌舞)'는 인간만의 전유물(專有物)이 아니었다. 야생의 동물들도 저마다(?) 음주와 풍류(風流)를 즐기고 있었다. 독일 주간지 '슈피겔(Der Spiege)'은 동물들의 알코올 섭취에 대한 기사를 온라인(On-line)상에 게재(揭載)했다. 어떤 동물이 가장 술을 잘 마시는가 하는 거였다.

학문(學問)을 좋아하는 자와 함께 가면 마치 미지(未知)의 세계를 가는 것과 같고, 무식(無識)한 자와 함께 가면 흡사(恰似) 빛이 없는 암흑(暗黑)의 세계(世界)로 가는 것 같으며, 만취(漫醉)한 자(者)와 함께 가면 어느 세계로 가는지 생각나는 게 전혀 없다.

* '주정뱅이' 초파리(Drosophila)
'초파리'들은 쓰게 느껴지는 맛을 속으로 흔쾌(欣快)히 참는 것으로 알려져 있다. 음주(飮酒) 뒤 못마땅하여 기분(氣分)이 좋지 않았음을 경험(經驗)했어도 다시 '술'을 찾게 된다는 것이다. 두 번째 '술'에 취하는 데에는 시간(時間)이 조금 더 걸린다고 전해져 있다. '신경생물학(神経生物学[Neurobiology of Disease])'을 연구하는 '헨리케 숄츠(Henrique Scholtz)' 교수는 독일(獨逸) '쾰른대학교(Köln University of Cologne)'에서 초파리로 실험을 했다.

'연구주제(研究主題[Subject of research])'로는 초파리들의 '알코올(Alcohol)섭취(攝取) 후 행동 양상(行動 樣相)'이었다. '헨리케 숄츠' 교수에 따르면 '알코올'을 섭취한 초파리는 곡선(曲線)으로 비행(飛行)하는 등 이상 행동(異常行動)을 보이다가 이내 떨어진 채 가만히 있는다고 했다.

깨어난 뒤 다시 '알코올'을 섭취한 초파리가 취하기까지 걸리는 시간은 앞선 실험(實驗)보다 더 오래 걸렸다. 초파리가 취하는 데 시간이 더 오래 걸리는 것을 두고 '헨리케 숄츠' 교수는 초파리가 섭취한 영양물질(營養物質)을 몸 안에서 분해(分解)하고, 합성(合成)하여 생체 성분(生體成分)이나 또는 생명 활동(生命活動)에 쓰는 물질(物質) 및 에너지(Energy)를 생성(生成)하고 필요(必要)하지 않은 물질을 몸 밖으로 내보내는 작용(作用), 즉 신진대사(新陳代謝)가 마치 알코올 중독자(Alcohol 中毒者)의 변화와 흡사(恰似)하다"고 말했다.

'주정(酒酊)뱅이' 초파리는 우리가 거주하는 민가뿐 아니라 야생(野生)인 산이나 들에서도 삶을 이어간다. 초파리는 주로 발효(醱酵)된 과일에서 '알코올'을 찾는다.

물론 그들이 인간처럼 마시고 취하기 위해 '알코올'을 섭취하지는 않는다. '헨리케 숄츠' 교수는 "알코올의 영양소(營養素)를 섭취하기 위해 학습(學習)된 행동"이라고 밝혔다.


**"죽었으면"** 하고 바라는 '술퍼맨' 들이 시간을 죽이기 위해 하는 일 중 **"하나는 '술'** 을 마시는 일"이요. **"다른 하나는 '책'** 을 읽는 일"인데 후자(後者)는 주로 수상한 부류에서 엿볼 수 있다.

* '애주가' 침팬지(Chimpanzee)

"야생(野生)에 적이 없을수록 '알코올 중독'에 빠지는 종이 많다"고 한다. 포유류(哺乳類)에 있어서 '알코올 중독'은 높은 지능을 가진 종에서만 발견되는 행동이라는 것이다."

'만하임 정신건강센터(Mannheim Mental Health Center)'의 연구원 '볼프강 짐머(Wolfgang Zimmer)'의 말이다. '술'에 취해 자의식이 약해진 동물은 천적의 먹잇감이 되기 십상이다. 따라서 '술'을 자주 찾는 종은 야생에서 천적의 공격으로부터 비교적 자유로울 가능성이 높다는 논리다.

지능이 높은 동물 중 애주가로 의심 받는 동물은 침팬지다. 2015년 '영국 왕립 오픈 과학저널(Royal Society Open Science)'에는 3리터짜리 '야자주'를 다 마셔버리는 아프리카 기니(Guinea) 침팬지들의 사례가 보고됐다. 연구팀은 침팬지들의 음주 행태가 암수·나이를 불문했다고 전했다.

("알코올 중독 침팬지" 모습. 중독 증상과 더불어 심한 공격성 및 육식만을 고집하는 성향을 보인 원숭이 한 마리가 사람들을 공격해 1명이 사망하고 250여 명이 부상했다.)                    [출처: 서울신문사 제공]

음주(飮酒) 전에 눈을 크게 뜨고 작심(作心)했다면, 과음(過飮) 후에도 눈을 반쯤은 뜨고 있어야 한다.


\* '환각파티'(?) 벌이는 돌고래(Dolphin)

2013년 영국(英國)의 동물학자(動物學者) '롭 필리(Rob Feely)'는 다섯 마리의 돌고래가 물속에서 복어를 '죽지 않을 정도(程度)'로 질겅질겅 씹으며 갖고 노는 장면(場面)'을 자신의 카메라(Camera) 영상(映像)에 담아 '데일리 메일(Daily Mail)'에 발표(發表)했다.

돌고래들이 복어(Blow fish)의 '독 성분(毒 性分)'을 환각제(幻覺劑)로 이용(利用)하는 게 아니냐는 주장(主張)이 제기(提起)되기도 했다.

돌고래가 복어를 씹는 행위(行爲)를 두고 해석(解釋)은 분분(紛紛)하다.

돌고래들은 정말 바닷속에서 환각파티(幻覺Party)를 벌였을까? 하는 정확(正確)한 연구 결과(研究結果)는 아쉽게도 아직 나오지 않았다.

이 돌고래들의 짓거리는 두고두고 주의(注意)하여 자세(仔細)히 살펴볼 필요(必要)를 요(要)하는 연구대상(研究對象)이 아닐 수 없을 것이다.

(참 돌고래의 모습)

"바늘 가는데 실 간다"고 했던가! '술'이 뵈는 데에는 반드시 '술퍼맨'의 그림자가 마치 본드(Bond)처럼 강력(強力)하게 따라 붙는다.

* '술고래' 붓꼬리나무두더지(Ptilocercidae)

'붓꼬리나무두더지'들은 야생에서 알아주는 '주당(酒黨)'이다. 이들이 매일(每日) 즐기는 '야자주'는 도수가 4도가 넘는다. '체내 알코올 흡수율(體內 Alcohol 吸收率)'로 따지면 인간이 매일 보드카 한 병을 마시는 것과 마찬가지다. 그럼에도 두더지들은 취한 티를 도무지 내지 않는다고 '만하임 정신건강센터(Mannheim Mental Health Center)'의 약학자 '라이너 슈파나겔(Liner Spannagel)'은 말했다.

"두더지들이 '알코올'을 개별적으로 잘 분해하는 방식으로 진화했기 때문"이라고 덧붙였다.

(붓꼬리나무두더지)

술(酒, 영어: Alcoholic Drink)은 에탄올 성분을 1% 이상 함유하여 마시면 취하게 되는 음료(飮料)를 말한다. 술에 들어가는 원료(原料)는 에틸알코올(Ethyl alcohol)이다.

'술' 취한 코끼리들은 사회성(社會性)이 극도(極度)로 낮아 자기(自己)시간의 40% 정도(程度)만 동료(同僚)와 함께 지낸 반면(反面) 온전(穩全)한 상태(狀態)의 코끼리들은 거의 두 배 이상(以上)의 시간(時間)을 자신(自身)들의 무리와 함께 보냈다고 한다.

앞서 인지했듯이 코끼리도 스트레스(Stress)를 받으면 '술'을 즐겨 마신다는 흥미로운 실례(實例)가 있으며, 이에 대한 연구 결과도 코끼리의 음주행위(飮酒行爲)를 뒷받침 한다.

코끼리들을 약 0.5ha의 면적(面積)에서 1개월(個月)간 지속적(持續的)으로 그 공간(空間)에 가두어 길렀더니 넓은 지역에 사는 코끼리에 비해 '알코올'을 3배 정도 더 찾았다고 한다.

그리고 '술' 취한 코끼리들은 대개가 공격적(攻擊的)이었다는 것이다. 또 '알코올' 농도(濃度)가 각각 다른 여러 가지 '술'을 주어본 결과 코끼리들이 가장 선호(選好)하는 거시기는 알코올 도수(Alcohol degree[度數])가 7%의 '술'인 것으로 밝혀졌다.

자연 상태(自然狀態)에서 열매가 발효(醱酵)됐을 때의 '알코올 농도(Alcohol 濃度)'와 정확(正確)히 일치(一致)했다는 사실이 입증(立證)된 것이다.

실제(實際)로 동물행동학자(動物行動學者)들은 최근 들어 코끼리들의 서식지(棲息地)가 없어지면서 먹이가 줄어드는 바람에 '알코올'을 더 많이 찾는 것이라고 생각하고 있다.

진화생물학자(進化生物學者) "R. 더들리(R. Dudley[미국])"는 동물이 취하려고 '알코올'을 섭취하는 것은 아니라고 말한다. '알코올'은 칼로리(Calorie)가 수소(水素), 산소(酸素), 탄소(炭素)로 이루어진 유기화합물(有機

化合物)인 탄수화물(炭水化物)의 두 배나 되는 식품(食品)'이라고 한다.

완전(完全)히 익은 결과물(結果物)인 열매는 '에탄올 분자(ethanol 分子)'를 공기(空氣) 중에 퍼뜨려 수많은 동물을 유혹(誘惑)한다는 것이다.

에탄올 분자가 공기 중에 퍼지면 에탄올을 감지(感知)하도록 진화(進化)한 여러 종(種)의 동물들의 촉각기(觸覺器)가 꿈틀댄다. "척추동물이나 '무척추동물(無脊椎動物)'" 등을 막론(莫論)하고 그 열매를 먹으려고 몰려든다고 한다. 에탄올(Ethanol)은 식욕(食慾)을 증진(增進)시켜 열매를 먹는 동물들이 더 많은 과일을 먹게 하고 결과적(結果的)으로 식물(植物)의 씨를 더 많이 퍼뜨리도록 한다는 것이다.

동물들과 마찬가지로 인간도 '에너지원(Energy源)'으로 '알코올'을 선호하도록 진화되어 왔다고는 하나 거 참! 오묘(奧妙)하기도 하다. 에탄올(Ethanol=알코올[Alcohol])을 과음(過飮)하게 되면 우리 인간 활동의 근원(根源)이 되는 에너지가 고갈(枯渇)되는 느낌이 아니던가? 바로 '술퍼맨'인 이유다.

'술퍼맨'이 알코올을 섭취하면서 화를 내고 있을 때나, 만취상태(滿醉狀態)일 때에는 달래려고 하지 말아라. 또한 지랄하고 있을 때에도 위로(慰勞)하지 말라. '일시적 중독 상태(一時的 中毒 狀態)'는 갑자기 필름이 끊겨 기억(記憶[장신구])이 잠시 출장 나간 블랙아웃(blackout)을 의미하기 때문이다.

"38억 년 생존(生存)의 기술(技術)은 세상(世上)에 실재(實在)하는 만물(萬物)을 창조(創造)하고 기르는 이치(理致)라 할 수 있는 조화(造化)라는 것인데, 우리는 이 모든 사물(事物)에 관하여 구체적(具體的)이며 개별적인 존재(存在)의 현상(現象)을 주의하여 자세히 살펴볼 필요가 있다.

뭍짐승들이 술기운의 정점(頂點)에 올라 한창 '감취(酣)'하려는 것은 의도적(意圖的)으로 '알코올'을 섭취하려는 것이 아니라. '식품(食品)'이라는 것으로 인지(認知)하도록 선천적(先天的)으로 가지고 있는 본능(本能)이 이끌고 간다는 실제(實際)적 사정(事情)이다.

반면(反面), 우리 인간의 음주행위(飮酒行爲)는 어쩔 수 없이 '술'을 마시게 되는 어설픈 인간 이외(以外)의 동물(動物)들 행동인 선천적 본능의 그것과는 사뭇 다르다.

이를 제대로 관찰(觀察)하여 본다면 바로 음양(陰陽)을 고르게 다스릴 능력을 절로 지닌 넓고도 위대한 대자연(大自然)의 섭리(燮理)에 따르는 것이라 아니할 수 없을 것이다.

대자연의 섭리로 볼 때, 이 세상 모든 광객(狂客[말이나 행동이 일상의 이치에서 벗어난 사람])들이 온전(穩全)한 정신으로 되돌아 가는 과정(過程) 또한 별반(別般) 어렵지 않다.

섭리란 곧 다스림이다. 눈에 보이지 않고 손에 잡히지도 않으며 인간에게 전혀 도움이 되지 않을 것 같으나, 만물(萬物[세상에 있는 모든 것])

의 생겨남이나 발생의 순간 등 현상을 정확히 분별(分別)하고 판단하여 빈틈없이 그려내는 그 무엇이기에 모든 문제해결(問題解決)의 답이라 할 것이다.

"지금까지 기어(期於)이 살아 있는 '술퍼맨'의 생존 기술(技術)이 각자 스스로에게 있었다는 의미 또한 넓고 방대(厖)하여 위대(偉大)하기까지 한 자연(自然)의 항상(恒常) 그대로 변함없는 지침(指針)과 충실(忠實)한 보살핌으로 그려했다"는 얘기다.

대자연의 세계는 어마 무시하게 늙은 반면(反面), 이에 합류(合流)한 인류(人類)를 비롯하여 수많은 동물들의 삶은 너무나도 어린 나이라는 사실(事實)을 수시(隨時)로 상기(想起)하라.

통(通)하거나 통하지 않는다 해도, 알 것 같으면서 알지 못할 것 같기도 한, 다시 말해 어슴푸레한 '아리송함'이 바로 이 사물의 이치를 깨달아 통한다는 도통(道通)이라는 것이다.


**'만취상태(滿醉狀態)인 자' 는 단지 가족에게만 " '술' 을 가져오라"고 천박(淺薄)하게 명령(命令)한다.**


'술'은 인간의 전유물(專有物)이 아니었다. 뭍짐승들도 '술'을 마시며 살아간다. 과일이 너무 익어 과육(果肉)의 조직이 무너지면 효모(酵母)

가 침투(浸透)해 탄수화물(炭水化物)을 발효(醱酵)시켜 '에틸알코올(Ethyl alcohol)'을 만든다. 과실(果實)을 먹는 동물들이 종종(種種) 알코올을 섭취(攝取)하게 되는 이유(理由)다.

(개판 5분 전)

2018년 미국(美國) '미네소타 주(Minnesota 州)'에서는 창문(窓門)이나 차량(車輛), 건물 등에 부딪히는 새들이 빈번(頻繁)히 목격(目擊)됐다고 한다.

새들은 서리가 일찍 내려 평소(平素)보다 빨리 발효(醱酵)되어 결실(結

174

實)을 맺은 각종 식물(植物)의 열매를 먹고 취한 것으로 조사(調査)됐다.

대표적(代表的)인 동물 술꾼 중 하나는 사바나(Savanna) 원숭이다. 카리브 해(Carib 海) 세인트 마틴(Saint-Martin)섬의 사바나 원숭이는 아주 오래 전부터 버려진 사탕(沙糖)수수가 알코올(Alcohol)이 된다는 사실을 알고 있었다.

**'좌절(挫折)' 이란, 아직 '술'에서 깨어나지 못한 상태에 있는 어리석은 '술퍼맨'의 멘탈리티(Mentality[정신이나 의식이 놓인 상태])다.**

관광지(觀光地)가 된 지금 이들은 애써 사탕수수(sugarcane)를 찾아다닐 필요 없이 해변(海邊)가의 술집을 털거나 선탠(Suntan) 중인 관광객들의 '술'을 슬쩍 도둑질하여 먹는다고 한다. 그래서 사바나 원숭이를 포획(捕獲)할 때 '술'을 미끼로 사용(使用)하는 것이다.

'술주정(酒酊)뱅이' 사바나 원숭이들은 다른 원숭이에게 시비(是非)를 걸거나 민가(民家)로 내려와 난동(亂動)을 벌이기도 한다. 인간 '주폭(酒暴)'과 그 양상(樣相)이 제대로 닮았다.

'로버트 더들리(Robert Dudley)' 미국 '텍사스 대학교(University of Texas)' 교수는 2010년 '인류의 알코올 중독은 과일을 먹는 영장류(靈長類)에서 기원했다'는 주장을 펴 화제가 되기도 했다.

술꾼이라면 코끼리도 만만치 않다. 1985년 인도(印度) 벵골(Bengal) 지방에서는 코끼리 150마리가 밀주공장(密酒工場)을 습격(襲擊)해 다량의 술을 마신 사건(事件)이 발생했다고 밝힌 바 있다.

술에 취한 코끼리들이 마을을 습격해 난동을 부리는 바람에 주민 5명이 숨지고 10여 명이 부상했고 건축물(建築物) 7채가 파괴(破壞)되는 등 재산 피해(財產 被害)도 심각(深刻)했다고 얘기했다.

연구결과(研究結果) 코끼리가 선호(選好)하는 알코올 농도는 7%로 밝혀진 바 있다고 했는데, 이는 과일이 자연발효(自然醱酵)됐을 때의 '알코올 도수(Alcohol 度數)'임을 다시 한 번 강조한다.

최근 독일 '튀링겐주 에르푸(Thuringia Erfurth)'의 시장에서 사람들이 남긴 '글뤼바인 와인(Glubine wine)'을 마시고 취한 미국 '개과의 포유류'인 너구리 '라쿤(Raccoon)'이 발견됐다.

겨울철에 향신료(香辛料)·과일을 넣고 끓여 따뜻하게 마시는 '글뤼바인 와인'은 크리스마스 마켓에서 손쉽게 구매할 수 있으며, '알코올 도수(Alcohol degree[度數])'가 8% 전후(前後)로 알려져 있다.

비틀거리며 시장을 활보(闊步)하던 '라쿤(Raccoon)'이 가정(家庭) 집 앞에서 잠들었다가 소방관(消防官)들에게 포획(捕獲)되어 동물 보호소(動物保護所)로 넘겨졌다는 것이다.

동독(東獨) '에르푸르트(Erfurt)'에서는 지난해에도 '술' 취한 고슴도치 2마리가 발견됐다. 동물들은 '술'의 유해성(有害性)을 알지 못하고 절제(節制)할 줄도 모른다. 그저 "'술퍼맨'인 우리와 친구"일 뿐이다.

(2018.4.16. 10:18 심ㅇㅇ Science Times 객원기자)

# 제2장

# '술'만큼 강한 중독성은 "책" 속에 있다

사람들의 일상생활(生活), 그 시대의 특정한 행동 양식이나 습관(習慣) 등에서 나타나는 세속(世俗)의 형세(形勢) 및 당대(當代)의 이러저러한 실제의 사정이 아주 다른 연대(年代)를 아우르는 진서(珍書)를 한 권 소개하고자 한다. 『명사(名士), 그들이 만난 고전(古典) - 한 권의 책이 한 사람의 인생(人生)을 바꾼다』(임○○, 박○○ 지음[위즈덤 하우스, 2013년 5월 27일])이다. 이 책은 한 번으로 죄다 둘러보기엔 다소간(多少間) 불가능(不可能)한 책이다. 이 책(冊)의 특징은 과거(過去)와 지금 이 시점의 명사들이 읽었던 책들에 대한 내용(內容)이다.

"한 권의 책이 한 사람의 인생을 바꾼다"는 이 '책'이 그 안의 지혜(智慧) 풀밭을 산책(散策)하다 우연히 발견하는 보석(寶石)과도 같다고 하는 이유는 또 왜일까.

다음은 지은이들의 집필(執筆) 전, 전하는 말이 "평생(平生) 간직할 한 권의 책을 가슴에 심자!"이며 아래 기술(記述)한 '목차(目次)'만 보더라도 "밤하늘에 반짝이는 무수한 별"들의 견해(見解)가 저절로 와닿으며 그 느낌을 받아 우리네 '술퍼맨'들이 잠시나마 알코올에서 깨어날 수 있을 것이다. '인생은 한 권의 책과 같다' 했으니 어리석은 우리는 책의 제목만 보고 다음의 '책'들에 관심을 기울여 봄이 어떠하겠는가!

* 공감능력이 사람을 움직인다_『역사란 무엇인가』와 '안철수'
* 밀알정신이 세상을 변화시킨다_『사기』와 '마오쩌둥(Mao Zedong[毛澤東])'
* 평생 배우자, 그것이 바로 인생이다_『논어』와 '이병철'
* 소통 능력은 리더의 최고 덕목이다_『서경』과 '정조'
* 사람을 신뢰하면 천하를 얻는다_『맹자』와 '정도전'
* 양심에 따라 사는 것보다 더 위대한 삶은 없다_『시민의 불복종』과 '간디'
* 리얼리스트의 희망만이 현실이 된다_『자본론』과 '체 게바라'
* 자만을 이기는 순간 한 인간으로 성숙한다_『로마제국 쇠망 사』와 '처칠'
* 사람은 누구나 자신만의 독립선언이 필요하다_『통치론』과 '제퍼슨'
* 살아남아라, 그것이 인생의 제일 명령이다_『이기적 유전자』와 '최재천'
* 스스로 성취하는 것만이 자신의 것이다_『에밀』과 '페스탈로치'
* 더불어 사는 일보다 더 중요한 원칙은 없다_『침묵의 봄』과 '앨 고어'
* 자유인이 아니라면 아직 성공한 인생이 아니다_『그리스인 조르바』와 '박웅현'
* 평생 이룰 꿈을 가진 자, 그대는 행복하다_『일리아스』와 '슐리만'


'술퍼맨'으로 살 것인가? '애주가'로 살아갈 것인가? "선택하지 않는 것 또한 선택"이다.

"퇴계(退溪)에게 공부법(工夫法)을 배운다."가 오랫동안 많은 사람에게 널리 읽히고 모범(模範)이 될 만한 문학작품(文學作品)이라면 반드시 이 책이 아니더라도 우리네 '술퍼맨'의 수양생활에 적지 않게 도움이 될 만한 책은 세상에 널려 있음을 알아야 한다.

한 권의 책이 한 사람의 인생만 바꾸랴! 위급(危急)에 처한 온 인류를 구제(救濟)할 수도 있다고 하니 하찮고 단순한 '술퍼맨'의 개 버릇을 시정조치(是正措置)하는 것쯤이야 '껌 값'이 아니겠는가!

"퇴계(退溪['이황'[1501~1570] 선생의 호])에게 공부법(工夫法[공부를 잘하기 위한 체계적인 방법과 기술])을 배운다." 선생님, 도대체 공부는 어떻게 해야 합니까?

학문(學問)을 통해 수양(修養)을 강조한 퇴계 이황 선생은 "마음을 읽는 철학"으로 참되고 애틋한 정과 오롯한 생각을 연결(連結)하는 인간의 길을 제시(提示)한 학자다.

"마음을 읽는 철학"이라는 용어(用語)에 함축(含蓄)된 깊고 오묘(奧妙)한 뜻에는 '술퍼맨'이 본래(本來)의 형편이나 상태로 되돌아갈 수 있는 하나의 방법이 깃들어 있기도 하다. 이 책('설 훈' 지음[출판: 예담 2009년 9월])은 퇴계 선생이 '청량산 오가산당'에 머무르며 배움을 갈망하는 이들에게 '공부법'을 일러주는 이야기를 통해 공부의 큰 밑그림을 제시하고 있다.

* 청량산(淸凉山): 경상북도 봉화군(奉化郡) '명호면'에 있는 산. 명승지로 '김생 굴(金生 窟)', '공민왕 당(恭愍王 堂)', '오산 당(吾山 堂)' 따위가 있다. 높이는 870미터(도립공원).

퇴계 이황(李滉) 선생은 1546년 마흔여섯 되던 해에 관직(官職)에서 물러나 낙향(落鄕), '예안(禮安[경상북도 안동시 풍산읍 하리리]) '건지산' 남쪽 기슭에 '양진암(養眞庵)'을 지었고, 1550년에는 상계의 퇴계 서쪽에 3칸 규모(規模)의 집을 짓고 집 이름을 '한서암(寒棲庵)'이라 했다.

그 후 전국 각지(各地)에서 제자들이 모여들자 1551년 '한서암' 동북쪽 계천(溪川) 위에 '계상서당(溪上書堂)'을 짓고 제자(弟子)들을 본격적으로 가르치기 시작했다. '도산서당'은 '계상서당'이 좁고 또 제자들의 간청(懇請)이 있어 집 뒷산 너머 도산 자락에 지었다.

퇴계 선생은 1557년 57살의 나이에 도산 남쪽의 땅을 구하고, 1558년 터를 닦고 집을 짓기 시작해 1560년에 '도산서당'을 낙성(落成)했다. 이어 이듬해에 학생들의 숙소인 '농운정사(隴雲精舍)'를 완성했다. 퇴계 선생은 '계상서당'에서 죽음을 맞을 때까지 '계상서당'과 '도산서당'을 오가며 제자들에게 자신의 사상과 실천 철학을 가르친 것으로도 유명하다.

**애주가(愛酒家[Drinker]): 술을 즐기고 좋아하는 사람**

어떠한 사물에 대하여 가지고 있는 구체적(具體的)인 사고(思考)나 생각 따위를 행하고자 하는 인간의 이성작용(理性作用), 또한 그것들의 생겨남과 흐름의 일관성(一貫性) 등을 보다 명확하게 알 수 있을 만큼 분명(分明)하고 뚜렷한 관찰(觀察)과 근접(近接)에 가까운 판단(判斷)의 날카로움이 요구되는 모든 것들을 파고들어 깊이 연구(研究)하는 것을 탐구(探究)라고 한다면 이러한 학문(學問)이나 기술(技術)을 배우고 익히는 것이 소위 말하는 공부(工夫)인 것이다.

거기에 어떠한 예측(豫測)을 근거로 삼아 다른 판단을 이끌어내는 추리(推理)를 거쳐 생겨난 의식의 내용, 논리적 정합성(整合性)을 가진 통일된 판단 체계, 인간과 세계에 대한 근본 원리(原理)와 삶의 본질(本質) 따위를 연구하는 학문. 흔히 인식(認識), 존재(存在), 가치(價值)의 세 기준에 따라 분야를 나누기도 하는 공부를 일컬어 우리는 철학(哲學)이라 말한다.

인간사회(人間社會[human society])는 그 정도나 형편이 정해진 기준(基準)에 그다지 벗어나지 않은 상태에서 어지간히 '실증주의(實證主義[positivism])'에 다가와 있다.

그러나 신비적(神祕) 영역이 없다면 이 또한 인간사회가 아니다. 그냥 좋은 가르침을 감상(鑑賞)만 하면 될 것을 여러모로 애까지 써가며 상식(常識)으로는 생각할 수 없는 기이(奇異)한 일 같은 신비를 믿게끔 해야만 하는 영역(領域)이 존재하는 이유(理由)다.

종교(宗敎)에서 말하는바 소위(所謂) 경험과 인식의 범위 밖에 있을지 말지 할 '초월적(超越的)'인 현상이나 '기적'은 당연(瞠然)히 사리를 분별(分別)하여 해석한다는 것이 불가능한 일이다.

'기적(奇跡)'이라고 말하는 모든 것들은 보통 인간의 생활 속에서 이성(理性)과 과학적(科學的) 경험 가운데에 납득되지 않는 현상(現象)을 일컬어 하는 말이다.

그래서 '기적'은 이해할 수 없고 납득(納得)되지도 않아야 정상이다. 그것이 '기적'인 것이다. 다시 말해 '기적'이 이해(理解)된다면 이 또한 '기적'이 아니지 아니한가!

그 '기적'이라는 것은 '맑은 물'을 좇아 때로는 뿌리 없이 떠다니는 우리네 '술퍼맨'의 세계에서 밑도 끝도 없이 무진장(無盡藏) 성행(盛行)하고 있으며 이는 고유의 특성(特性)을 지닌다 하겠다.

**다시 하는 공부가 '술퍼맨' 들로 하여금 그나마 알코올에서 깨어나게 하는 '보약' 이나 희망일 수 있다.**

우리네 '술퍼맨'들은 "단주(斷酒)를 해야 할 것인가? 아니면 '폭음(暴飮)의 예방(豫防) 및 통제(統制[Alcohol prevention and control])'를 위한 절주(節酒)를 할 것인가?"에 대해 다루기 버거운 마음으로 무척이나 깊은 갈등(葛

藤) 속에 대립(對立)과 충돌(衝突)을 반복(反復)하고 있는 것이다. '절주(節酒)'가 마시는 '술(酒)'의 양(量)을 줄이라는 것은 알겠는데 '단주나 금주'가 뭔 소린지는 알려고도 하지 않는다.

극도(極度)의 이기주의(利己主義)자들이 '여물통(입)'을 모아 하는 말이 있다. "불의(不義)는 참아도 불이익(不利益)은 못 참는다"고 외쳐대듯 하는 말이 그것이다.

혼자 하는 공부는 아무리 이해하려 해도 그 해법(解法)에 있어 어려움이 따르는데 그것은 개인마다 탐구하고자 하는 수단(手段)의 방향이 여러 갈래일 수밖에 없는 이유다.

그러나 일단 공부하는 방법을 터득(攄得)하고 나면 문제는 완연(完然)히 달라진다.

드물긴 하지만 독학(獨學)으로 공부(工夫)한 학생이 짧은 시간 책을 보고도 긴 시간 열심히 공부한 학생들보다, 혹은 학원(學院) 강의나 과외 수업을 받은 친구들보다 성적이 좋은 이유는 무엇인가!

운이 좋은 경우(境遇)일 수도 있겠으나 그것은 다름 아닌 공부하는 수단(手段)이나 방식을 충분히 연구하여 '온 정성과 젖 먹던 힘까지 쏟아 부어 나름 깨우친 이유'이기도 하다.

'술(酒)'에 대한 예방 및 통제(Alcohol prevention and control) 또한 그 목적

(目的)을 이루기 위한 스스로의 솜씨가 무엇보다 절실히 요구되는 가장 중요한 부분인 것이다.

그래서 '절주'가 '단주'보다 어려워서 도저히 인간(人間)의 힘이 미치지 못한다는 '절주(節酒)'의 불가항력(不可抗力)적인 특정한 공동체의 전설(傳說)이 언제부터인가 '술퍼맨' 세계에서 생겨났다.

'술'의 특성을 파악하여 이를 제대로 용납(容納)하려면 혼자 하는 공부와 같이 어려움이 따를 수밖에 없다. 아무리 깊이 생각해보아도 근본(根本)부터 우리와 함께 생겨난 사물(事物) 즉 '술(酒)', 그 자체의 특수(特殊)한 성질이나 그 형상(形象)인 본질(本質)을 파악(把握)하고 깨우친다면 '절주(節酒)' 또는 '금주(禁酒)'가 가능하다는 구실(口實)이나 변명(辨明)이 여기에 있다.

**열 사발을 퍼 마셔도 여전한 갈망(渴望). 그것은 우리네 '술퍼맨'의 어쩔 수 없음이 뇌(腦)와 작당(作黨)했을 때, 수작(酬酌)을 걸어오는 징조다.**

이토록 애태우는 생각이나 감정의 심정(深情)이 간절히 '술'을 바라는 갈망(渴望)으로 이어지는 어쩔 수 없음이 어찌 '새로운 시작' 혼자뿐이랴! 술(酒)을 '갈구(渴求)'하는 정도가 밑도 끝도 없이 견고(堅固)하기 이를 데 없어 목운동(飮酒[음주])의 시작과 동시(同時)에 과거(過去)인가 싶었던 그때가 삽시간(霎)에 이미 미래(未來)에 와 있으니, 그 과정이 곧 무질서(無秩序)요, 무아지경(無我之境[정신이 한곳에 온통 쏠려 스스로를 잊고 있는 경지])이었던 것이다.

일정 기간 살아온 경로(徑路)의 흐름이 '불분명(不分明)'하여 문 열린 안방에서 주방(廚房)까지의 거리가 흐릿하게 느껴져 아득했으며, 눈꽃송이처럼 뽀얗고 자그마한 두 마리 강아지가 바로 코앞에서 얼굴을 맞대고 씰룩 대는데도 마치 굽이굽이 산을 돌아 먼 언덕 넘어 새들이 지저귀듯 어렴풋하였다.

그것은 마치 먼 바다에서 항해(航海) 중인 선박(船舶)의 선상(船上)에서 울리는 뱃고동 소리였던 가라고 느낄 때가 한두 번이 아니었다.

그 희미한 망념(妄念)에서 참으로 마땅히 행하여야 할 별 도리(道理)없이 수고스러운 나날들이었음은 어쩌면 일의 앞뒤 사정(事情)을 놓고 볼 때 지극(至極)히 마땅한 것이다.

우리가 알고 있는 주방(廚房[음식을 만들거나 차리는 방])을 주방(酒房[술 만드는 일을 하는 방])으로 이해하는 '술퍼맨'이라면 그러려니 할 것이나, 그리 이해하는 독자(讀者)가 계시다면 그것도 괜찮다고 보여진다.

어차피 그 Visual(눈으로 뵈는 것)이 곧 '술퍼맨'의 눈임을 일찍이 깨달았을 수 있을 테니까. 그것이 무엇이든 인식(認識)의 전환(轉換)은 빠를수록 유리하다.

대다수의 '술퍼맨'들은 음식(飮食) 만드는 방을 '주방(廚房[음식을 만드는 방])'으로 기재(記載)하고 이를 '주방(酒房[술 만드는 방])'으로 읽는다. 관념(觀念)이란 자기만의 철학일 수 있을 테니까!

* 절주(節酒): 술 마시는 양을 알맞게 조절함
* 금주(禁酒): 술을 마시지 못하게 함(강제성이 내포되어 있음)
* 금주회(禁酒會): 규약을 정하여 금주를 실행하는 모임
* 단주(斷酒): 술을 끊음(어쩔 수 없음이 함축되어 있음)
* 단주모임(Anonymous Alcoholics) - Alcoholics Anonymous(알코올 중독자 갱생회[1935년 미국 시카고에서 시작됨])

원하는 '물(水)'과 효도(孝道)는 도리(道理)에 맞는 근본(根本) 목적(目的)에 따라 마땅히 셀프서비스(Self-service[스스로 마련])가 자연(自然)스런 행위로 이해되어질 수도 있는 것이다.

어렸을 때부터 어른들로부터 변함없이 항상(恒常) 들어온 이야기가 알게 모르게 영향(影響)을 미쳤을지도 모를 일이다. "책을 많이 읽어야 한다", "책을 많이 읽어야 예의 바른 사람이 된다" 등…

하지만 '술'마저 '셀프서비스(Self-service)'로 여기는 인간이 다름 아닌 우리네 '술퍼맨'이다.

우리 '술퍼맨' 서로 간에 힘을 낼 수 있도록 조화(調和)롭게 생각하는 것에는 '술'의 '셀프장려(獎勵)' 또한 하등(何等) 영양가와는 무관(無關)한 '자질구레하게 늘어놓는 잔말' 등이다.

이 모든 짓거리 자체가 취미생활(趣味生活)이라고 자신들의 소신(所信)을 굳게 내세우는 말과 행동이 여러 차례 되풀이 될수록 대처(對處)할 아무런 계획이나 수단(手段)이 없고 까마득하여 문란(紊亂)함이 끊이지 아니하며 줄곧 이어지거나 지속되기 일쑤다.

어쩔 수 없는 상태가 오랜 기간(期間) 잇달아 연결(連結)됨으로써 인간사회(人間社會)에 자연스럽게 물의(物議)로 연계(連繫)된다는 사실을 우리는 '술'이 완전히 깬 후에나 가까스로 알아차린다. 이 대목에서 짚고 넘어가야 할 무언가가 있다. "성공한 사람들은 대부분 '책(冊)'을 읽는다"는 것인데, 사람이 많은 책을 읽었다고 해서 그 모든 이가 목적하는 바를 이루는 것은 아니요, 더군다나 '술퍼맨'이 되지 않는다고 역설(逆說)적으로 논리적 모순을 갖다 붙이자는 것은 더더욱 아니다.

우리가 살아가면서 책을 접하는 이유는 "일정한 형태와 성질을 갖추고 있지 않은 것들에 대해 '책'을 통하여 설득력(說得力) 있는 강한 통찰력(洞察力)을 심어 주어 문제에 대한 해답(解答)을 함께 구하고자 하는 일종의 사업(事業)"이기 때문이다

"책을 왜 읽어야 하는지"에 대해 말하고자 한다면, '술'이 지닌 곱지 않은 값어치를 제대로 증명할 수 있게 해줄 만한 그 어떤 것도 '책' 이외

에는 존재(存在) 여부가 희박하다는 것이다.


동서고금을 막론하고 '술'에 관한 예찬론(禮讚論)도 있었지만 부정적
인 지탄(指彈)도 그에 못지않았다.


자신 스스로가 '술퍼맨'이긴 하지만 '책'을 통해 '술'이 만병(萬病)의 근
원임을 알려고 하고 또한 많은 부분 "술이 우리 몸에 끼치는 부작용(副
作用)" 등을 숙지(熟知)하고 있을 수만 있다면, 어느 정도 이에 대한 예방
책(豫防策)을 알 수 있을 터이니 '술퍼맨'이면서도 '술퍼맨'이 아닌 것이
다.


2021년 새로운 해 1월, '세계 최고부자(世界 最高富者)' 1위로 '테슬라(Tesla)'
의 CEO(Chief executive officer[최고경영자])인 '일론 머스크(Elon Musk)'가 선정(選
定)됐다.


지난해 '머스크'의 '순자산(純資産)'은 아마존(Amazon) CEO '제프 베이
조스(Jeff Bezos)'보다 15억 달러(Dollars)나 많은 1580억 달러로, 한화(韓
貨)로는 약 202조 원을 기록했다.


2017년 이후 3년 넘게 부자 순위(順位) 1위를 유지해왔던 아마존의
'베이조스'를 넘어선 순간 '일론 머스크'는 SNS를 통해 자신의 소감(所感)
을 밝히기도 했었다.

'세계 최고부자'라는 말에 그는 "별일 다 있네(How strange)", "일이나 하러 가자(Well, back to work)"라며 생각보다 달갑지 않은 반응(反應)을 보였다고도 한다.

"'억만장자(億萬長者)'가 되었음에도 일하느라 돈 쓸 시간(時間)도 없다"라는 '일론 머스크'는 '초등학교 시절(初等學校 時節) 마을 도서관(圖書館)의 책을 대부분(大部分) 읽었다고 하는 '전설적 사건(傳說的 事件)'에 주목(注目)을 받아왔던 주인공(主人公)이기도 하다.

우리 인간은 왜 책을 읽어야만 실현(實現)하려고 하는 일이나 나아가는 방향(方向)으로 가고자 하는 바를 이룰 수 있는 가능성(可能性)이 높은 것일까?

왜 자신이 실제(實際)로 해 보거나 '슐퍼맨'의 경험(經驗)조차 겪어 보지도 못한 의사(醫師)들이 '슐퍼맨'을 진찰(診察)하고 치료(治療)하며 상담(相談)까지 하는 것인가?

그들의 '장신구(뇌[腦])'에는 자신(自身)의 적성(適性)과 능력(能力)에 따라 일정(一定)한 기간(期間) 지속적(持續的)으로 종사(從事)할 수 있는 자격이 주어지는 탓이다.

**"맹세(盟誓)"만으로 '절주' 나 '단주' 를 언급(言及)하는 것은 '웃기려 하는 말' 에 지나지 않는다.**

지금(只今)의 직업(職業)을 얼마간 지속적으로 지탱(支撐)할 전문지식(專門知識)이 차고도 넘쳐나는 명분(名分)이나 이유(理由)인 즉, 이들이 책을 읽지 않았더라면 '언감생심(焉敢生心)' 가능하지 않았을 일이었음은 의심(疑心)할 여지(餘地)가 없는 것이다.

판사(判事) 및 검사(檢事), 변호사(辯護士), 변리사(辨理士), 법무사(法務士), 행정사(行政士) 및 기술사(技術士) 등이 왜 직업을 보장(保障)받으며 넉넉한 살림살이로 남부럽지 않은 생활(生活)을 영위(營爲)하며 살아가겠는가. 머릿속에 새겨 넣듯 깊이 기억(記憶)하라. 이들 곁에는 항시 '책'이 있었다.

친구(親舊)들과 노는 것보다 왕따(王따)이더라도 혼자서 '책' 읽는 것을 '굉장(宏壯)'히 좋아했던 '머스크'는 주변(周邊)의 동료(同僚)들에게 으레 따돌림을 당하기 일쑤였다고 한다.

혼자서 '책'에 몰두(沒頭)하는 것도 그렇고, 거침없이 하고 싶은 대로 결심(決心)한 바를 이루고자 하는 것 또한 순조(順調)롭지 못했던 것은 '머스크'의 광대(廣大)하고 찬란(燦爛)했던 '가치 평가(價値 評價)'를 누군가가 헐뜯고 시기(猜忌)했던 모양이다.

나중에 '머스크'는 친구들에게 "너무 많이 맞아서 어떤 때에는 결국 기절(氣絶)을 한 적도 있다"라며 '학창시절(學窓時節)'을 떠올리고 싶지 않다고 말하기도 했다.

하기야 '책'뿐이랴! 무엇에 미친다는 것 자체가 여하(如何)한 악조건 (惡條件)에서도 악착같이 장해물(障害物)을 극복(克服)해 나가는 쓰라린 고통(苦痛)의 연속(連續)이 아니겠는가?

요즘 주로 사용하는 말로 '왕따(Outcast)'라고나 할까! 외톨이로 유년기 (幼年期)를 지내면서 '머스크'는 그 대가(代價)로 자신만의 세계관(世界觀)을 갖게 되었고 종종 독특한 모습을 보여 왔다고 한다.

무엇을 하겠다고 당초(當初)부터 속 바탕을 단단하게 정했다면 그에 상응(相應)하는 육체(肉體) 또는 마음의 괴로움이 따르는 이치(理致)에 순종(順從)해야 한다.

그러려면 무엇보다도 목표(目標)로 정한 바의 달성(達成)을 위해서는 '말'이 아니라 생각한 바를 실속 있고 견고(堅固)하게 실천(實踐)으로 옮기는 일이다.


**이 세상은 언제나 올바른 개념(概念)의 형식(形式)과 원칙(原則)에 따라서 움직이지만은 않는다.**


거침없이 뜻한 바를 완수(完遂)했을 때 결과적으로 명성(名聲)이나 품위(品位)가 헛되이 버려져 방치(放置)되는 것이 아니라 필경(畢竟)에는 "명불허전(名不虛傳)"이 되는 것이다.

헤아리기 어려울 만큼 많은 재산을 보유하고 사업 능력까지 인정받는 CEO가 된 '일론 머스크'는 1971년 그곳 남아프리카 공화국(南Africa 共和國)에서 '전기 엔지니어(Electrical engineer)' 출신(出身)의 아버지와 '캐나다 모델(Canada model)' 출신의 어머니 사이에서 2남 1녀 중 장남으로 태어났다. 그러다 8살 때 부모(父母)님의 이혼(離婚)으로 어머니와 남매(男妹)들과 함께 살게 되는데 주변의 우려(憂慮)에도 불구하고 어머니 혼자서 세 식구(食口)를 키웠다고 전해진다.

'머스크'가 17세가 되던 때, '머스크' 어머니는 결심한다. 그녀는 '머스크'와 남매를 데리고 자신(自身)이 태어나고 자랐던 고향(故鄕)인 캐나다로 돌아가게 된다.

당시(當時) 남아프리카 공화국은 징병제(徵兵制)를 시행(施行) 중이었고, 이에 따라 남아공 국적자(國籍者)였던 '머스크'도 입영 대상자(入營 對象者)였기 때문이다.

겉으로 드러나지 않았던 사실이 밝혀지게 된 것은 이 즈음이었는데 '공교(工巧)'롭게도 '머스크'는 '군 복무(軍 服務)'를 하고 싶지 않았다고 한다.

다행(多幸)히 캐나다 '시민권자(市民權者)'였던 어머니의 도움으로 '머스크'는 캐나다의 시민권을 취득(取得)할 수 있었다. 모친(母親)의 의도적 계산(計算)에 의한 것이었으리라!

남아프리카 공화국은 18세가 되면 군 입대(軍 入隊)를 해야만 하는 까닭에 '머스크'는 모친의 도움으로 캐나다로 돌아가게 된 것이라고 여기는 사람이 대다수(大多數)였다.

남아프리카 공화국을 탈출(脫出)하다시피 한 '머스크'는 캐나다 '온타리오 주 킹스턴(Kingston, Ontario州)'시에 위치(位置)한 '공립 종합대학교(公立 綜合大學校)'인 '퀸스 대학교(Queen's University)'에 입학(入學)하여 우수(優秀)한 성적(成績)을 과시(誇示)했다고 한다.

* 주당(酒黨[Heavy] Drinker): 술을 즐기고 잘 마시는 무리
* 주보(酒甫[A Heavy Drinker[술고래]]): 술을 몹시 가깝게 하거나 많이 마시는 사람
* 주취자(漫醉者[Drunkenness[만취자]]): 술에 잔뜩 취한 사람

'머스크'는 고등학교 때와 달리 대학생활(大學生活)을 잘 적응(適應)해가며 희망(希望)을 키워나가기 시작했다. 그러던 중 우등생(優等生) 자격으로 장학금(獎學金)을 받게 된다.

성적이 월등(越等)했던 '일론 머스크'는 그 수혜로 인접국가(鄰)인 미국(美國)의 '펜실베니아 대학교(University of Pennsylvania)'로 편입(編入)한다.

오래 전부터 '간절(懇切)'히 바라던 미국에 진출(進出)하게 된 것이다. '머스크'는 경제학(經濟學)과 물리학(物理學)을 전공(專攻)한 것으로 알려져 있다.

'내일(來日)'은 우리가 '어제'로부터 무엇인가 배웠기를 바라지만, 지식(知識)을 통하여 느껴야 하는 위대(偉大)한 목표(目標)는 '앎'이라기보다는 "실천적(實踐的) 행동(行動)"이다.

가장 위태(危殆)로운 '술퍼맨'의 경우는 한숨을 내쉬며 "내일은 또 다른 하루이다"라고 혼잣말을 끊임없이 중얼거리며 돌아보지도 않고 스스로 자포자기(自暴自棄)하는 자(者)들일 것이다.

그런가 하면 자기합리화(自己合理化)를 밥 먹듯 하는 함정(陷穽)에 놓여 있으면서도 자신들의 말과 행동이 당연(當然)히 옳다고 생각하는 '술퍼맨'도 그들과 같다.

이러한 '술퍼맨' 중 최악(最惡)의 상황(狀況)을 염두에 두고 세상을 살아가는 '술퍼맨' 중에는 자신의 삶이 무가치(無價値)하며 아무런 의미(意味)가 없는 것으로 느껴진다는 의문을 제시하기도 한다.

수시(隨時)로 허전하여 몹시 공허(空虛)하며 쓸쓸하다고 생각하는 '술퍼맨'이라면 이들은 타고난 허무주의자(虛無主義者)이거나 아니면 염세주의자(厭世主義者)일 가능성이 농후(濃厚)하다.

"내일은 또 다른 하루이다"라고 말하는 그 방만(放漫)함이 사람들 입에 오르내리며 알려지면서 그러한 까닭에는 반드시 "그럴 만한 원인이 있다"고 확신하는 주변 사람들이 늘어가는 것이다. '자업자득(自業自得)'이라 했으니, 이 같은 추악(醜惡)한 현실이 '술퍼맨(알코올 중독자)'의 공통된 난제(難題)이자 향후 마땅히 바로잡아 시정(是正)해야만 할 부담(負擔)으로 남게 된다.

"실천적(實踐的) 행동(行動)"이야말로 더 말할 나위 없이 바람직한 '술퍼맨'의 강령(綱領)이다.

공자(孔子)님께서는 "배우는 걸 넓게 하고 뜻한 바를 돈독히 하며 간절(懇切)하게 묻고 가까이 생각하라"고 말씀하셨다. 진정한 '술퍼맨'이라면 이 깊은 뜻을 간직하고 반드시 기억(記憶)함이 옳을 듯하다.

맹자(孟子)님 말씀에 따르면 인간(人間)과 짐승의 작은 차이는 인의(仁義)의 본성(本性)이며, 이러한 본성은 인간만이 지니고 있다는 것이다.

이는 맹자님의 인의에 대한 입장이다. "사람과 금수(禽獸)의 차이는 작은데, 뭇 사람들은 이 차이(差異)를 버리는 반면, 어질고 덕망(德望)과 학식이 높은 군자(君子)는 이 차이를 보존한다"고도 했다.

맹자님은 군자와 소인이 모두 선한 본성을 타고나는데, 성인은 악해

지지 않도록 타고난 본성을 보존한다고 보아온 것이다. 타고난 본성을 보존하지 않는 것은 "사람과 금수(禽獸)의 차이를 부정"하는 셈이니 유념할 일이다.

장자(莊子)께서는 '붕정만리(鵬程萬里)'라고 말씀하셨다. 이는 "붕(鵬)새'가 지나는 허공처럼 아주 먼 길이란 뜻"으로, 향후 발전할 여지가 뚜렷한 장래를 비유적으로 이르는 말이니 상기(想起)하자.

또 공자(孔子)님께서 "뜻한 바는 도탑고 성실(誠實)하게 실천하면서, 지극정성(至極精誠)으로 밝혀 말하며, 상호 간(相互 間)에는 사람의 속을 썩 가깝게 생각하라"고 말씀하셨다.

그런데 이걸 어쩌랴! '술퍼맨'(주취자[만취자])이 분별력(分別力) 없이 날뛰는 난잡(亂雜)함을 날이면 날마다 뒷감당해야 할 가족의 심장(心臟)은 여간(如干)해선 진정(鎭靜)될 리 없다.

맹자(孟子)님 말씀에는 인간(人間)과 짐승의 차이를 "인의(仁義)의 본성(本性)"이라고 위에서 언급한 바 있다. '인의의 본성은 인간만이 지니고 있는 것'이라 하여 짐승과 '다름'을 강조하신 이유 중 하나는 아마도 본성을 이성으로 전환할 수 있는 인간의 특성을 강조한 대목이기도 하다.

'술(Alcohol)'을 일컬어 '술퍼맨'의 '의복(衣服)'이라 말한다면 같이 사는 '가족(家族)'은 '술퍼맨'의 수족(手足[팔다리])이라 할 수 있다. 그러니 '술퍼맨' 또한 '인의의 본성'을 되찾도록 힘써야 한다.

장자(莊子)께서 강조하신 '붕정만리'는 "향후 발전할 여지가 다분한 장래"를 비유적(比喩的)으로 표현한 것이다. 어떠한 부류의 인간이든지 미래에는 희망의 가능성이 있음을 시사(示唆)한 것이니, 우리네 '술퍼맨'도 마음의 작용(作用)이나 인식의 변별(辨別)을 새로이 할 필요가 느껴지는 대목이다.

**하루살이는 내일을 알지 못하고, 만취한 '술퍼맨'은 지금 하고 있는 '일'을 알지 못한다.**

우리 '술퍼맨'이 '책'을 통하여 지식(知識)을 쌓고 교양(敎養)을 넓히는 것이 비싸다고 생각한다면, 이런 경우를 생각해 봐야 할 것이다. 예를 들자면 '책'을 읽지 않고 무지(無知)했을 때, 육신(肉身)의 일정 부분에 비상 신호(非常 信號)가 오고 있는데도 장신구(뇌[腦])에서는 느낌이 없고 생각이 못 미쳐 '알코올'로 무마할 것이 아니겠는가. 이 얼마나 황망(慌忙)한 짓거리인지조차 알 수 없을 것이다.

지식이란 원거리(遠距離)를 돌지 않고 미래(未來)로 가깝게 질러갈 수 있는 첩경(捷徑)이다. 왜냐하면 급하거나 비상(非常)한 일이 일어났을 시, 빠른 결심이야말로 오늘을 준비하는 자의 것이기 때문이다.

수많은 '책'들이 닫힌 '대문(大門)'을 열어 줄 수는 있다. 하지만, 그 '문'으로 들어갈지 말지는 우리 '술퍼맨' 스스로가 결정(決定)하는 것임을 잊지 않도록 마음에 깊이 새겨야 한다.

커트라인(Cut line[한계선])이 불분명한 '술퍼맨'의 질퍽댐은 가족(家族)의 육체(肉體) 및 정신적(精神的) 건강에 영향을 끼치게 됨은 말할 것도 없거니와 실체(實體)의 본바탕이 그대로 고스란히 지속(持續) 유지(維持)되는 것과도 대립(對立)한다. 영혼(靈魂) 및 본성(本性)에 끊이지 않고 계속적(繼續的)으로 영향(影響)을 주는 고얀 것. 이른 바, 트라우마(Trauma)가 사랑하는 가족에게 격렬(激烈)한 감정적 충격(衝擊)으로 다가오기 때문이다.

의복이 찢겼는가? 그렇다면 꿰매 입어도 그만이지만, 가족의 팔다리가 찢겨나갔다면 그 상처(傷處)는 다만 몸을 다쳐서 부상을 입은 흉측(凶測)한 외상(外傷)의 흔적으로만 그치지 않는다. 그 상은(傷痕)은 마음으로 전염(傳染)되어 '술퍼맨' 측근(側近)들의 목숨이 다하는 순간까지 내내 머물며 끊임없는 고통으로 남는다. 그러니까 일평생(一平生)을 Trauma(정신적[精神的]외상)와 같은 끔찍한 악몽(惡夢)에 시달리며 쓰라림의 눈물을 곱씹게 되는 것이다.

이 같은 치명적(致命的) 대가(代價)는 가족이나 '술퍼맨'을 포함(包含)한 친 인척(親 姻戚)과 지인(知人) 모두에게 해당(該當)되는 것임을 잊지 마시고 마음 속 깊이 새겼으면 하는 바람이다.

이에 책을 읽어야 한다는 이야기는 정말 지겹도록 많이 듣고 있지만 아무래도 체감(體感)이 되지 않고 납득(納得)도 되지 않는 게 대중적(大衆的) 현실(現實)일 수 있다.


**처자식이 아빠를 원수같이 보는 것이 아니라 아빠가 처자식을 원수로 만든 것이다. [ '술퍼맨' ]**


항상 책을 읽어야 된다는 사람들이 하는 말은 "책을 많이 읽어야 뇌가 건강해진다"이다. '술' 마시기 바쁜 소중(所重)한 시간을 아깝게 여기지 않고 선뜻 독서(讀書)에 할애(割愛)할 정도로 온갖 힘을 다하려는 정성을 보일 때 우리 '술퍼맨'들은 수긍(首肯)이 되지 않을 수도 있을 것이다.

그래서 추상적(抽象的)인 관념(觀念)이 아니라 우리 모두가 왜 책을 읽어야만 하는지에 대해 '새로운 시작'의 생각을 짧은 시간이나마 '간략(簡略)'하게 서술(敍述)해 보고자 한다.

더도 말고 대강(大綱) 짐작으로 헤아려 잠시 동안만 이 글을 읽는데 걸리는 시간을 아깝게 여기지 말아주시기 바란다. 아울러 책을 읽어야 하는 까닭을 구체적으로 이해시켜 드릴까? 한다.

인간은 '원시시대(原始時代)'적부터 누가 딱히 가르쳐주지 않아도 스스로 생각하고 밥을 먹고 친구를 사귀며 성적인 매력에 이끌려 연애(戀愛)를 했는가 하면 '멍'을 때리기도 했다.

인간이 생각하면서 사물의 이치를 깊이 연구하여 점진적으로 사고(思考)방식을 고취(鼓吹)하려는 사상(思想)은 갈수록 발전했고 법(法)과 관습(慣習)이 생겨나며 새로운 지식들을 터득(攄得)해 나가기 시작했다. 하지만 우리의 조상(祖上)이라 할 수 있는 그 옛날 선대(先代)의 '인간수명(人間壽命)'은 지금(只今)과 비교(比較)도 할 수 없을 만큼 짧았고 일상생활(日常生活)이란 그저 보고 듣고 느껴지는 경험(經驗)을 통해 얻어지는 것들이 태반(太半)이었다.

예를 들어, 높은 곳에서 떨어지면 다친다는 '정보(情報)'를 획득(獲得)하게 되면 굳이 높은 곳에서 뛰어보지 않아도 되는 것처럼 '정보'는 우리가 쓸데없이 허튼 짓을 하며 시행착오(試行錯誤)를 겪지 않도록 하고 훨씬 더 나은 선택(選擇)을 할 수 있게끔 해주었던 것이다.

한마디로 누군가의 일평생(一平生)을 거쳐 터득한 '무언가를 감당(堪當)해 낼 수 있는 힘의 정도' 등을 가시적(可視的)인 기억 혹은 나무나 바위 등에 표시(標示)해 두었던 나름의 낙서(落書) 따위를 통해 마침내 '책' 비슷한 것이 생겨나고 점차 진보(進步)된 그 '능력치(能力値)'를 취합(聚合)하여 결국(結局) 한 권의 '책'같은 '책'이 탄생(誕生)할 수 있었다고 보여진다.

‘책’ 값을 아까워하지 말고 ‘배움’을 폭 넓은 영역(領域)으로 여겨야 하며, 뜻한 바를 돈독(敦篤)히 하고자 한다면 휘감고 있던 ‘강한 의지’를 벗어버리지 말아야 한다.


‘불특정(不特定)’ 분야에서 각각 최고(最高)의 전문가(專門家)들이 나름의 시행착오(試行錯誤)를 겪으면서 수많은 시간과 정성을 투자(投資)해 얻은 정보의 집합체(集合體)가 바로 ‘책’이다.

그것을 요구하는 바가 있는 현인(賢人)들로 하여금 더욱 긴요(緊要)하고 분명하며 자세함이 추가(追加)되기를 종용(慫慂)받으면서 어제는 단순(單純)한 ‘책’이었던 것의 면모(面貌)가 점차 달라진다.

‘책’은 전문서적(專門書籍)이라는 명함(名銜)을 내밀며 그 영역(領域)을 극대화(極大化)하게 되면서 우리는 그것을 단지 ‘책’이라는 이름의 ‘지식 주머니’로 인쇄하여 묶어만 놓은 것은 아니다.

인간 고유의 탐구(探究)정신으로 해당 서적(書籍)의 내용을 파악하면서 ‘책’의 진액(津液)을 흡수하고 소화(消化)하며 지친 삶에서의 ‘힐링(Healing[몸이나 마음의 치유])’을 맛보게 된다.

그렇게 우리 인류(人類)는 원시시대부터 상상(想像)을 기반(基盤)으로 무언가를 얻고자 했으며 이에 질세라 그 무언가에 못지않게 발전(發展)을 거듭한 정체(正體)를 알 수 없는 괴이(怪異)한 물체(物體) 하나가 있었으니 이름 하여 '맑은 물(술)'이었던 것이다. '술(酒)'은 아마도 '책'보다 '고참(古參)'이었으리라!

인간(人間)이란 포유동물은 고대적(古代的)부터 끝없는 공간(空間)을 향해 기도(祈禱)할 때나, '토속신앙(土俗信仰)'에 바람이 있을 때면 여지없이 제상(祭床)에 '술(酒)'을 올려놓고 빌었다.

옛날이었으면 일찌감치 괴이(怪異)하게 됐을 법한 우리네 '술퍼맨'의 몸 상태도 이제는 다양한 전문서적(專門書籍)에 근거한 의료기술(醫療技術)로 인해 끈질기게 살아가고 있지 않은가!

우리보다 앞서 살았던 조상님들이 마음속으로 괴로워하고 애를 태우며 공부(工夫)해서 얻은 지식을 '글'이라는 문자(文字)를 통해 그 자료(資料)를 남겨주었기 때문에 우리는 '글'을 읽으면서 개인(個人)이 일생(一生)에 걸쳐 공부를 해도 얻기 힘든 전문지식을 수백, 수천 년 정보(情報)가 응축(凝縮)된 '사기(史記[역사적 사실을 기록한 책])급' 정보를 단숨에 습득할 수 있게 되었던 것이다.

좋은 책이라고 한다면 해당 분야(分野)에서 책도 많이 읽고 공부도 많이 한 '내로라'하는 권위자(權威者)가 평생(平生)을 살면서 얻은 최고의 정보, 경험, '인사이트(Insight[통-찰력{洞察力}])' 등을 참고로 필요한 원천(源泉)만 압축하고 또 압축(壓縮)해서 담은 것이 대부분이라 할 수 있다.

'술퍼맨'의 몸으로 '책'마저 외면한다면 '골'만 때리는 게 아니라 '뼈'까지 흔들리게 될지도 모를 일이다.


석 박사(碩 博士)가 연구원(硏究員)이 되고, 교사(敎師)나 대학교수(大學敎授)가 되는 과정은 어떠한가? 또한 일정(一定)한 자격증(資格證)을 보유(保有)하고 '병'을 고치는 일을 직업(職業)으로 하는 의사(醫師)가 되는 경로(經路)는 어떠할 것이며, 일반 국민을 대상(對象)으로 그 분야(分野)에 상당한 지식과 충분(充分)한 경험을 겸비(兼備)한 자에게 자격을 인정(認定)하여 정부가 수여(授與)하는 각종 '국가자격증(國家資格證)' 소유자(所有者) 및 성직자(聖職者), 법조인(法曹人), 기업(企業)의 '전문경영인(Management specialist)'이나, 혹은 '최고경영자인 CEO(Chief executive officer[最高經營者])'가 그냥 되는 것은 아니다.

이들의 공통점(共通點)은 '책(冊)'을 통해 죽어라 하고 학문(學問)이나 기술(技術) 등을 배우고 익혀 오늘날의 전문 지식인으로 거듭날 수 있었던 것이다. "확 깨는 사실"이긴 하나 '술(酒)'만 마셔서 되는 일이란 그 끝이 '술퍼맨'으로 말라버리는 것이며, 안타깝게도 '술퍼맨'과 관련된 여하(如何)한 자격증도 인간사회에는 존재하지 않는다는 것이다.

그러나 반전(反轉)이 있을 수도 있다. 가령 전문 지식인들이 마음먹는다고 '술퍼맨'이 될 수 있을까? 그렇지 않다. 아무나 '술퍼맨'이 될 수 있다면 아마도 우리는 '술퍼맨'이 되지 않았을 지도 모를 일이다. 강조(强調)하지만 '술퍼맨'이 되려면 세상에 생겨날 때부터 부모(父母)님으로부터 유전자(遺傳子)의 본체라 할 수 있는 DNA(Deoxyribo nucleic acid)를 '인수(引受)'받은 자만이 그 자격이 주어지는 것이다.

다시 말해 남들은 살아생전 '책(冊)'을 통해 죽어라 하고 애써가며 획득(獲得)한 각종(各種) 자격증을 우리네 '술퍼맨'들은 '모태(母胎[어머니의 태안]) 자격증'으로 우리도 모르는 사이에 이미 소유하고 있다는 사실이다. 그래서인지 '술퍼맨'들의 '술' 마시는 자세(姿勢[Pose]) 또한 제각각이다.

어떤 '술퍼맨'들은 '만취상태(滿醉狀態)'에서도 안 취한 척하다가 갑자기 '훅' 가는 바람에 함께 마시던 '술퍼맨'들 중 누군가가 '훅' 가버린 이를 위해 잠자리를 알선(斡旋)하고 신발과 옷을 벗겨 주는 등 결국 '훅' 간 '술퍼맨'은 민폐(民弊)를 끼치고 만다. 취했으면 잘난 척하지 말고 그냥 뻗어라. "물이 너무 맑으면 사는 물고기가 없다"는 말이 그래서 생겨난 것이다.

**'술'을 마시며 자신의 신체 및 장신구(정신)의 건강상태를 염려하는 '술퍼맨'은 시중에 거의 없다.**

그런가 하면 '맑은 물' 한 잔에 뚫린 입이라고 불만을 지껄여 대는 모양새 하고는 세상이 죄다 자기 것인 양, 술판이 파(罷)할 때까지 초지일관(初志一貫) 혼자만 '이죽'거리는 '술퍼맨'도 있다.

"사람이 너무 비판적이면 사귀는 벗이 없다"는 말은 '얘(이 '술퍼맨')' 때문에 생겨났나 보다. 앞선 엄청난 세월 동안 무수히 많은 천재들이 이루어 놓은 최고의 정보와 '인사이트'들을 우리는 고작 1~2만 원만 건네주면 습득할 수 있다. 게다가 독서를 하게 되면 인지능력(認知能力), 창의력(創意力) 및 사고력(思考力) 등을 향상(向上)시키고 지능지수(知能指數)인 IQ(Intelligence quotient)를 끌어올리는 것은 물론, '정신적 노화(精神的 老化)'를 늦춰 치매(癡呆)를 방지하고 독해력(讀解力), 어휘력(語彙力) 등도 증가(增加)시킨다고 하니 일거양득(一擧兩得)이 아닐 수 없다.

최근(最近)에는 '공감능력(共感能力)'도 발달(發達)시킨다는 연구결과(研究結果)가 쏟아져 나오고 있는 실정(實情)이다. 따지고 보면 '대뇌반구(大腦半球)'의 앞쪽에 위치하여 사고, 판단과 같은 고도의 '정신작용(精神作用)'이 이루어지는 '"술퍼맨'의 녹슨 '전두엽(前頭葉)'"을 쓸고 닦아서 말끔히 소제(掃除)해 주는 역할까지 담당하는 '선각자(先覺者)'와도 같다고 하겠다. '책'은 그렇게 인류의 역사 속에 존립(存立)해 왔다.

이러한 수많은 이점(利點)이 있음에도 불구하고 '책'을 꺼리거나 멀리하면서까지 읽지 않을 이유가 없다는 판단(判斷)이 선다. 오히려 책을 읽지 않는 것은 개인적으로나 범국가적(汎國家的)으로 보아도 막대(莫大)한 손실(損失)이라고 보아야 할 것이다.

우리 '술퍼맨'이 이제는 책을 읽어야 하는 이유에 대해 전보다는 납득이 되셨으리라 믿는다. 아울러 '실천사항(實踐事項)'을 행동(行動)으로 이행하며 우리는 성공(成功)이냐 아니면 낭패(狼狽)인가? 하는 것을 스스로

점검(點檢)해 가면서 시행착오(試行錯誤)의 원인과 결과도 바로 발견하게 되리라 믿는다.

그래도 그 결과가 성공적이지 않았다면 다시 '책'을 탐독(耽讀)하면서 어떤 점이 부족(不足)했고 어떻게 보완(補完)할 것인지에 대해 다시 한 번 살펴본다. 그런 식으로 '책'에서 중요시(重要視)하는 내용을 '재학습(再學習)'하고 '책' 내용의 골자(骨子)를 끄집어내어 기력(氣力)이 받쳐줄 때까지 공부해야 한다.

자신과의 약속을 지키려 한다면 머릿속이 트럼펫 주둥이 속처럼 '웅웅' 울려도, 인간을 유혹(誘惑)하는 오아시스의 아련함 같은 것이 시야에 들어와도 아무렇지도 않으려니 하는 '인내심(忍耐心)'을 키워라.

'책'을 읽어야만 하는 이유를 '새로운 시작'이 나름의 경험에 견주어 '술퍼맨'들과 함께 본지(本紙)의 일부 지면(誌面)에 투영(投影)하고자 하는 것은 '책'이란 '술' 못지않게 중독성이 강력하기 때문이다.

'책'과 '술'의 공통(共通)된 중독(中毒)의 특이성(特異性)을 예로 들자면 다음과 같다.

첫째, 특정(特定)한 물체(物體)나 점액(粘液[끈끈한 성질])이 들어 있지 않으며 마시면 취하는 맑은 액체(液體[술]) 따위를 정도(程度)에 맞지 않을 정도로 지나치게 접(接)한 결과, 그것 없이는 견디지 못하는 '병적상태(病的狀態)'를 일으키는 것. 이 증상은 '술'에 가깝다고 말할 수 있다.

둘째, 이들은 한 번 건드리기 시작하면 꼬박 밤을 새게 된다던가, 아니면 정상적(正常的)이어야 하는 일상생활(日常生活)에 어느 정도 지장을 초래(招來)하게끔 하는 것. 이 현상은 '책'에 더욱 가깝다. 그러하기에 '새로운 시작'은 '책'을 읽는 동안을 제외한 나머지 시간에 '술'을 마시다가도 재차(再次) '책'에 빠지게 되면 '술'은 '일단중지(一旦中止)' 모드(Mode[일정한 상태])'로 변환(變換)하게 된다.

'새로운 시작'이 '단주'나 '금주'를 하고자 하는 것은 아니지만 상황에 따라 '절주(節酒)'를 바라기도 한다는 것이다. 그리 하는 데 있어서도 한 번 시작한 '목운동(음주)'은 적당한 선에서 끝을 맺지 못한다는 경우가 허다했다.

그래도 지금에 와서 '책'과 '술'을 병행(竝行)한다는 사실이 그 옛날 인사불성(人事不省)상태로 세월을 낚았던 시절보다는 훨씬 맑은 정신인 것만은 '명명백백(明明白白)'하다.

"정지된 알코올 중독자"가 얼마나 스스로를 몰랐었는지 통렬(痛烈)히 깨달았던 게 예로부터 '책'을 좋아했으면서도 '술퍼맨'이 된 이후부터 어느 시점까지 그 사실을 너무 늦게 알았다는 것이다.

"'술'은 언젠가는 끊으면 된다"고 믿었던 것이, 그 분야에 대해서는 아는 게 없었음에도 그 자체를 무시한 채 대충 살아가는 삶이 진리라고 믿었던 게 허상임을 어느 때에 와서 깨닫게 되었다.

이러한 사실을 알게 된 순간 "읽어야 산다"는 생각을 하게 되었고 책을 읽어야 하는 이유를 차츰 느낄 수 있게끔 '술퍼맨'인 필자(筆者)의 '촉(觸[감각])'이 느닷없이 살아나고 있는 것 같다.

'술'을 마시게 되면 일정 순간 '파라다이스(Paradise[낙원])'가 펼쳐지는 듯 짜릿한 느낌을 갖게 되는 것은 사실이다. 하지만 부정적 측면(側面)에서 기인(起因)한 "알코올 중독(Alcohol 中毒)"이라 불리는 고질병(痼疾病)에는 딱히 그 치료법이 마땅치 않다는 실정(實情)을 자각해야 될 때가 온 것 같다.

마늘을 잘 찧으려면 '비닐봉지(Vinyl封紙)' 속에 껍질 깐 마늘을 넣은 다음 입구를 잘 여미고 그대로 봉지째 찧어야 튈 염려(念慮) 없이 골고루 잘 다질 수 있듯이, "술"을 마시기 전에 남다른 다짐이 정도 이상으로 전제(前提)되어야 스스로의 용량(容量[Capacity])만큼만 마실 확률이 높다. 그렇게 술자리를 마쳐야 그다지 고초(苦楚)를 겪을 일이 없음은 지당(至當)하다 할 것이다.

물론 음주량(飮酒量) 조절(調節)이 불가능(不可能)한 함량미달(含量未達)의 우리네 '술퍼맨'이 이를 단번(單番)에 이행(履行)할 수 있다고 단언(斷

言)하는 이가 있다면, 그는 '술퍼맨'이 아니거나 아니면 괜히 웃기려고 하는 말임을 믿어 의심치 않는다. 홀로 만족(滿足)한다 하여 남들이 용인(容認)한다고 볼 수는 없는 노릇이다. 왜냐하면 이런 경우(境遇)는 상대평가(相對評價)로 겨루는 수능(修能)이 아닌, 스스로의 철학에 심취(心醉)해 있기 때문이다.

우리 모두는 어머니의 고통(苦痛)을 빌려 세상에 태어나지 않았던가! 특히 태곳적부터 '술'의 역사(History of alcohol)를 남자의 이야기(His story)라 했던 사연(事緣)은 '술'을 접하는 이들의 대부분(大部分)이 남자였고 그래서 미래(未來[future])에도 His story(남자의 이야기)가 될 것이라는 이유가 존재한다.

그렇지 않기 위해서는 우리 '술퍼맨' 스스로가 과거를 읽고 미래를 예측하여 통제(統制)할 수 있는 자력(自力) 즉, 일정한 기준이나 방침, 목적에 따라 특정행위의 제한이나 조절이 가능해야 할 것이다. 그리 할 수 있다고 믿어 의심치 않으나, 미래(未來)에도 His story(남자의 이야기)가 될 수 있다는 사실(事實)을 유념(留念)하여 주의 깊게 살펴가며 각별(各別)히 주시(注視)해야만 한다.

이럴 듯, 입체적(立體的)으로 뒤숭숭한 배경(背景)이 있기에, 필자(筆者)인 '새로운 시작'이 '절주(節酒)'를 하겠다며 스스로를 이름 하여 "정지된 알코올 중독자"라고 명명(命名)한 까닭이기도 하다.

막걸리사발 모시바지에 매달고 사는 이가 있었다. 한산 세모시 옷은 언제나 하얀 물기로 번득였다. "이놈의 영감탱이~ 아이고 내 팔자야" 하는 소리밖에 들리지 않던 그 집이 느닷없이 조용하다. '북망산천(北邙山川)'이 그리 먼 곳이 아니라는 것을 그때 알게 되었다.

몸뚱이와 '장신구(이목구비[耳目口鼻])를 매달고 있는 머리의 총합)'가 마르고 닳도록 들입다 마서댄 우리네 '술퍼맨'의 '저력(底力)'이라면 '절주' 또한 그렇게까지 어렵지 않다는 결론에 이른다. 왜 그러냐 하면 '저력'이라는 것은 '내면(內面) 깊숙이 간수(看守)하고 있는 강력(强力)한 힘' 바로 "괴상할 정도로 뛰어나게 센 힘"이 있다는 것을 의미(意味)하기 때문이다.

'저력'이 있기에 남의 힘을 빌리지 아니하고 제 힘만으로도 저절로 된다는 것이지, '저력'이 없다고 한다면 몸과 마음을 다하여 애를 써야만 한다. 그렇지 않고 '저력' 없이 거저 생기는 것은 없다.

'원시시대(原始時代)'와 중세(中世) 사이의 연대(年代)를 우리는 흔히 고대사회(古代社會)라고 말한다. 이 시기에 전쟁(戰爭)을 할 때는 반드시 '말'을 필요로 했다. 이때 '말'의 위력(威力)은 상황에 따라 재빠르게 움직이거나 대처(對處)하는 오늘날의 기동전력(機動戰力)과도 같은 역할을 수행했을 것이다. 그렇지만 먼 곳으로 싸우러 나가는 원정(遠征)일 경우에는 늙어서 쇠약(衰弱)하고 생기(生氣)마저 없는 "노쇠 마(老衰 馬)" 몇 마리를 대동(帶同)했었다는 고서(古書)의 기록이 있다.

왜 하필(何必)이면 빠르게 잘 달리는 준마(駿馬)가 아닌 쇠퇴(衰退)한 '말(馬)'이냐고 의문을 가질 수밖에 없으리라 여겨지는 대목이다.

그 옛날 남의 '나라'를 무력(武力)으로 정벌(征伐)하기 위해 쳐들어가는 '침략국(侵略國)'의 입장에서는 상대국이 먼 거리(距離)에 터전을 두고 있다 해도 약소한 '일개국가(一介國家)'를 정벌(征伐)하는 것은 그리 어려운 작업(作業)이 아니었다. 인근의 약소국(弱小國)들도 길을 내주었으니…

그러나 승리(勝利) 후 전투에서 이기고 개선(凱旋)할 때는 문제가 달랐다. 황사(黃絲)나 강한 비바람 등으로 인해 자기 나라인 소위 본국(本國)으로 돌아간다는 보장이 없었던 것이다.

이때 '산'에서도 싸우고 '물'에서도 싸운 경험이 풍부(豐富)한, 즉 산전수전(山戰水戰)을 모두 겪은 늙은 말의 '저력(底力)'이 '최고조(最高潮)'에 이르게 된다.

'늙은 말'은 각종 식물, 흐르는 강물, 이리 저리 뻗어있는 '흙 길' 등의 냄새를 맡아가며 길을 찾아 기필(期必)코 자기 나라로 돌아오게 되는 것이다. 이것이 '저력'이며 '알코올'에 오래도록 찌든 '술퍼맨'에게 숨겨져 있는 '힘'이기도 하다.

갑작스런 '변화'는 오래가지 못하니, 느닷없는 '절주'는 '신중' 해야 한다.

본론(本論)에 들어가기에 앞서 기술(記述)한 서문(序文)에서도 언급(言及)했지만 '새로운 시작'은 '술퍼맨'치고는 그런대로 신수(身數)가 받쳐주는 모양이다. 이 사회(社會)에 감사할 따름이다.

'조선 시대(朝鮮時代)'에, 유능(有能)한 젊은 문신(文臣)들을 선발(選拔)하여 특별(特別)히 휴가(休暇)를 주어 독서당(讀書堂)에서 공부하게 하던 제도(制度)가 있었다.

참고(參考)로 이 제도는 세종(世宗) 8년(1426)에 시작(始作)하여 세조(世祖) 때 없앴다가 성종(成宗) 24년(1493)에 다시 실시된 조직체(組織體)였다.

"사가독서(賜暇讀書)"라는 것인데 '새로운 시작'의 직장에서도 이 제도를 시행(施行)하고 있으며 다음은 재작년(再昨年)에 '이틀'의 휴가를 얻어 한 권의 '책'을 읽고 제출한 독후감(讀後感)이다.

전체 내용은 1차 대전 당시 유럽을 배경으로 벌어지는 사건인데, 필자(筆者)가 '술퍼맨'이다 보니 '책' 전반의 줄거리 중 '술'에 관한 내용을 주된 '상황열거(狀況列擧)'로 하여 느낌을 표현한 '글'이다.

| 도 서 명 | 태고의 시간들(2019. 01. 25) | | |
|---|---|---|---|
| 저 자 | OLGA TOKARCZUK (폴란드) | 출판사 | (주) 은행나무 |
| 작 성 자 | 김 철 웅(서울로 7017 보안관) | | |

# 독 서 감 상 문

(2020. 6. 13.)

Keyword: 작성자는 건강을 해치는 술(酒)이 인간사회에 끼치는 악영향에도 불구하고 술(酒)은 인간이 있는 한, 영원할 것 같다는 생각에 기인(起因)하여 수년 전 우리나라를 방문했던 폴란드 작가 "올가 토카르축(OLGA TOKARCZUK)"의 작품인 '태고의 시간들'에서 음주와 관련된 내용을 발췌하여 과음이 취미생활인 양, 정도(程度) 이상 술을 찾는 이들께 건강한 일상(日常)을 위하여 '절주(節酒) 내지는 금주(禁酒)'의 필요성을 의도적으로 강조하고자 했다. 전쟁 중에서도 인간의 사고(思考)는 현실과 환상을 왕래한다. 이는 하나의 뿌리에서 생겨났다 해도 두 개의 버전(Version[비슷한 종류의 다른 것들과 약간 다른 형태])은 항시 존재할 수도 있음을 의미한다.

1. 개 요/서 론(저자의 의도)

1914년~1919년 유럽을 중심으로 발발한 제1차 세계대전 중 침략국인 독일군의 무력사용과 더불어 폴란드의 자그마한 마을에서 일어나는 처참한 인간의 죽음. 그리고 와중에서도 꽤 높은 자리에 올라 흥청망청 술자리를 벌이며 수시로 Black out(필름 끊김)현상 및 숙취(熟醉)에 시달리는 인간상 등을 표현했다.

저자의 말에 의하면 시대 및 장소는 그 배경을 비교적 사실화 했다는 것이다.

그러나 저자(著者)가 상상(想像)을 보태어 넣은 까닭은, "상상이란 결국 창작의 일부이며 물질과 정신을 연결하는 징검다리"와 같다는 생각에서 그리 했다는 것이 작성자의 생각이다.

2. 본 론(음주 관련 내용을 중심으로 한 인상 깊은 문장들: 작성자)

~ 그녀가 아는 전쟁이란 매주 토요일 장터에서 만취한 남자들이 일으키는 요란하게 시끄럽고 법석거림이 전부였다. 외투 자락을 잡아당겨 땅바닥으로 넘어지고 진흙을 뒤집어쓴 지저분하고 불쌍한 사내들이 벌이는 다툼…

~ 고통으로 인해 함몰된 육체, 갈기갈기 찢긴 넝마와 같은 모습으로 몸부림치고 있는 처참함을 보았다. [P9~14]

~ 한때 그녀에게도 광기의 원인이 될 만한 사건들이 있었다.

216

유산(流産)에서 유산을 거듭했을 때, 유산하지 않은 아이를 지웠을 때, 헛간이 모조리 불탔을 때, 그녀에게 남은 두 아이가 그녀를 버리고 세상 어딘가로 사라졌을 때, 그리고 만취(漫醉)한 남편이 '백강(白江)'에서 익사(溺死)했을 때 말이다. [P64]

~ '익사자'는 소작농이었다. 그는 어느 해 8월 보드카(Vodka)로 피가 지나치게 묽어진 날 저수지에 빠져 죽었다.

소작농(小作農)은 자신이 죽게 될 줄은 꿈에도 몰랐다. 술 취한 소작농의 폐(肺) 속으로 따뜻한 물이 흘러 들어가자 그는 고통으로 괴로워 헐떡이며 신음(呻吟)을 내뱉었다.

하지만 그 뒤로 의식(意識)을 회복하지 못했다. 그의 시신(屍身)은 개처럼 버려져 차갑게 식었다. [P100]

~ 머리가 깨질 듯 아팠고 목이 타 들어갈 것처럼 갈증이 났다.

그는 누워서 엊저녁의 일들을 떠올려 보았다. 마음대로 흥에 겨운 술잔치, 처음 몇 차례의 건배(乾杯), 이후의 건배는 아예 기억이 나질 않았다. 친구들의 저속(低俗)한 농담(弄談)들, 춤과 노래, 여인들의 못마땅한 표정과 불평의 말들.

~ 그동안 꽤 높은 자리에 올랐고, 지금은 또다시 이렇게 심한 숙취(宿醉)에 시달리며 등을 대고 똑바로 누운 채 시간이 흐르는 것을 바라보고 있다.

~ 그렇게 '파베우보스키'는 숙취에 시달렸던 그 불멸(不滅)의 밤에 자신의 죽음이 시작되는 것을 무력하게 바라볼 수밖에 없었다.

그의 나이 겨우 41세였다. [P247~248]


3. 결 론

알코올 중독자를 "술을 퍼 마시는 사람[Man/맨]"으로 명명(命名)함.

'술퍼맨'들에게 온갖 생각들이 부패(腐敗)한 천 조각처럼 갈기갈기 끊어져 내리고 확고한 관념(觀念)들이 뿔뿔이 흩뿌려진다면 또 다른 고통을 맞이할 각오를 해야 한다.

'술퍼맨'이 오늘을 인내(忍耐)한다는 것은 차원(次元) 높은 결심이다. 그러하기에 순간순간의 깨달음은 지속적(持續的)이어야 고귀(高貴)한 것이어야 한다.

또한 훌륭한 죽음을 생각하고 있으면서 그것을 선택(選擇)하려고 하는 것은 본질적(本質的)으로 뜻이 매우 높고 위대(偉大)하게 살아가는 방법을 배우려는 선택의 일부(一部)이다.

인간은 생각을 잘 하도록 '큰 뇌(大 腦)'를 가지고 태어났다.

그런데 이러한 '큰 뇌'가 알코올(Alcohol)에 찌들면 '큰 장신구(裝身具)'로 변할까 우려(憂慮)된다. 시중의 '술퍼맨'들은 적지 않은 부자연(不自然)스런 부조화(不調和) 속에서 그림자 인생에 둥지를 틀고 무엇이 어디에서 시작되고 끝이 나는지를 모르며 살고 있었음을 인정(認定)하자.

인간(人間)은 누구나 어느 정도의 환상(幻想)을 가지고 살아간다.

심리학자(心理學者)들은 이를 인생의 과도기(過渡期)에 우리를 지탱(支撑)하는 건강한 환상이라고 말하기도 한다.

이제 시중(市中)의 '술퍼맨'들 대부분(大部分)은 과도기도 지났으니 환상 같은 것은 맑은 물에 흘려보내자. 신(神)도 '술퍼맨'의 '불치병(不治病)'은 어찌하지 못한다고 했다.

그러므로 문제의 해결은 오로지 자신의 정신영역(精神領域)에 있음을 실시간(實時間) 인식하며 살아가는 삶의 지혜(智慧)를 한 곳으로 모을 때인 것이다.

－ 끝 －

하찮은 잡초가 이 세상과 함께 썩지 않고 존재하려는 것과 아무리 마셔도 까딱없을 것 같은 '술퍼맨'의 심리는 별반 다르지 않다.


'실천사항(實踐事項)'을 마음으로 굳게 다짐한 결심(決心)을 통해 의식적(意識的)인 행동(行動)으로 옮겨보면 목적(目的)한 바를 이룰 수 있었는지 혹은 확실한 방법을 모르는 채, 분명하지 않은 결과로 종결(終結)되었는지 그 정도가 어떠한가? 하는 느낌이 올 것이다.

바람직한 결과가 나오지 않았다면 '책'에서 특별히 강조(强調)하여 열거(列擧)한 하나의 단어나 문장의 일부분을 이루는 구(句)를 되풀이하여 읽어 보는 것이 가치 있는 해결책(解決策)이다.

거듭 반복적(反復的)으로 정독(精讀)하면서 어떤 점이 충분(充分)하지 못했으며 그렇다면 어떠한 방식(方式)으로 보강(補强)해 나갈 것인지에 대하여 반드시 되짚어 보아야 할 것이다.

그런 방식으로 '책' 속에서 전달(傳達)하고자 하는 것들을 어떤 일이 있더라도 변함없이 결단하여 실행하다 보면 '책'에서 느껴지는 동력원(動力源)을 초월(超越)하게 되는데 그때까지 되풀이하면 된다.

죽음의 직전(直前)에만 소리를 높여 슬피 운다는 '죽음의 백조(Swan of death)'는 그저 전설(傳說)에 불과(不過)하다는 것을 우리 모두는 잘 알고 있다.

인간 스스로 터득한 것이 무서운 이유는 그것을 무한히 응용할 수 있기 때문이다. 그래서 '슬퍼맨'이 제멋대로일 수 있는 것이다. 어느 날 외로움을 느꼈다면 그 기운(氣運)을 뿌리치지 말아라.

# 횡설수설

　무술년(戊戌年) 5월 하순(下旬)에서 6월로 접어든 초순(初旬)사이에 '새로운 시작'의 장녀(長女)이자 삼십 대(三十 代) 중반(中半)인 큰딸아이와 남아시아(Southern Asia)의 중부 내륙(內陸) 한 곳에 위치(位置)한 가난한 나라로 여행(旅行)을 다녀왔었다. 물론 사회주의 국가다. 아마도 큰딸(맏딸)과는 세 번째 바다 밖 국가로의 해외여행이었던 것으로 기억된다.

(큰딸과 함께)

　물론 '새로운 시작'이 누리는 이러한 혜택(惠澤)은 여행할 때만은 '술'을 마시지 않는다는 특성을 어느 누구보다 잘 아는 딸들의 배려(配慮)임을 익히 모르는 바는 아니었다. '쉼표' 없이 쥐약(술)을 퍼 대는 아빠의

220

피곤한 삶에 조금이라도 쉬면서 매진(邁進)하라는 뜻임을 '새로운 시작'
은 너무나도 잘 안다. '새로운 시작'이 결코 돈이 많아서가 아님을 확실
히 밝히는 바이니 추호(秋毫)도 수상(殊常)한 오해(誤解)는 없기를 바라는
진실한 마음이다.

  "주머니에 송곳을 넣고 다니면, 언젠가 그 송곳은 주머니를 뚫고 나
오는 법"이라 했으니 향후에도 여행 시에는 금주의 습관을 모진 인내
로 버텨내야만 할 것이라는 의지를 단단히 다져 본다.


  **'술퍼맨'은 '쥐처럼 먹고 소처럼 일한다'는 속담을 '쥐처럼 숨어서**
**소처럼 마신다'는 뜻으로 해석한다.**


  '새로운 시작'이 태국(泰國)과 베트남(Vietnam[越南])에서만큼은 술을 마
시는 이들을 어렵지 않게 포착(捕捉)할 수 있었으나, 그 또한 우리와는
'술'을 마시는 뉘앙스(Nuance[미묘한 차이])를 어느 정도(程度) 느끼게 하는
경우(Situation)였다. 그 외 몇몇 남아시아(Southern Asia) 국가의 대부분 사
람들은 환경적 여건(與件) 등에서 기인(起因)하는 것인지는 확실(確實)치
않으나 주류(酒類)를 취급하는 서비스업(Service業)에서 만큼은 적극적(積
極的)이지 않은 것 같다는 느낌을 받았다.

(100% 외국인: 한국인은 "딸과 '새로운 시작'"뿐, 우리와 달라도 너무 다른…)

머나 먼 나라 지방(地方)의 어느 외딴 장소인 강기슭의 비포장 도로(非鋪裝 道路)에서 차량 꼬리 부분에 붉은 흙먼지를 일으키며 달리는 차량(車輛)들은 대부분이 흰색 현대 1톤 트럭(Truck)이었으며, 차들이 달릴 때마다 요동(搖動)치는 황토색(黃土色) 먼지로 인해 우리 내방객(來訪客)들은 앉아 있는 트럭의 뒷자리에서 부자연스러운 괴로움 같은 것들을 감수(感受)해야만 했다.

옳다고 하는 일들은 시야(視野)에 보이지도 않고, 실천하지 못할 말을 함부로 시부렁거리며, 온전한 정신은 항시 길거리에 빠뜨렸다고 우겨댄다. 이것이 바로 '술퍼맨'의 '근심' 거리다.

오토바이(Auto bicycle) 뒤에 비바람, 먼지, 햇볕 따위를 막거나 피하기 위하여 포장마차(布帳馬車)를 매단 "툭툭이"라는 게 있는데 이곳 남아시아(南Asia)에서는 이들이 도로(道路)를 누빈다.

　주로 비포장(非鋪裝) 도로를 달리는 관계(關係)로 무더운 날씨임에도 불구하고 마스크(Mask)를 써야 하는 불편(不便)함은 있으나, 그래도 우리네 '택시(Taxi)'와 같은 역할(役割)을 대신(代身)하는 무척이나 요긴(要緊)한 "대중교통 수단(大衆交通 手段)"이다.

　"툭툭이"에 비교하면 지금의 '트럭 뒷자리'는 '리무진([프랑스어]Limousine)' 급이라 할 수 있다. 트럭의 뒷자리에 앉아서 여행지를 옮겨 다닌다는 것은 대단한 '수준(水準[Level])'이라는 것을 "툭툭이"를 경험해 본 탑승자(搭乘者)들은 충분히 알고도 남음이 있을 것이다.

　그러나 "툭툭이"나 '트럭의 뒷자리'에 앉아 여기저기 여행지를 옮겨 다니는 불편(不便)함 또한 어쩔 수 없는 환상(環象)이라 말하기보다는 오히려 낭만(浪漫)에 가까웠다.

　역시(亦是) 한국에서는 자동차 생산이 최초(最初)이자 최고(最高) 자동차(自動車) 회사인 '현대'라는 명성(名聲[Name value])이야말로 범세계적(汎世界的)으로 폭 넓게 전파(傳播)되어 그 평판(評判)이 두루두루 파급(波及)되고 있음을 실감(實感)하지 않을 수 없었다.

　"보아라! 자동차는 대한민국의 '현대(現代) 차'인 것을… 이것이 작은 거인(Small giant)들의 거대한 나라(Huge country)가 혁신(革新)으로 실현(實現)한 작품(作品)이란 사실을 말이다. 기대(期待)하라, 또 어떻게 변할 것인가를 생각하며, 그리고 소망(所望)하라, 그 염원(念願)의 간절(懇切)함은 꿈이 아니길. 작품의 한계(限界)를 뛰어넘어 예술로 승화(昇華)할 것임을… 바꿔라! 개념에 대한 심적(心的)인 의심(疑心) 등의 성향(性向)을. 그것 보아라! 굳게 믿고 철저(徹底)히 의지(意志)한 결과물들을… 세상이 다 아는 이것이 바로 수많은 곡절(曲折)과 시련(試鍊)을 극복(克服)한 파란만장(波瀾萬丈)했던 지금의 '현대'라는 것을 잊지 않으리."


세속(世俗)이란, 사람이 살고 있는 모든 사회를 통틀어 이르는 말이다. 전대(前代)의 사람들은 왜 현실의 인간 세계를 떠나 자연과 벗하며 살아간다는 상상(想像)의 인간인 선인(仙人)이 되고자 했는가? "도(道)"를 닦아 상식에 구애되지 않는 삶을 추구한 까닭이다. '술퍼맨'의 지속적 연구과제다.


"정지된 알코올 중독자"가 술을 마시지 않았음에도 불구하고 마치 술을 마신 모양새와 같은 행동이나 심리상태가 나타나는 현상인 '마른 주정(Drydrunk[재발증후군[Recurrence syndrome: 다시 발생할 수 있는 여러 가지 증세]])'이라도 파도가 밀려오듯 급작스레 재발(再發)했었던 것인가!


오랜 세월을 뭉갠 듯 "실지로 사방을 전망하는 것과 같은 파노라마(Panorama)의 느낌"이 아닌 눈앞 오두막의 경계를 넘어 푸르른 '수풀'과 싱그러운 '강물'이 슬그머니 세상구경에 나선 '새로운 시작'의 감정을 낯설고 고상(高尙)한 자연계(自然界)로 이끌었나 보다.

그랬었다. 협소(狹小)한 시골길 도로를 오고 가는 흰색 트럭들이 눈에 들어올 때마다 '새로운 시작'의 심정(心情)은 정상적(正常的)인 상태(狀態)를 살짝 벗어나 있었다.

마음속에서 움직이는 감동(感動)과 느낌이 끝없었음에 스스로도 알게 모르게 온 누리의 역동적(力動的)인 새로움이 뇌리(腦裏)를 스치며 속으로 "보아라!"를 마구 되뇌었던 것이다.

달리는 차량의 도로 아래로 어렴풋이 내려다보이는 마을의 어느 집 앞마당 언저리 부근 정원(庭園) 가까이에 펼쳐져 있는 빈터에는 우아(優雅)한 동물들이 조신(操身)하게 모여 있었다.

물소(Water buffalo) 내지(乃至)는 들소(Buffalo)와도 엇비슷하게 필적(匹敵)할 만한 '소떼'와 더불어 코끼리(Elephant)가 벽체(壁體)도 없이 허름한 파라솔(Parasol) 같은 곳에 묶여 '소(牛)' 십 수두(頭)와 일정한 거리를 두고 돌보는 목동(牧童)도 없이 얌전히 홀로 서 있는 것을 볼 수 있었다.

그때 보았던 그 풍광(風光)은 지금까지의 삶에 있어서 처음으로, 그리고 실제(實際)로 시야(視野)에 나타났던 만화(漫畫[Caricature]) 같기도 한 자연의 모습이었다.

'새로운 시작'의 마음을 움직였던 그 순간만은 잡념 속에서 기막힌 망상(妄想)에 빠지기라도 했었던 모양이다. 마치 한 마리 황소(黃牛) 근처에서 얌전하게 내몰려 있는 여러 마리의 누르스름한 개(견공[犬公])들을 보는 듯한 매우 희귀(稀貴)한 흐릿함이 그림으로 연상(聯想)되었던 이유다.

그다지 길다고 할 만한 시간은 아니었지만 얼마간은 우습기도 했던 현실감(現實感)이 차고 넘쳐 참 얼떨떨하던 한때였었다.

삶을 바꾸는 "실천 독서법(實踐 讀書法)"에는 『읽어야 산다(생각정원 [2012.11.16.])』는 책도 있다.

대도시에서 관심을 가지고 찾아온 내방객을 촌놈으로 만들어 버린 황당한 광경(光景)은 '새로운 시작'이 바보상자(Television)에서만 흔치 않게 어쩌다 보아왔던 경탄(驚歎)할 만한 그림이었다.

(좌측에 보이는 소떼들로부터 '왕따'가 된 듯한 코끼리)

혼자 고독(孤獨)을 씹는 듯이 보이는 코끼리의 형체(形體)를 등뒤로 흘려보내면서 달리는 차량에서 곰곰이 생각해보니 대도시(大都市)의 사나이를 '확 깨게 만든 시추에이션(Situation)'은 이뿐만이 아니었다.

약 17여 년 전 태국의 한 동물원(動物園)에서는 그야말로 해괴(駭怪)한 상황(狀況)을 보았던 것이 기억에 되살아났다. 그 당시 기절하거나 까무러치지 않은 것이 오히려 이상하다 하겠다.

'갈대'와 '대나무'가 모진 "풍우(風雨[바람과 비])"에도 꺾이지 않는 이유는 비바람이 가져오는 저항만큼 온 몸을 숙이기 때문이다. 소위 '부드러움으로 강함을 이긴다'는 말이니 살펴서 생각하라.

도심(都心)으로부터 외곽(外郭) 한 편의 공간(空間)을 차지한 그 곳의 호랑이 우리(畜舍[가축을 기르는 건물])에서는 성체(成體)인 흰 털의 돼지가 다른 호랑이의 등에 배를 대고 잠들어 있었다.

'매의 눈'이 아닌 '술퍼맨'의 '시각 기관(視覺 器官)'은 그들이 만취상태(滿醉狀態)로 보였다.

역시 곤히 잠든 호랑이였고 가끔은 '포효(咆哮)'하면서 잠에서 깨어나긴 했지만, 그래도 세상은 마냥 평화롭고 안전한 공간(空間)인 양, 인기척이 있건 말건 돼지와 호랑이는 '꿀잠'에 빠져 줄곧 평온(平穩)해만 보

227

이는 꿈나라 그 자체(自體)였다. 짧은 시간 무슨 일이 어떻게 돌아가는 형편인지 잘 몰라서 얼빠진 사람처럼 멍하게 바라보기만 했었던 기억(記憶)이 새록새록 떠오른다.

그러하긴 했어도 그 당시 태국의 그 동물원(動物園)에서는 왠지 모르게 그림의 양태(樣態)가 몹시 위태롭다는 위기감(危機感)에 '노심초사(勞心焦思)'한 마음이 앞서기도 했었다.

반면 온화하고 화목한 분위기가 넘쳐흐르는 관람객(觀覽客)들의 표정이 시선(視線)을 빼앗는 순간 '걱정이나 아무 탈 없이 무사히 화목(和睦)할 수도 있을 것 같다'는 생각이 동시에 들기도 했다.

그다지 바람직하지 못할 것만 같지는 않은 소신(所信) 비슷한 생각이 아우러져, 살아 숨 쉬는 모든 생명체(生命體)가 지닌 끈끈한 삶의 의미를 어렴풋이나마 알 것도 같았다.

그러나 '새로운 시작'이 동물원에 들어서자마자 본 그 순간에는 누군가가 호랑이와 돼지에게 '술'을 먹였다는 확신(確信)이 들어 어마무시한 격분(激忿)에 스스로 매우 흥분했었다.

그렇지 않고서야 제 '먹잇감'인 고깃덩어리가 자신의 등에 배를 대고 곤히 잠을 자고 있다는 게 상상(想像)이나 되는 일이겠는가!

'새로운 시작'이 또렷한 정신으로 충격(衝擊)을 받아 정상적인 생각을 할 수 없던 상태였던 적이 있었다면 바로 그때가 아니었던가! 하는 생각을 해본다.

'멘탈붕괴(Mental崩壞)' 즉 '멘붕(Men崩)'이라는 용어(用語)가 이러한 경우에 읊조리라고 생겨났나 보다. 그저 '멘붕'을 경험했다고나 해두자.

**"나는 안 돼!" 등 자신을 불쌍하게 여기는 마음인 '자기연민(自己憐憫)'은 '우울증(憂鬱症)'일 수 있다.**

어지간히 당황(唐慌)하여 머릿속의 뇌세포(腦細胞)가 꼬이는 듯도 했지만, 그저 먹구름 같았던 궁금증이 풀리기까지는 그다지 긴 시간이 걸리지 않았다.

오래 전부터 동물원을 전반적으로 관리(管理)해 왔다는 태국인 책임자(責任者)의 말에 의하면 지금 오수(午睡)를 취하고 있는 호랑이의 어미가 약 3년 전 새끼 두 마리를 낳았는데 얼마 지나지 않아 다른 한 마리 새끼와 함께 어미도 죽었다는 것이다.

놀라 다급(多急)해진 동물원 사육사(飼育士)들이 어찌할 바를 몰라 살아남은 한 마리 새끼 호랑이라도 살리려고 애를 썼단다. 궁여지책(窮餘之策)으로 짜낸 계책(計策)이 바로 새끼 호랑이에게 어미돼지의 젖을 먹여보자며 실행한 것이 지금의 '멘붕(men崩)'이라는 작품(作品)으로 승화

(昇華)되었다고 한다.

결국 그들이 큰일을 하게 된 것이라 말할 수 있을 것이다.

('멘붕 1': 이색적인 만남[태국 동물원])

아무 짓도 하지 않으면 아무 일도 일어나지 않는다고 한다. 아마도 그리리라는 생각이 지배적이다. 그러나 허벌나게(전라도 지방의 방언) 퍼 마시다가는 푸짐한 사건들이 선착순(先着順)으로 달라붙는다.

하기야 모든 동물은 갓 태어난 직후 자신에게 먹이를 제공(提供)하는 그 생명체를 어미로 알고 성장(成長)한다고 하지 않던가!

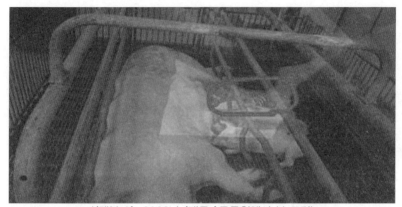

('멘붕 2': 2003년 '태국' 동물원에서 본 그것)

돼지 젖을 빨고 있는 새끼 호랑이를 볼 수 있었다.

* 臥虎藏龍(와호장룡): 누운 호랑이와 숨은 용

臥: 누울 '와'

虎: 범, 호랑이 '호'

藏: 숨을 '장'

龍: 용 '룡'

(2000년 '리안' 감독의 중국무협영화 제목)


사람은 '화(禍)'를 당한 후 그것의 두려움을 느끼게 된다. 그러나 만취상태에서는 그게 뭔지 모른다.


* 潛虎寢豚(잠호침돈): 감춰진 호랑이와 잠자는 돼지

潛: 감출 '잠'

231

虎: 범, 호랑이 '호'

寢: 잠, 잘 '침'

豚: 돼지 '돈'


그렇게 자신에게 먹이를 주는 생명체(生命體)를 어미로 알고 자라는 경우(境遇)에는 동종(同種)의 자격(資格)을 충분(充分)히 갖춘 존재(存在)인지의 여부(與否)가 '확연(確然)'히 의심스럽다 해도 타고난 본능(本能)인 식욕(食慾)을 억제할 수 없는 한 어쩔 수 없는 노릇인가 보다.


'만물(萬物)의 영장(靈長[영묘(靈妙)한 힘을 가진 우두머리])'이라 자처(自處)하는 우리 인간들도 젖먹이 아기 때에는 자신에게 먹이를 주는 그 무언가를 아무렇지 않게 어미로 여기기는 마찬가지다.


이 세상에는 우리가 상상(想像)조차도 쉽지 않은 상황들이 어지간히 눈에 뜨이는 것으로 보아, 대자연은 확실히 다양(多樣)하고 흥미(興味)롭다는 느낌이 입체적으로 곁들여져 있다는 생각이 든다.


그래서 전대(前代)의 선조(先祖)들께서 기묘하고 이상하다고 보이는 현상이나 난생 처음 경험하는 사건을 대할 때면 여지없이 '오래 살고 볼 일이야!'를 되뇌었던 모양이다.


어떤 일 혹은 난처한 대상 등을 처리(處理)하거나 해결(解決)하는 데에 있어 굉장(宏壯)히 뛰어나며 기기묘묘(奇奇妙妙)하고 신기(神氣)한 수단(手段)을 비유적(比喩的)으로 이르는 말이 있다.

이름 하여 "신(神)의 한 수(일 처리)"이다.

우리는 방금(方今) 그렇게 마음속 깊이 느껴 탄복(歎服)할 만한 특정 동물의 평범하지 않은 생김새와 모습을 보았다. 비록 사진(寫眞)으로 감상(感想)하면서 겉으로 나타나는 모양(模樣)새만을 보며 무언가 내면세계(內面世界)에서 저절로 일어나는 생각이나 느낌만으로도 이를 "신(神)의 한 수"라 말할 만하지 아니한가!

**용납하기 애매모호(曖昧模糊)하다면 "탁마(琢磨[덕행 따위를 갈고 닦음])"를 이해해야 할 것이다.**

이렇듯 다양하고 세심(細心)하여 특별한 경우라 하더라도 빈틈 없이 주의(注意)를 기울여 완성해 나가는 대자연의 경이(驚異)로움을 많은 사람들이 눈으로 보고 마음으로 느끼곤 한다.

'새로운 시작'은 이러한 경험들을 통하여 "고정관념(固定觀念)을 뒤집는 '놀랍고도 신비(神祕)로운 실제(實際)'"를 보면서, 범인(凡人)의 생각으로는 미루어 헤아릴 수 없이 괴이(怪異)하고 야릇한 세상의 풍치(風致)가 모든 사회 곳곳에 있을 수 있음을 근소(僅少)하나마 깨달을 수 있었다.

온통 '꽃물'에 젖은 천지(天地)가 봄을 앞세워 여기저기 바깥나들이 손님들을 좁은 공간(空間)으로 받아들이는 계절(季節). '꽃내음'은 온데간데

없고 산들바람에 짙은 향내로 유혹하는 '맑은 물(酒)'의 내음만 향기(香氣)롭게 다가오는 것이 바로 '너(酒)'로구나!

 안타깝게도 우리네 '술퍼맨' 대부분은 때와 장소, 시간과 날짜 및 가는 세월마저 알 길이 없다는 게 문제다. 실시간(實時間) 얼추 '술'에 잔뜩 취해 있는 이유다.

 그러다 보니 어떻게 해야 할지 몰라 마냥 우왕좌왕(右往左往)하면서 '멘붕(men崩)'이라 할 수 있는 '정신 나간 행태(行態)'를 되풀이 하게 되는 것이다. 그리하여 돈으로도 살 수 없는 삶의 소중(所重)한 나날들을 마땅한 인생으로 '연결(連結)'시키지 못하고 지표면에 떠 있는 흐릿한 기체(氣體)처럼 살아가고 있다는 사실이다.

 그래도 대자연(大自然)의 경이(驚異)로움은 아무리 드넓은 세상이라 할지라도 무엇이 필요하다면 어느 곳에나 존재하여 '문제를 처리(Solution[솔루션])'할 수 있음을 보여주고 있지 않은가!

 '새로운 시작'은 1982년 3~4월, 2개월간에 거쳐 난생 처음으로 해외출장(海外出張)이라는 호기심 어린 경험을 한 적이 있다. 이 때쯤에 '현대'에서 자동차를 생산해 시중에 판매하고 있었다.

 그러나 외국수출은 '언감생심(焉敢生心)' 외국에 한국(국산[國産]) 차는 한 대도 없었다.

당시(當時)만 하더라도 현대 자동차(自動車)는 내수용(內需用) 차량(車輛)만 생산하는데 있어 국내 최초(最初)이면서 동시에 신생(新生)회사로 해외진출(進出) 즉 수출(輸出)같은 것은 엄두도 내지 못할 때였다. 그 시기에는 "포니(Pony[조랑말의 한 품종])"라는 이름의 승용차(乘用車)만이 생산되었다.

썩은 나무가 부러지는 것은 자연스럽다지만 성한 나무가 부러지는 데는 또 다른 이유가 있는 것이다.

참고(參考)로 '포니'라고 명명(命名)된 승용차는 대한민국 전군(全軍)에 면세품(免稅品)차량이라는 타이틀(Title)을 앞세워 상당히 저렴(低廉)한 가격으로 납품(納品)되기도 했었다.

현대트럭 뒤 칸에 올라앉으니 옛 생각에 형언(形言)하기조차 버거울 만큼 마음속으로 느껴지는 감동과 정서(情緖)적 교감(交感) 같은 것이 헤아릴 수 없을 정도의 감격(感激) 그 자체였다.

'현대자동차'가 국내 최초로 자동차를 출시(出市)했을 때 대다수 국민은 그것을 기적(奇跡)이라 생각하기 이전(以前)에 아예 '영혼(靈魂)의 침묵(沈默)'쯤으로 이해하는 듯했다.

왜 아니랴! 여성의 머리칼을 다량(多量) 사들여 밤낮없이 가발(假髮)을

생산 후 가까운 나라, 먼 나라 할 것 없이 정신 못 차려 가며 수출할 때
가 그 당시로부터 불과 10여 년 전 일이었으니…

　우리는 그 나라의 관광지(觀光地)를 이리저리 떠돌며 포장(鋪裝)된 도
로(道路)에서는 '현대차'가 생산한 대형(大型)버스를 여행(旅行) 중 이동(移
動)수단(手段)으로 삼았고, 목적지(目的地)가 비포장도로로 이어졌다면
여지(餘地) 없이 현대 1t트럭(Truck)이 여행객들의 운송(運送)수단으로 활
용됐다.

　비포장도로가 많았음에도 불구하고 '현대차량'을 사용(使用)함에 있
어서 여행객(旅行客)들의 갖가지 표정(表情)을 보았을 때, '불편(不便)'함은
고사(姑捨)하고 되레 '룰 루 랄 라(Loo loo la la[즐거운 하루])'였던 것으로 기
억된다. '새로운 시작' 역시 '트럭 뒷자리'라는 복고풍(復古風)의 좌석(座
席)이야말로 군대(軍隊)에서 경험했던 추억과 어우러져 어쩔 수 없이 신
바람을 달고 여럿이 휩쓸려 굴러다니는 시간의 연속(連續)이었다.

　여행지로부터 아랫녘에 위치(位置)해 한쪽 국경(國境)을 나란히 맞대
고 있으며 여행을 하던 나라의 '표준어(標準語)'와 매우 유사(類似)한 언어
(言語)를 구사(驅使)하는 또 다른 때 묻지 않은 국가가 있다. 얼추 비슷한
민족(民族)으로 사료(思料)되는 대목이기도 하다.

　중국 고전(古典)이나 고서(古書)에 자주 등장(登場)하는 '귀양지'가 아마
도 '새로운 시작'이 그때 그 순간 나대고 있던 그 나라쯤으로 미루어 추
측한다 해도 전혀 터무니없거나 추정(推定)의 정도에서 지나치게 벗어

나는 비합리적(非合理的)인 예측은 아닐 것이다.


'도(道)'란 모든 사물에 두루 미치는 보편적(普遍的)인 것으로 대자연의 비서실장이기도 하다.


2016年 봄철 어느 날 역시 큰딸과 함께 방문(訪問)했던 그 나라에서도 오토바이(Auto bicycle) 뒤에 찬란(燦爛)하게 수놓은 수레(Cart)와도 같은 적당(適當)한 크기의 트레일러(Trailer)를 매달고 넘쳐나는 여행객(旅行客)과 우리 부녀를 태운 후 제멋대로 흙먼지와 따끈따끈한 모래바람을 일으키며 달리곤 했었다.

그 나라는 '툭툭이'라고 불리는 운송도구(道具)가 놀라울 정도로 많이 굴러다니던 기억이 떠올랐다. 하지만 지금의 이 나라에서는 '툭툭이'가 그리 많아 보이지 않았다.


그때에도 그 나라는 이 나라와 다름없이 푹푹 찌는 듯 무더운 날씨였지만, 그래도 시정(視程)이 혼탁(混濁)하지는 않은 멀쩡한 날 애꿎은 마스크(Mask)를 하고 먼지를 뒤집어 써가면서 '툭툭이'를 타기에는 '불편(不便)'함 그 자체였다.


그러나 '툭툭이'라는 탈것은 멋쩍으면서도 쉽사리 잊고 싶지 않을 추억으로 남아 있다. 먼지를 일으키는 요인(要因)은 마치 우리나라의 1960년대처럼 갈고 닦이지 않은 비포장도로가 원인(原因)을 제공하는 배경(背景)으로 여겨진다.

위 두 나라는 토질(土質)의 대부분이 누렇고 거무스름한 '황토 질'로 되어 있어 '툭툭이'가 앞으로 나아갈 때 그 뒷바퀴가 끌어올리는 먼지의 발생은 누가 뭐래도 어쩔 수 없는 현상이었다.

먼지가 우리 여행객을 괴롭힐 것이라는 사실은 방문 전부터 이미 알고 있었고 그래서 속은 것이 아니었기에 억울(抑鬱)해야 할 이유는 전혀 없었다.

그러나 지금 '새로운 시작'이 들여다보고 있는 이 나라에서는 현대의 백색(白色) 1톤 트럭 대부분과 일본제 '토요타(Toyota)' 제품(製品)으로 "1과 4분의 1톤 트럭" 몇 대만이 간혹 도로를 주행(走行)하고 있었을 뿐, 소위(所謂) '툭툭이'라고 불리는 영업용 오토바이(Motorcycle) 그것은 시내(市內) 언저리에서 운행(運行)되고 있는 기껏해야 '몇 십 대'만 눈에 띌 뿐, 그마저 급하고 어수선하게 움직이는 '툭툭이'도 거의 눈에 띄지 않았다.

또 하나 새롭게 알게 된 사실은 시내 사찰(寺刹) 내에서 목격(目擊)한 특이사항(特異事項)으로 대학생들도 교복(校服)을 착용(着用)한다는 것이었다. 사회주의라 그런가 보다.

**건강하게 장수(長壽)하면서 '부(富)'와 '명성(名聲)'마저 얻는 것은 참**

좋은 일이다.


'새로운 시작'이 국내외에서 여행을 구실 삼아 심심(深深)치 않게 쏘다니는 사연(事緣) 중 하나는 여행 시에만은 민폐(民弊)를 끼칠까 봐 절대로 '술'을 입에 대지 않는다고 표현(表現)한 바 있다.


여행을 하며 눈을 씻고 보아도 볼 수 없었던 것은 술 마시는 현지인이 없다는 것이다. 말할 것도 없이 무더위 때문이리라는 생각이 압도적이긴 했지만 그래도 이상하다는 생각은 가시지 않았다.


현대트럭의 짐칸에 타고 두어 시간을 달려 도착한 소금마을은 정작한적(閑寂)하고 외딴 시골이었다. 내륙국가인 이 나라에서 그리 높은 산은 보이지 않았지만, 대부분의 '황토 흙'은 그런 대로 기름져 보였고 바다가 없음에도 지하 200m까지 Pipe(파이프[관])를 박아 소금을 생산(生産)하며 '수십 호'가 살아가는 인적이 드문 마을로 무척 평온하고 화목하게 보였다. 아득한 그 옛날 이곳은 광활(廣闊)한 바다였으리라!


그 깊이의 땅 속에서 흐르는 물이 필경(畢竟) 짠물이다 보니 이 마을 사람들이 부업(副業)으로 행(行)하는 식염(食鹽[먹는 소금])의 생산이 매우 드물거나 신기(神氣)한 일만은 아니었다.


그리고 이곳 마을의 지표면(地表面)은 그 옛날 눈에 보이는 가장 윗부분에서 눈으로 볼 수 없는 물속 깊은 곳까지 그 거리(距離)가 멀고 으슥

하여 심오(深奧)하기까지 한 넓디넓은 태평양(Pacific Ocean[太平洋])의 일부분(一部分)이었을 것이며, 또 다른 한 편으로는 인도양(India Ocean[印度洋])을 머금고 있던 거대(巨大)한 바다였을 가능성이 크다.

20여 가구(家口)쯤으로 보이는 소금마을에서 이상스럽고 싸늘하며 별나게 생각되는 것은 마을 전역(全域)에 모여 있는 거주민(居住民) 모두가 어린 아이들뿐이었다는 것이다.


금지하는 것이 많을수록 백성은 더욱 가난해지고… 백성이 편리한 도구를 많이 가질수록 나라는 더욱 어지러워진다. 기술이 발달할수록 편리한 도구는 늘어나며 그러한 운용체계에 따른 법령(法令)이 많아질수록 도둑은 더 많아진다.
( '노자[老子]의 "도덕경[道德經]" 오십칠 장에서 응용)


세상이 복잡해지면 새로운 도구에 의한 범법행위([犯法行爲{N번 방등}])에 의해 또 다른 법이 제정(制定)되기 마련이다.
( '새로운 시작')


언뜻 보아도 그렇고, 유심(留心)히 봐도 어른이라고 보여지는 성인(成人)은 몇몇 국가에서 이곳으로 관광차(觀光次) 내방(來訪)한 타국인(他國人)이 거의 대부분이었다.

(소금마을 아이들)

대략 55년 전, "정지된 알코올 중독자" 역시 위 아이들과 같이 주한미군(駐韓美軍)들에게 이렇게 구걸(求乞)했었다.

성인 거주민(居住民)이라곤 기껏 해 봤자 부락(部落) 입구 가장자리에 주변(周邊) 환경과 어울리게끔 의도(意圖)한 것처럼 엉성하게 짜 맞춘 소금판매(販賣)가게 점원(店員)뿐이었다.

'유리 창문(琉璃 窓門)' 안으로 드러나지 않게 살포시 비춰지는 점원으로 보이는 여인의 모습을 재차(再次) 넌지시 보았지만 역시 아가씨로 보였다.

어쩐지… 젊디젊어 보이는 그 처자(處子)는 시나브로 정말 무료(無聊)해 보였으나 반면(反面) 평화로움이라는 것이 바로 저런 것이 아닌가? 하는 생각도 들게 했다.

습관(習慣)은 인내에서 비롯되며 인내(忍耐) 또한 습관으로 굳어지나 보다. 이 나라와 국경(國境)을 맞대고 있는 인도차이나반도(Indo-China半島)의 중앙에서 동남(東南)쪽으로 길게 자리 잡은 나라의 국민들은 '새로운 시작'이 느끼기에 '베트남'을 제외하고는 죄다 느긋한 삶을 살아가는 듯 했다.

하기야 "바다는 너그럽고 속이 깊어 강물, 냇물, 도랑 등 심지어 더럽게 오염(汚染)된 채로 대도시(大都市)를 멋대로 흐르는 '개천 물'까지도 끌어안는다"고 하지 않던가!

가난해도 각자의 의식주(衣食住)에 만족하며 별 욕심(欲心) 없이 살아가는 이들을 보며 느닷없이 바다가 생각난 연유(緣由)는 무엇이었을까. 이 나라는 우리나라와 반대로 삼면이 내륙인 것을… '공수래공수거(空手來空手去[빈손으로 왔다가 빈손으로 간다는 뜻으로, 재물에 욕심을 부릴 필요가 없음을 이르는 말])'가 떠오르는 대목이었다. "집착하지 않는 이 나라 국민들!"

그러한 감회(感懷)와 동시에 '모든 것은 마음먹기에 달려 있다'고 항상 변함없이 여기는 '일체유심조(一切唯心造)' 같은 것 또한 비슷한 관념(觀

242

念)은 아닐까? 하는 헤아림의 판단(判斷)이 저절로 작용(作用)했었나 보다.

그곳에서 욕심 없이 살아가는 선량(善良)한 그들을 보며 우리네 '술퍼맨'도 그들의 철학(哲學) 같은 것을 한번쯤 되새겨 보았으면 하는 생각을 해 보았다.


**자연에 따라 행하고 사람의 힘을 가하지 않아도 저절로 이루어지는 것이 무위(無爲)다. 곧 '도(道)' 다.**


"갑자기 뒤집히는 '요체(要諦[골재])'를 뜻하는 Tipping point(티핑 포인트)"라는 것도 있지 않은가! 이해(理解)를 돕기 위해 늘어뜨려서 설명(說明)하자면, '어떠한 현상(現象)이 서서히 진행되다가 작은 요인(要因)으로 하여금 한 순간(瞬間) 폭발하는 상태'를 말한다.

바꾸어 말하자면 그 폭발(爆發) 역시(亦是) 언젠가는 알 수 없는 노릇이지만, 여하(如何)튼 어느 한 순간(瞬間)에 멈추고야 만다는 의미(意味)이기도 하다.

인간이 살아가고 있는 모든 사회(社會)에서 스스로를 추스르며 현직(現職[현재 하고 있는 일])에 실존(實在)하는 음주자(飮酒者)들을 빠짐없이 헤아려 우리는 "애주가(愛酒家)", "주당(酒黨)", "주보(酒甫)", "주취자(酒醉者[폭음가[暴飲家]])" 등으로 분류(分類)한다고 서론(序論)에서 언급(言及)한 바 있다.

이들의 셈법은 '술'에 취한 정도에 따라 '이해득실(利害得失)'도 다음과 같이 갈린다.

'주당'은 "땅 이백 평(二百 坪)을 돈 백만 원(百萬 원)"에 매입(買入)하고 거래(去來)하지만,

'주보'는 "땅이 백 평(百 坪)에 돈 이백만 원(二百萬 원)"을 주고 매수(買收)하며,

'주취 자(술퍼맨)'는 "땅 이백 평(二百 坪)을 '술(酒)' 이백 병(二百 甁)"에 바로 넘긴다.

앞서 짤막한 '쪽지기록(Memo)'으로 언급(言及)했듯이 "주취자(漫醉者[Drunkenness[폭음개]])"를 술에 잔뜩 취한 상태에 있는 사람 즉 '만취자'라고 했다.

이는 심신에 장애를 일으킬 정도로 취한 상태의 '술주정(酒酊)꾼'을 가리키기도 하며, 이 글에서 일반적으로 두루 쓰이고 있는 '술퍼맨'의 고유명사(固有名詞)이기도 하다.

우리네 '술퍼맨'이 대취(大醉[술에 하염없이 취함])하여 자신이 스스로 이 '세상(世上[The world])'을 송두리째 키우다시피 했다고 제 멋대로 지껄이는 것은 마치 "반딧불이(Firefly) 한 마리가 해와 달을 어루만지며 스스로

244

의 존재(存在)를 과시(誇示)하는 것"과 무엇이 다르단 말인가.

　인간의 집합체(集合體)인 이 사회(社會)에서 고의(故意)든 본의(本意)가
아니든 우리네 '술퍼맨'의 삶은 운명(運命)이나 처지 혹은 팔자가 기구하
여 복이 없던가, 아니면 운수(運數)가 사나워 박복(薄福)하거나 하더라도
우리 주변의 피해자들에게만은 용서(容恕)를 구해야 할 것이다.

　알코올 중독(Alcohol 中毒)은 자기 통제력을 소실(消失)하여 스스로
만들어 낸 스트레스(Stress)다.

# 바탕을 찾아서

"알코올(Alcohol)"이란 주성분이 에틸알코올로 이루어져 있으며, 에탄 (Ethane[탄소 수가 두 개인 포화 탄화수소])의 '수소 원자(水素 原子)' 하나를 하이드록시기(hydroxy基[유기화합물])로 치환(置換)한 화합물(化合物)이며, 무색(無色) 투명한 휘발성(揮發性) 액체이다.

'알코올'에 농익은 '술퍼맨'이라 할지라도, 젊음. 미래(未來)·친구(親舊)·정의(正義)·진실(眞實) 등 삶에 가치(價值)나 의미 정도는 생각해 보았을 것이다. 이 중 한 번뿐인 '젊음'은 어차피 잃었다 해도 미래를 포함(包含)한 나머지 것들은 아무런 변동사항(變動事項)이나 별 탈 없이, 바탕 그대로 고스란히 남아 우리를 기다리고 있으니 참으로 다행(多幸)한 일이라 아니할 수 없다.

죽음 직전에만 운다는 '죽음의 백조(Swan of death)'는 전설에 불과함을 우리는 잘 알고 있다고 앞서 언급(言及)한 바 있다.

상호 간(相互 間)의 대화는 타협(妥協)을 가져올 수도 반대로 서로 미워하는 반목(反目)만 커져갈 수도 있다. 그런데 '술퍼맨'의 대화(對話)는 도저히 받아들이기 힘들다.

예컨대 술김에 매우 두꺼운 지갑(紙匣)을 습득(拾得)한 두 '술퍼맨'이 흥분(興奮)한 상태(狀態)에서 이야기를 주고받는 와중(渦中)에도 그 수상(殊常)함은 여지없이 표출(表出)된다는 것이다.

헐레벌떡 '임시숙소(臨時宿所)'로 돌아온 '술퍼맨' 중 한 명이 상대방(相對方)에게 "주워 온 지갑을 빨리 열어보자"고 독촉(督促)한다. 그러나 지갑을 들고 있는 '술퍼맨'의 답변은 의외로 간단하다.

"피곤하니까 그냥 자자"이다. 내일 아침 뉴스만 보면 알 수 있을 텐데 뭐! 라는 말과 함께 그냥 잠들고 만다. 즉 대화 속에서 힘을 합하여 서로 도와 공감대(共感帶)가 형성되고 그것들이 모여 해결할 수 있는 방법을 모색(摸索)해야 할 것이라고 기대(期待)하는 것은 보통사람들의 이야기일 뿐이다.

'술퍼맨'에게 있어서는 그저 "말머리에 태기(胎氣[새끼를 밴 모양새의 기미 {幾微}])가 있다"는 말과 다를 바 없다. 뇌세포(腦細胞[Brain cell])의 일그러짐이 그 까닭이다.


'술'이라는 '사물개념(事物槪念)'을 "생활윤리"에 넣을까? 아니면 "사회문화"에 넣는 게 나을까?


우리 사회의 수많은 갈등(葛藤)과 서로 시기(猜忌)하고 미워하는 등의

'문제해결방안(問題解決方案)'에 있어서 인간은 대화와 타협(妥協)을 강조하며 그것을 실천으로 옮기고자 애쓰고 있다.

이런 노력에도 불구하고 '술퍼맨' 집단(集團)에서 '만취(漫醉)한 상태'의 분별(分別)없는 언행(言行)은 서로간의 불신(不信)과 갈등의 골만 깊어지게 하는 행태(行態)에 지나지 않는다.

앞서 꾸준히 지적(指摘)한 바와 같이 바로 '술퍼맨'의 특별(特別)한 감내(堪耐) 즉 '도(道)'를 통(通)한 해결방안을 찾는 것, 그것이 올바른 답안(答案)이라고 할 수 있을 것이다.

'도(道)'란 "마땅히 지켜야 할 올바른 길"이기에 저절로 통하는 것인데, 그것을 지키지 못했을 때에는 "이치를 깊이 깨우친다 해도 어쩌다 가능할 수 있는 일"이라 하겠다.

설령(設令) '도(道)'를 되찾지 못하고 그르친다 하더라도 우리네 '술퍼맨'이 지속적(持續的)으로 몸과 마음을 다하여 애를 쓴다면, 언젠가는 깨달음을 향한 피나는 노력(努力)의 결실(結實)이 부합(附合)하여 '사회전반(社會全般)'에 긍정적(肯定的)인 신호를 보내게 될 것이다.

"로버트 치알디니"의 『설득의 심리학(황혜숙 번역, 21세기 북스[2002. 9. 30.])』이라는 '책'이 있다. 그런데 이 '책' 외에도 동일한 제목의 '책'들이 시중에 널려 있다고 해도 지나친 말은 아니다. 심리학(心理學)을 말하는 '책'에는 저마다 주장하는 공통점을 찾을 수 있는데 대략 다음과 같다.

일단 인간의 마음을 상세(詳細)하게 다루고 있다. 상호성(相互性)의 법칙, 일관성(一貫性)의 법칙, 사회적 증거(證據)의 법칙, 호감(好感)의 법칙, 권위(權威)의 법칙, 희귀성(稀貴性)의 법칙 등이 그렇다.

'술퍼맨'들에게 매우 유익한 '책'이라 할 수 있다. 그러나 심리학 책들을 읽다 보면 모순된 부분이 있다. 지극히 객관적인 면에서 타인(他人)의 생각에 귀를 열고 상생(相生)으로 접근하는 게 아니라 주관적인 자신의 생각을 관철(貫徹)시켜 다른 사람의 행동을 변화시키려는 그런 모순되는 입장에서 바라본다는 게 '아이러니(Irony[역설])'다. 즉 정작 다른 사람에게 설득(說得)을 강조하면서도 자신의 귀를 열고 다른 사람의 의견에 귀를 기울이는 방법만은 부재(不在)하다는 것이다.


**'상고시대(上古時代)'에는 인구가 적었던 반면, 발효된 열매가 지천(至賤)이여서 '술퍼맨'도 많았다.**


제 몸에 벌어지는 일을 알 수 없을 만큼 정신(精神)을 잃고 까무러치며 실신(失神)하는 상태(狀態)란 우리 '술퍼맨'들이 '취미생활(趣味生活)' 삼아 즐기는 '인사불성(人事不省)'이다.

또한 정신이 한곳에 온통 쏠려 스스로를 잊고 있는 경지(境地)를 '무아지경(無我之境)'이라 하는데 이는 흡사(恰似) '도(道)'에 버금가는 것임을 잊지 않도록 마음에 깊이 새겨라.

수시(隨時)로 '인사불성' 상태로 '모드(Mode[방식])' 변경(變更)을 시도(試圖)하는 '술퍼맨'들이 간혹, 'Pass out(의식을 잃다[인사불성])' 상태에서 깨어나서는 'Extase(무감각 상태[무아지경])'이었다고 우겨대곤 한다. 제발 그러지 마라. 누가 들어도 "웃기려 그런다"고 생각하니 말이다.

그러니 지금까지 나 홀로 중후(重厚)했던 '술퍼맨'의 임무를 종료(終了)하고 주변의 어지러웠던 온갖 잡동사니 또한 차근차근 복습(復習)으로 대행(代行)해가며 갈무리하기로 하자.

"이제 우리 더 멀리"
'안녕'이라는 정겨움조차 어울릴 것 같지 않았던 우리의 마주침
이제 몸과 마음이 망가져가니 어렴풋이나마 그 무언가가 보이네
지겹도록 길고 긴 불멸의 밤. 그대의 잔상(殘像)이 내게로 다가올 때
까맣고도 하얀 허무의 날들이 무가치하고 쓸쓸한 연유는 뭐란 말인가!
이제 우리 잊기로 하세. 의식이 흐릿하고 착각과 망상을 일으킬 때면 여지없이 당신이 허공에 떠 있다네. 여기도 그리고 저기도~


"절(節)/금(禁)/단(斷)주(酒)"가 '도(道[마땅히 지켜야 할 도리])'와 연관(聯關)되는 사연(事緣).
 * TIP([To Insure Promptness[gratuity[자발적 선심/봉사료]])
『도덕경(道德經)』이라는 책을 남긴 후 '푸른 소를 타고 "함곡관"을 나선 후 홀연히 사라졌다' 는 노자(중국 춘추 시대의 사상가)선생의 책에

어느 정도의 답이 있을 수 있음.


'애주가(愛酒家[A Thirsty soul[술을 좋아하는 사람]])'는 '술'을 마신다고 하는
보다 관념적(觀念的) 범주(範疇) 안에서 더할 나위 없을 정도(程度)로 바람
직하기에, 별도(別途)로 취급(取扱)하여 해결해야 할 문제의 여지(餘地)가
희박(稀薄)하다고 할 것이다.


그러하니 소상(昭詳)한 해설(解說) 이외(以外)의 직접적(直接的)인 해석
(解釋)의 구분에도 "이견(異見) 없음"을 제시(提示)하며 이에 더불어 '술'을
사랑하는 사람으로 간주(看做)한다.


이들은 '알코올(Alcohol)'로 하여금 스스로를 망가뜨리려는 것이 아니
라 '술'에 담겨 있는 미학(美學)을 통하여 자기 자신에 대한 의식이나 관
념을 되돌아보고 '이상(理想)'을 추구하고자 하는 자(者)들이다.


'주당(酒黨[Heavy Drinker[술꾼]])'은 생활(生活) 속에서 항상 '술'을 곁에 두
고 타인으로 하여금 아무런 제약(制約) 없이 마음껏 '술'을 즐기고 향유
(享有)하려는 어지간한 '음주자'들을 가리킨다.


'주당'은 '술꾼'이라 불리우는 '음주자'들 중 음주행태로 보아 만족(滿
足)하다고 할 수는 없지만 그런대로 소수무리(A few Group)의 실천적(實
踐的) 행위자(行爲者)에 속한다고 할 수 있다.

이들은 음주활동을 함에 있어서도 대체로 바람직하고 체계적(體系的)인 실상(實相) 자체를 본받을 만한 대상임을 의미(意味)하는데 추후(追後) '술퍼맨'의 대열(隊列)에 합류(合流)할 가능성이 매우 높은 '예비주자(豫備走者)'이기도 하다는 게 '새로운 시작'의 시각(視角)이기도 하다.

'술'이 좋아 마실 줄 아는 상당수(相當數) '음주자'들이 '주당'이 되길 소망(所望)하기도 하여 때로는 '비교적(比較的) 안정적(安定的)으로 마셔대는 음주자'의 표상(表象)이 되기도 한다.

그러나 오늘날 '주당'은 일반적(一般的)으로 '술'을 정도(程度) 이상(以上)으로 추구(追求)하고 또한 '애주가'보다 '술'에 강한 면이 훨씬 탁월(卓越)하다고는 하지만, 거의 쉬는 날 없이 줄기차게 벌어지는 회식(會食)자리 등에서 날이면 날마다 상습적(常習的)으로 우쭐대다가 '훅' 가는 경우(境遇)도 보통을 넘어 '일상다반사(日常茶飯事)'인 것이 실상(實相)이라 하겠다.

젊은이들은 자신의 미래(未來)를 보며 걷는다. 물론 야망(野望)을 동반한 '자기발전(自起發展)'을 위함이리라. 하지만 연로(年老)해지면 '욕망이나 소망'도 사라지는데 '술퍼맨'의 '억지'도 이와 같다.

그래도 아직까지는 모든 음주자의 '아이콘(Icon[우상])'으로 머물러 있음은 자타(自他)에 의해 사실로 인정(認定)되고 있으나, 오랜 기간 이 '주당'의 상태(狀態)를 유지(維持)할 만한 지극(至極)히 정상적인 '음주자'를 찾아보기 쉽지 않다는 점은 기막힌 아이러니(Irony[역설])이다.

작금(昨今)의 모든 '주당(Heavy Drinker)'들이 새겨들었으면 하는 바람이다.

'주보(酒甫[A Heavy Drinker[술고래]])'는 과음자체(過飲自體)가 취미생활이어서 "술고래('술독' 혹은 '술통'으로도 불림)"를 가리키는 뜻이다.

허나, 술(酒)을 마신 후 얼마간 얼굴표면(表面)에 나타나는 형상(形象)이나 지나치게 과격(過激)한 행동양상(行動樣相) 또는 두상(頭上)을 끓는 물에 살짝 담그다 말고 꺼낸 듯 화색(和色)이 심히 두드러지면서 남의 다리를 긁는 언행 등으로 보아 그 묘한 상태(狀態)가 예사(例事)롭지 않다는 것이다.

엄격(嚴格)히 알코올 남용(濫用[Alcohol abuse])을 일삼는 자를 말한다. 이것은 "뭐든지 할 수 있지만 모든 걸 할 수 있는 건 아니다"라는 현실을 망각하는 단계로 접어드는 과정에 있음을 암시한다.

'술(Alcohol)'로 '연꽃(만다라 화[曼陀羅 華])'을 심은 못을 이루고 '고기(식용[食用]이 가능한 온갖 동물의 살]'로 숲을 이룬다는 '주지육림(酒池肉林)'이라는 '일정한 분야에서 주로 사용하는 말'이 어쩌면 '주보(술고래)'들로 인해 그 근원적(根源的) 형태(形態)가 생겨났을지도 모를 일이다.

'주취(Drunkenness[만취자])'는 '장신구(腦)'가 출장(出張) 간 줄도 모른 채 헛바람이 들 정도로 술이 시선(視線)에 꽂혔다 하면 그저 정성(精誠)을 다하여 극진(極盡)히 들이켜 마냥 대취(大醉)한 상태이며, 알코올 남용이 반복(反復)되어 허구한 날 '인사불성(人事不省)'을 일삼는 '만취한 광취(狂醉)행태'를 표출(表出)하는 인간이기도 하다.

'주취(酒醉)'라는 말을 묘사(描寫)하기 쉬운 다른 표현이 없는 것은 아니다. 그러나 언제부터인가 그 용어가 부적절(不適切)하다는 이유에서인지 대중(大衆)에게 익숙하지도 않은 '주취(술에 빠짐)'라는 낯선 단어(單語)로 순화(純化)되었다.

'가냘프고 고운 여자의 손'을 우리는 섬섬옥수(纖纖玉手)라 한다. 그러한 '손'과 같은 가족을 "아사리 판(무질서하게 망치는 상태)"으로 만든 '개호주(호랑이[범의 새끼])' 시절이 '술퍼맨'에게는 있었다.

누구나 손쉽게 알아들을 수 있는 용어(用語)가 우리 '술퍼맨(주취자)'들에 의해 지극(至極)히 평범한 생활환경(生活環境)에서 활동하며 살아가고 있는 사람들에게서조차 사라질 판이다.

의학적(醫學的) 용어로 가급적(可及的) 사용하지 않는 것으로 보아 '주취(Intoxication[중독])'라는 말을 '알코올 남용 및 의존(Alcohol 濫用 및 依存)'으로 규정(規定)하고 있는 듯하다.

또한 '주취'를 일삼는 인간의 수가 점점 늘어갈수록 저변(底邊[밑바탕])이 확대(擴大)되어가는 '술퍼맨'들의 '심리적 작용(心理的 作用)'에 해(害)를 미칠까 우려(憂慮)가 되어서인지, 그것이 아니라면 용어의 사용에 있어 그 정확성(正確性)이 요구(要求)되기에 그리하는 것인지 아리송하다.

명확(明確)히 알 수는 없으나 사람들 귀에 친숙(親熟)하며 쉽게 와 닿아 주로 사용하던 용어의 취급(取扱)을 '알코올 전문기관(Alcohol 專門機關)'에서 시정하고자 함은 분명(分明)해 보인다.

하지만 '술'을 마주하기에는 매우 어색(語塞)하여 상당부분(相當部分) 거리를 두며 어쩔 수 없이 '술'을 상대(相對)해야 하는 일부 독자(讀者) 및 숙녀(淑女) 여러분의 상식적(常識的) 이해(理解)를 돕기 위해 '주취'의 '대중적 용어(大衆的 用語)'를 보다 확실히 언급(言及)하기로 하자.

대다수 '주취자(酒醉者)'의 감정이 상하거나 자신을 스스로 존중(尊重)하는 마음이 뒤틀리지 않도록 '주취'라는 용어(用語)를 주로 특정(特定) 분야에서 완곡(婉曲)하게 사용하고는 있으나 우리가 그것을 '중독(Intoxication)'이라고 뜻매김 한다면 이해가 용이할 것이다.

이는 기능 장애(機能 障碍)를 일으킬 정도로 술에 빠진 상태를 의미하는데 술을 마시는 행태나 음주 후 망가진 모양(模樣)새 등 행동하는 양상(樣相)을 관찰해 보아도 그 날뛰는 지랄(마구 법석을 떨며 분별 없이 하는 행동)의 정도가 병증(病症)인 자를 의미한다.

'주취자(酒醉者)' 그 누구도 감히 이를 부정할 수 없기에 '알코올(술)중독자(Intoxication)'이면서 어쩔 수 없는 '술퍼맨'인 것이다. '술'만 입에 가져갔다 하면 요절(撓折)날 때까지 퍼부어대는 행태.

이 모두가 '장신구(腦)'와 '술'의 장단(長短)으로부터 기인(起因)하는 것으로, 거의 남의 정신으로 살아가는 중환자(重患者)에 속한다고 보아야 할 것이다.

## "이 세상에 재능(才能)이 있는데, 성공(成功)하지 못한 사람보다 더 흔한 일은 없다"

'주취'는 앞에서 분류(分類)한 '폭음가(暴飮家)'를 대신(代身)하는 설명(說明)으로 이해하면 무난(無難)할 것으로 여겨지며, '폭음가' 역시 억세고 세찼던 알코올 남용(濫用) 단계(段階)를 거쳐 '알코올 의존(중독)'상태에 있음을 뜻한다.

이해의 명쾌(明快)함을 위해 재차 강조(强調)하여 부연(敷衍)하자면 '알코올 남용' 단계(段階)에서 장신구(머리)에 귀신(鬼神)이라도 달라붙은 양 어리둥절한 정신으로 무턱대고 마셔대는 자를 '준(准) 알코올 중독자'라 정의(定義)할 수 있으며, 이러한 알코올 남용이 반복(反復)되면서 음주를 일삼아 마치 알코올이 주식(主食)인 양, 취식(取食)하여 결국 '알코올 의존'에서 헤어나지 못하고 있는 자를 이름 하여 '알코올 중독자(술퍼맨)'라고 '새로운 시작'은 정의(定義)한다. 하지만 순화(醇化)된 용어인 '알코올 의존'이라고 명명(命名)하는 것이 바람직한 용어임을 염두에 두어야 한다.

끈질기게 따라다닐 수밖에 없는 표제어(標題語)인 '술퍼맨'의 또 다른 실정(實情)이라고도 했다.

'술'을 급하게 한꺼번에 많이 마셔대는 폭음(暴飮)이 취미생활(趣味生活)을 넘어 날이면 날마다 알코올에 의지(依支)하여 습관적(習慣的)으로 음주에 임하는 자'를 의학적(醫學的)으로는 알코올 의존(依存[Alcohol dependence])이라 하며, 이른바 알코올 중독자(中毒者[Alcoholic{상습적인 술꾼, '술퍼맨'}])를 의미하는 것이다.

예컨대 '알코올 의존' 상태(狀態)에서 헤어나지 못하는 대부분(大部分)의 폭음주의자(暴飮主義者)들은 목운동(음주)이 시작되면 자주 '필름 끊김(Black out)'상태에 이르도록 술을 마시는 특성을 지닌다. '새로운 시작' 또한 그러했었다.

그렇다고 '새로운 시작'이 앞으로도 '알코올'의 굴레에서 완전히 벗어나리라 확신하는 것 역시 아니다. 비겁하다 해도 어쩔 수 없는 모양새다.

X팔린다. 하지만 아닌 건 아니지 않은가! '술퍼맨'들 사이에서 '술잔(盞)'을 부여잡고 무작정 의리(義理)를 논한다며 알쨍거리기(헛소리)를 반

복(反覆)하지 말아라. 스스로도 하릴없이 '술퍼맨'으로 둔갑(遁甲)하여 이들과 함께 사초(死草[말라 죽은 풀])로 닮아가는 인간이 의외로 많다는 사실 또한 그리 어렵지 않게 관찰할 수 있다.

"내일을 말하는 것은 귀신을 웃기려는 짓이다."

# '술퍼맨'의 처지

"폭주(暴酒[폭음[暴飮]])"는 주체성(主體性)과 상관없이 하염없이 비경제적(非經濟的)이며, 하릴없이 파괴적(破壞的)이어서 그 추락의 끝을 가늠하기란 대단히 가련(可憐)하다.

확고(確固)하고 강력(強力)한 의지(意志)로 '절주(節酒)' 혹은 '단주(斷酒)' 따위를 줄곧 기대(期待)도 해보겠지만 웬만한 경험을 통해 전혀 그렇게 되지 않으리라 생각되면 방법을 달리해야만 한다.

예상(豫想)조차 하지 못한 사이에 '술'의 양은 의외로 늘어나는데, 2홉 소주 '한두 병'에서 '서너 병' 그것도 모자라 잠깐 사이에 1.8L짜리 PET병으로 발전하게 되는 것이 '음주'다.

그러다가 급기야 생전에는 보지도 못한 또한 어쩌면 보지도 못할, "오크(Oak['떡갈나무'나 '졸참나무'로 만든 술통[216L~228L]])통"이 나도 모르는 사이에 내 곁에 와있는 것이다.

'술'을 일주일(一週日)에 몇 회? 그리고 마시는 양 및 매일(每日) 마신다면 그 또한 얼마만 한 양 등의 개인차(個人差)가 있긴 하겠지만 남성(男

性)이 습관적으로 '술'을 마시다 '술퍼맨'으로 전향(轉向)되는 기간은 대략 5년~8년, 여성(女性)의 경우는 약 3년~6년 정도쯤이라고 한다.

반면에 '알코올(Alcohol)'에서 해독(解毒)되는 시기(時期)는 여성의 경우가 회복(回復)하는 데 걸리는 시간이 짧다. 이는 '술퍼맨'을 종결(終結)짓는다는 얘기가 아니다. 현실을 직시(直視)해야 하는 이유다.

때때로 '술(酒)'이 요술(妖術)로 이상(異常)야릇하게 변모(變貌)하게 되면 다른 모든 생각들을 눌러서 넘어뜨리는 충분(充分)한 이유가 된다.

우리 뇌 속에는 '보상회로(補償回路)'라는 게 있는데, '중독성물질(中毒性物質)'은 이 보상회로 및 '전두엽(前頭葉)'에 영향을 주어, 비정상적인 쾌락(快樂)을 유발(誘發)하고, 지속적으로 마시고 싶도록 갈망(渴望)을 일으키는데, 이러한 작용이 이제 그만 마시려는 조절력을 상실케 하는 것이다.

사람의 마음을 사로잡아 마구 호리는 "술의 매혹(魅惑)은, 천국(天國)의 달콤함보다 지옥(地獄)의 쓴맛이 더 강하다" 할 것이다.

'술을 적당(適當)히 마시면 우리 몸에 유익(有益)'하다고 지금까지 사람의 입을 통해 알려진 옛이야기는 그야말로 '민간설화(民間說話)'에 불과하다.

이렇듯 과학적으로 밝혀지는 실태(實態)는 '술'은 무익하다이다. 결코 콤팩트디스크(Compact disk) 따위와 같이 지물(紙物)이 아닌 저장(貯藏)매체에 내용을 모아 담는다 해도 전설이 되기는 마찬가지다.

태곳적 식자(識字)의 명언(名言)이 최소한(最小限) '알코올(Alcohol)'의 웅장(雄壯)하고 장엄(莊嚴)함을 주장하고자 했지만, 현대의 역사관(歷史觀)으로는 해당되지 않음을 경고(警告)하는 것이리라.


**"과거(過去)를 기억하는 것은 미래(未來)를 약속(約束)하는 것"이긴 하나 반드시 예외는 있다.**


많은 '술퍼맨'이 만취(漫醉) 후 어디에선가 정신을 잃어버렸다 하여, 아무 곳에도 실체(實體)하지 않는 분실(紛失)한 '술퍼맨'의 정신(精神[넋])을 주워다 주는 사람은 어디에도 없다.

우리의 몸을 거느리며 정신을 다스리는 비물질적(非物質的)인 '넋(얼)'을 '멀쩡한 이'가 찾아다 주는 일도 불가능한 일이겠으나 또한 그러한 '기대(期待)'를 하는 이'도 없을 것이다.

정상(正常)을 잃어 제정신이 아니라면, 달리 대처(對處)할 만한 적절(適切)하고 온당한 수단이 '눈곱'만큼도 없으니 고통(苦痛)을 짓이겨가며 으레 그러려니 하며 그냥 지나치기 일쑤다.

261

대부분의 '술퍼맨'이 이러한 정도까지 힘에 겨운 그물망에 갇혔다 하여 언제까지나 허우적거리며 아무런 대비책(對備策) 없이 '넋'만 놓고 있을 수 있는 노릇 또한 아니지 않겠는가!

하루의 알맞은 흐름이 72시간인지? 일주일(一週日)의 흘러감이 몇 날 밤을 지새야 되돌아오는 것인지조차 '인지(認知)'하지 못한 채, 하고 싶은 대로 한껏 질퍽대며 '헛세월(歲月)'을 보냈다.

몸서리칠 만큼 끔찍하고 처참(悽慘)한 시간만 보내던 '새로운 시작'은 언제부터인가 대수롭지 않으면서 '미미'한 무언가가 시나브로(조금씩, 조금씩) 돌연(突然) 뇌리를 스치며 떠오르는 것을 느낄 수 있었다.

'반짝' 스쳤던 감각적(感覺的)이면서도 쉬이 분간(分揀)하기 어려운 깨달음 같은 것이 아니었겠나? 하는 나름의 헤아림으로 판단(判斷)하는 '기운(氣運)'같은 것 말이다.

볼 수도 없고 말할 수도 없으며, 자신이 싹 틔운 '터전'에서 언제까지나 떠날 수도 없는, 한 그루 나무라 할지라도 거듭되는 해(年)를 떠나보내려 할 때면, 재차(再次) 되풀이될 후일(後日)에 대비하여 잊혀지지 않을 연륜(年輪)을 알리려고 힘쓴다고 했다.

혼자 힘으로 한 치의 오차(誤差)도 없이 '나이테(Tree ring)'라는 가지런한 둥근 무늬로 간단치 않은 자서전(自敍傳)을 기록(記錄)으로 남기고 있지 않은가!

무언가를 얻으려면 고생(苦生)을 해야 한다고들 입 모아 말한다. 그러나 우리 '술퍼맨'이 직면(直面)한 문제해결(問題解決)을 위해 그저 보통(普通)수준으로 진행되는 '막다른 절정'은 '두(2) 장으로 결과를 얻어내는 화투놀이(투전[投錢])에 있어 잘 짓고 망 통(열 끝)'을 잡아 실망하는 경우와 다를 바 없다.

"소금(Salt)은 쉬지 않는다"는 고정관념(固定觀念)과 "'술'은 언제나 내 곁에 있다"는 집착에 사로잡혀질 낮은 철학(哲學)으로 무장(武裝)됐던 '새로운 시작'은 되풀이하던 고뇌(苦惱)와 마음의 갈등 속에서 잡힐 듯 말 듯했던 그 무언가를 짧은 시간이나마 느낄 수 있었다고 했다.

'아무리 마셔도 나만은 까딱없다'며 고집부리고 강력했던 '권위 증후군 농도(權威 症候群 濃度)'의 묽음 정도가 어린 시절의 본바탕이었던 온전한 정신으로 희석(稀釋)이라도 됐다는 것인가?

들락날락하던 감정의 변화(變化)가 조금이라도 제정신이 들게끔 일깨움의 경고(警告)를 상기(想起)시켰던가, 아니면 "객관적(客觀的)인 근거 없이 '새로운 시작'의 생각만을 발판으로 한 추측(推測)이나 주장(主張)에서 나온 腦+Official 즉 '뇌피셜'"일 수도 있을 것이다.

어떠한 일을 이루고자 하는 통상(通常)의 의지(意志)나 결심(決心) 따위로는 '폭음(暴飮)의 예방 및 통제'가 뜻대로 되지 않는다는 사실을 마음속 감정을 통해 체험(體驗)한 바 새삼 느꼈다는 얘기다.

'새로운 시작'은 고상(高尙)한 생각들을 제멋대로 뇌리(腦裏)에 깔아놓은 상태에서 입으로 씨부리며 내면세계(內面世界)의 조율(調律)을 직접 '온 몸'으로 인지(認知)하는 듯했었다.

야릇한 감동으로 와닿았던 정서적(情緒的) 짜릿함 같은 것을 띄엄띄엄 느낄 수 있었는데, 그것은 다름 아닌 평범(平凡)한 용단(勇斷)은 지속(持續)되는 타성(惰性)에 맞물려 썩어 뭉그러진 화근(禍根) 덩어리에 지나지 않는다는 결론을 이끌어내는 동기부여(動機附與)가 되었었다는 것이다.

허구한 날 되풀이되며 그때마다 딱 잘라서 지레 판단(判斷)하고 확실하다고 결정(決定)한 나름대로의 결단(決斷)은 '만취상태'에서 수시(隨時)로 균형(均衡)조차도 잡지 못하는 '술퍼맨'에게 있어서는 아무런 도움이 될 수 없다는 지극히 당연(當然)한 순리를 받아들임이 마땅하다 하겠다.

이를 부정(不正)하는 것은 '술퍼맨'에게 이로움을 줄 수 없음은 물론 오히려 '영양가'라고는 완전(完全)히 결여(缺如)된 습관(習慣)적인 '농담(弄談)'에 불과하다는 사실이다.


인간이 잘 나갈 때에는 앞만 보인다. 그래서 정상(頂上)을 꿈꾸기도 한다. 여기에는 욕심이라는 것이 묻어있음이다. 하지만 처해진 형편이나 조건(條件) 따위가 꼬이게 되어 처절(悽絶)한 상황이 되면 그 눈에는 예상치 않던 세상이 보인다.

# 제1권을 맺으며


관행(慣行)처럼 몸에 배어 어느덧 악습(惡習)으로 변함없이 부패(腐敗)해버린 '맹목적(盲目的) 역량(力量)이나 어설픈 작심(作心)은 끊임없이 되풀이되는 Happening(웃음거리)'인 것이지, 그 이상(以上)도 그 이하(以下)도 아니라는 결론에 이를 수 있었다는 얘기다.

까다롭고 괴로우며 고통(苦痛)의 아픔을 감수(甘受)해야 하는 고생 이라는 질(質[Quality])의 기준(基準)이 그저 애를 쓰는 정도의 노고(勞苦)에 그친다면 "정지된 알코올 중독자"도 어쩌면 지금쯤 "기능을 상실한 알코올 중독자"가 되어 있을지도 모를 일이다.

그러나 그것은 이루 말할 나위 없이 쓰디 쓴 괴로움의 '연속(連續)'이거나 결국 이루어지기 희박한 짝사랑의 맥 빠지는 허망(虛妄)한 결과라고 감히 말할 수도 있을 것이다.

여기서 언급(言及)하는 고생이라는 용어(用語)의 뜻은 '그저 어렵고 고된 일' 정도의 지극(至極)히 작은 부분(部分)의 개선(改善)사항이 포함(包含)된 내역 등이라 말할 수 있다.

"기능을 상실한 알코올 중독자"가 상태가 특별한 변동이나 탈이 없는 정상인(正常人)이 되는 길은 '이치를 깨친 도(道)'가 깃든 '짜임새 있는 사업'이기에 "사막에 흘린 설탕가루를 줍는 일"과 같아 이루어질 가능성이 거칠다고 강조하는 이유다.

이처럼 의욕적(意慾的)인 수많은 용어(用語)의 나열(羅列)이 아닌, 서로 구별(區別) 없이 하나로 합체(合體)된 융합(融合)으로도 쉽지 않은 것이 '음주통제'인 것인데, '술퍼맨'인 자가 서슴없이 '음주통제(飲酒統制)'를 들먹일 때면, "새 발의 피"라는 속담이 얼떨결에 '장신구(두개골)'를 흔들어대기도 한다.

이러한 현상은 어쩌면 당연한 것일는지 모른다.

'주당'을 꿈꾸다 '알코올 남용'으로 전환(轉換)되는 듯하더니 '잔(盞)'을 들고 잠시 졸고 있는 사이에 '알코올 의존증 환자로 '확' 가버린 인간'이 수두룩하다는 현실에 주목(注目)해야만 한다.

살벌(殺伐)한 경계(警戒)가 필요한 경우(境遇)이며, "실패(失敗)해도 상관(相關)없다고 생각할 때 우리는 실패"할 수 있음을 알아야 한다. 그러니 포기한다는 생각은 꿈도 꾸지 마시라!

제 아무리 훌륭한 '술'이라 할지라도 '술퍼맨'을 만나게 되면 그냥 '싸구려 술'에 불과한 것이다.

'화폐(貨幣)는 가치(價値)의 척도요, 술은 지랄의 척도(尺度)'라는 말을 들어는 보았는가! 부드러움은 강함보다 질겨 견디는 힘이 세고, 유연(柔軟)함은 단단함보다 탄력적(彈力的)이어서 오래 간다'고 했다.

또한 '인간이 맨 정신으로 힘을 합치면 산도 옮긴다'고 하지 않던가! 이는 희망을 말하는 것이지만, 마구 소란(騷亂) 떨며 분별(分別) 없이 하는 행동을 속되게 이르는 말은 바로 '지랄'이다.

이 '지랄'은 희망(希望)과는 달리 절망적(絕望的)이고 근심에 잠겨서 마음이 우울(憂鬱)하다는 뜻을 강조하는 어두컴컴하고 답답한 암울(暗鬱)함을 겉으로 드러내는 가시적 행태를 말한다.

국내에서 꽤 유명한 경기도의 한 알코올 전문병원(정신건강의학과 소관: 알코올 중독은 "정신병"의 일종)에는 다음과 같은 글귀가 있다.

"1,000명에 3명만이 단주 성공"

이 같은 계몽표어(啓蒙標語) 역시 그러하다고 받아들이기엔 무리가 따르는 '민간설화(民間說話)'와 다를 바 없는 사담(私談)일 수 있다. '술퍼맨' 1,000명 모두의 일대기(一代記)가 부재(不在)한 이유다.

술을 대책 없이 마시면 계절의 오고 감을 알지 못하고,
술을 의식(意識)하며 마시면 세상 돌아감을 알 수 있으며,
술을 통제할 수 있다면 제 구실을 다하는 것이다.

만일,

술과의 대화가 가능하다면 그 자리가 곧 천국 아니면 지옥이 분명하
다.


+ 끝 +


상대방이 아무리 아름답고 멋지게 잘 생겼다 해도 술고래에 양아치
(천박하고 못된 거지)이며 도박꾼이라면 뒤도 돌아보지 말고 차버려라!

# 참고문헌

『설득의 심리학』, '로버트 치알디니' 지음, '황혜숙' 번역, 2002. 9. 30., 21세기북스

『노자처럼 생각하고, 한비(자)처럼 행동하라』, '상화' 지음, '고예지' 옮김, 2013. 12. 23., 매경출판(주)

『당신은 전략가입니까』, '신시아 A. 몽고메리' 지음, '이현주' 옮김, 2013. 2. 6., 리더스북

『흔들리는 마흔, 이순신을 만나다』, '박종평' 지음, 2013. 4. 28., 흐름출판

『살아 있는 한국사 교과서』, '전국역사교사모임('김육훈' 외 다수)', 2002. 3. 12., (주) Humanist

『한국사 능력검정시험』, '박영규' 펴냄, 2019. 6. 12., (주)에듀윌

『생애의 빛』, 'Ellen G. white' 지음, 2018. 6. 26., 시조사

『예수의 제2복음』, 'JOSE SARAMAGO' 지음, '이동진' 옮김, 1998. 12. 2., 문학수첩

『빅데이터의 충격』, '시로타 마코토' 지음, '김성재' 옮김, 2013. 1. 2., 한빛 미디어(주)

『외계어 없이 이해하는 암호 화폐』, '송범근' 지음, 2018. 6. 28., 책비

『명사(名士), 그들이 만난 고전(古典) - 한 권의 책이 한 사람의 인생을 바꾼다』, '임영택, 박현찬' 지음, 2013. 5. 27., 위즈덤하우스

『새로운 정신분석 강의』, '지그문트 프로이트(오스트리아)', '임홍빈, 홍혜경' 옮김, 1996. 10. 15., 열린책들

『야성의 외침』, 'Jack lodon' 지음, '정회성' 옮김, 2003. 8. 5., (주)웅진닷컴

『그리고 저 너머에』, 'M 스캇펙' 지음, '황해조' 옮김, 2011. 3. 7., 율리시스

『욕망하는 식물』, 'Michael pollan' 지음, '이경식' 옮김, 2007. 6. 25., 황소자리

『두 달에서 다섯 살까지』, '코르네이추콥스키' 지음, '홍한별' 옮김, 2006. 4. 21., 양철북

『피그 맨』, '폴 진델' 지음, '정회성' 옮김, 2009. 11. 30., (주)비룡소

『새장 안에서도 새들은 노래한다』, '마크 잘즈만' 지음, '노진선' 옮김, 2005. 2. 21., 푸른숲

『The underneath(마루 밑)』, '캐티 아벨트' 지음, '박수현' 옮김, "넌도 미상", 시공사

『Outside In(아웃사이드 인: 뒤집어서)』, 'Chrissie Perry' 지음, '서연' 옮김, 2013. 6. 15., 단비 청소년

『태고의 시간들』, 'OLGA TOKARCZUK' 지음, '최성은' 옮김, 2019. 1. 25., (주)은행나무

『삼국지』, '나관중' 지음, '이문열' 평역, 1996. 11. 25., 민음사

『삼국유사』, '일연' 지음, '김원중' 옮김, 2005. 10. 25., (주)을유문화사

# 슐퍼맨을 말한다

ⓒ 김철웅, 2021

초판 1쇄 발행 2021년 12월 5일

| | |
|---|---|
| 지은이 | 김철웅 |
| 펴낸이 | 이기봉 |
| 편집 | 좋은땅 편집팀 |
| 펴낸곳 | 도서출판 좋은땅 |
| 주소 | 서울특별시 마포구 양화로12길 26 지월드빌딩 (서교동 395-7) |
| 전화 | 02)374-8616~7 |
| 팩스 | 02)374-8614 |
| 이메일 | gworldbook@naver.com |
| 홈페이지 | www.g-world.co.kr |

ISBN   979-11-388-0427-1 (03810)